風吹動霧氣。
不知從何處隱約傳來……
若有似無的聲音，似乎是笑聲。
尖銳而冰冷，極爲怪異的笑聲，
有如陰間傳來的吵鬧聲。
「寫下這個的人是——」
維多利加低聲喃喃自語……

「現在是淑女的入浴時間，
滾一邊去。」
「對、對、對不起！
我就待在走廊上。
萬一發生什麼事
就叫我一聲。」
一彌爲了保護維多利加，
站在浴室門前守著。

Gosick 2

其罪無名

櫻庭一樹
Kazuki Sakuraba

封面、內文插畫／武田日向

Contents

Characters 登場人物

久城一彌……來自日本的留學生，本作的主角
維多利加・德・布洛瓦……擁有智慧之泉的少女
古雷溫・德・布洛瓦……警官，維多利加的哥哥
艾薇兒・布萊德利……來自英國的轉學生
柯蒂麗亞・蓋洛……謎樣人物
塞西爾……教師
蜜德蕊・亞巴加……修女
亞朗……美術大學學生
德瑞克……美術大學學生
勞爾……美術大學學生
謝爾吉斯……村長
狄奧多……前村長
荷曼妮……女僕
安普羅茲……村長的助手
布萊恩・羅斯可……謎樣人物

我警告妳，沒找到待雪草就別想回來。

——《森林是活的》山姆・馬爾沙克

湯淺芳子譯　岩波少年文庫

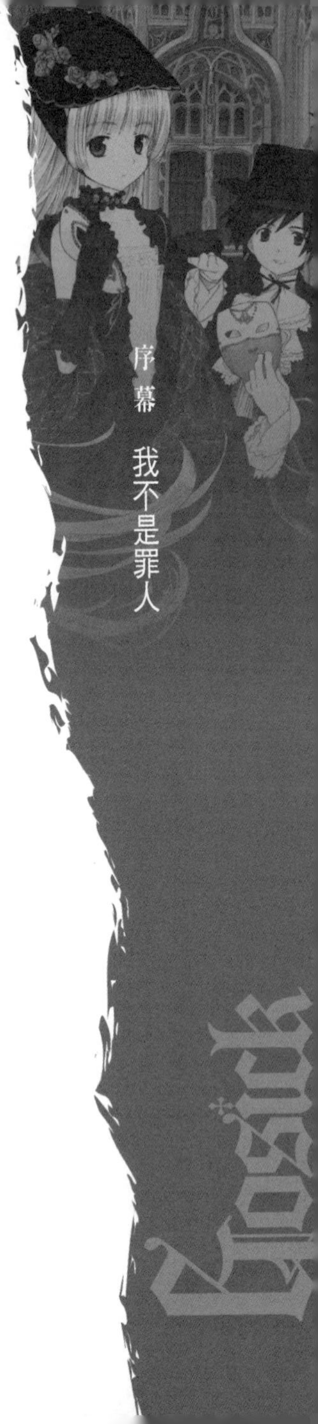

序幕　我不是罪人

發出金色光芒的圓滾滾怪東西——

在黑暗中發亮。

沉浸於黑暗寬闊宅邸深處一個小得不能再小的房間，令人臉頰感到刺痛的緊張寂靜籠罩著整個房間。

柯蒂麗亞低頭看著那個發出金色光芒的圓滾滾怪東西。

——這是什麼啊？

棉花糖般的柔軟捲髮包住柯蒂麗亞的臉頰——她是個年幼可愛的女僕。手中握著與小孩子般的圓胖小手完全不搭的粗糙鐵燭台。

微弱的燭光，僅照亮黑暗房間中一小塊地板。

「怪東西」就掉在地上。

柯蒂麗亞戰戰兢兢地伸出手來。

——真漂亮！

把臉湊近看個仔細——表面十分光滑、渾圓又扁平，還刻著人物側面像。不知為何還寫著數字。這究竟是什麼東西呀？

蠟燭的火焰因為柯蒂麗亞屏住氣息而輕輕晃動，怪東西也隨之閃爍。

——從沒看過這麼美麗的東西！

柯蒂麗亞眼睛閃閃發亮，用手指不斷撫摸怪東西。怪東西受到撫摸之後好像也很高興，發出更耀眼的光芒。興奮的柯蒂麗亞突然回過神來，拿燭台照亮地板。

右邊、左邊、前方、後方——照亮黑暗中的地板。

——一個、兩個、三個。

柯蒂麗亞的表情轉為詫異。

——地上有好多怪東西耶！

柯蒂麗亞慢慢蹲下，小心地伸出手。圓滾滾的金色怪東西散落一地，悄然反射燭焰，將柯蒂麗亞小巧可愛的臉孔染成金黃色。

——是寶物！好多啊！好漂亮！

柯蒂麗亞滿心歡喜地將怪東西一一撿起，但是數量太多，根本撿不完。

小小的臉蛋因不安而露出怪表情。手一鬆，怪東西再次掉落地板發出聲響。

——這是什麼東西？為什麼會掉在地上？對了，應該在這裡的……「那個人」呢？

仔細環視四周——房間被黑暗所吞噬，周圍一片漆黑。

柯蒂麗亞以顫抖的聲音呼喚「那個人」，卻沒有聽到任何回應。少女的叫聲如同被黑暗吸收，變得越來越微弱，紅色的嘴唇也變得僵硬。

嗤嗤……！

蠟燭火焰發出聲響，搖曳不定。

第一章　維多利加・德・布洛瓦是灰狼

1

晴朗的午後——

攀附在街道左右櫛比鱗次的木屋上的藤蔓葉片，已經染上一層鮮豔綠色，在輕柔吹拂而過的春風中搖曳生姿。晴空萬里，接近初夏的天氣，可以說是這裡最為舒適宜人的季節。

寧靜的下午，位於村中一角攀滿藤蔓的小郵局大門以猛烈之勢打開，衝出一位矮小的東方少年。他身上穿著聖瑪格麗特學園——一所蓋在距離村子不遠的山腳下，專為貴族設立的名校——的學生制服。頭上乖乖戴著學生帽。

少年一臉嚴肅、雙唇緊閉，走路抬頭挺胸，手上握著看似國際郵遞的信封。久城一彌忍不住開始自言自語：

「我又不是要錢，而是要他們幫忙寄書……為什麼會寄零用錢來呢？難道我寄回去的信正好錯過。嗯……」

「該怎麼辦呢……算了，先回學校再做打算……」

傷腦筋的一彌走在路上，只見路旁一家小雜貨店的店門打開了。手裡抱著購物袋緩緩走出的人，是與一彌同樣身穿聖瑪格麗特學園制服的高䠷少女。

金色短髮配上修長四肢，還有頗為成熟的外貌，是個相當漂亮的美少女。當她發現走在前面的一彌，表情突然亮了起來。

「咦……久城同學！」

突然聽到有人大聲呼喊自己，一彌「哇!?」一聲驚跳起來。似乎是被他的聲音所嚇到，少女也「呀！」大叫急忙往後退，然後鼓起臉頰瞪視一彌。

「真是的！幹嘛出聲啊。嚇死我了。」

「原來是妳啊，艾薇兒……」

少女，也就是艾薇兒・布萊德利似乎是對一彌的反應十分不滿，一直鼓著臉頰，但最後總算又恢復笑容：

「你手上拿的是什麼？信嗎？」

「嗯。那個……哇，艾薇兒!?」

艾薇兒擅自從一彌手中搶過信封，肆無忌憚地窺視信封。

「啊，是錢耶！」

「嗯……是我哥寄來的。」

「真好！像我爸媽就很小氣。根本就不顧人家是女孩子，有很多非買不可的東西。」

「呼……嗯？」

雖然一彌在艾薇兒提到「人家是女孩子」時偏了偏頭，還是隨聲附和一下。

艾薇兒以羨慕不已的表情握著信封，遲遲不肯放手，最後還是勉為其難將信封還給一彌。

馬上堆起滿臉笑容：

「我問你，你打算用這些錢來買什麼？」

「咦？我、我也不知道。教科書已經有了，換洗衣物和日用品等必需品，我也都從日本帶來了，而且……咦？妳怎麼啦，艾薇兒？」

看到艾薇兒不知為何竟然兩手扠腰斜眼瞪著自己的樣子，一彌不禁有點慌張。

「必要的東西和想要的東西不一樣吧？」

「呃？」

「久城同學，你還真是正經八百哪！」

「咦咦？」

「就讓艾薇兒來教你吧。這個嘛，購物的樂趣呢，就在於東看西看，看到眼花撩亂，不知道該買什麼才好……」

「這我就不懂了。不就是買好需要的東西，然後趕緊回家嗎？」

「才不是這樣呢。購物是種娛樂呀！」

「是嗎？」

一彌偏著頭的模樣惹得艾薇兒生氣了。她以強迫的語調說：

「對了。久城同學，我帶你去個好地方。走吧、走吧，不用客氣。」

「不，那個……」

「咦？為什麼腳像生根了一樣不肯走呢？你不去的話我會生氣喔？」

「……是，對不起。」

雖然心中有股不祥的預感，一彌還是在艾薇兒的強迫下，硬是被拖往學園的相反方向。

時值一九二四年——

歐洲小國蘇瓦爾王國。

以悠久歷史自傲的蘇瓦爾王國，國家雖小卻能夠安然度過本世紀初爆發的世界大戰，擁有厚實的國力，人稱西歐的小巨人。縱長的國土形狀令人聯想到高塔，與法國的國境是豐饒的葡萄園；與義大利的國境是以貴族避暑勝地著名的地中海里昂灣；與瑞士的國境則是被平緩的高原與深邃的山脈所環繞。

如果說里昂灣是小而富裕的國家蘇瓦爾的豪華玄關，那麼阿爾卑斯山脈就是位在最深處的祕密閣樓。而在這個祕密之處，有一所學校靜悄悄聳立。

那就是聖瑪格麗特學園。

聖瑪格麗特學園位在綠意環抱的舒適環境中，從空中俯瞰，是以ㄈ字型的莊嚴石砌校舍所構成。學園的歷史雖然不及王國悠久，但也以漫長的歷史與傳統而自豪。學生僅限於貴族子弟，除了學園相關人員，外人一律嚴格禁止進出，以絕不公開的祕密主義聞名。

但是，在世界大戰結束之後，聖瑪格麗特學園開始接受部分同盟國的優秀學生到此留學。

來自東方島國的久城一彌，成績優秀、品行端正。身為軍人世家的么子，兩位哥哥都相當優秀，大哥是學者，二哥則是政壇的明日之星。一彌本身也非常優秀，是個人人稱讚、循規蹈矩的認真少年。

但是，當一彌滿心期待來到這裡時，卻發現到處都是貴族子弟的偏見，以及不知為何在校園裡到處蔓延的怪談。一彌遲遲無法融入校園生活之中，還被捲入怪異事件、結交怪異朋友，半年來過著備嘗艱辛的留學生活——

「……然後呢，那天深夜兩人開車沿著穿越森林的道路駕駛，突然被某個發出銀色光芒的東西追過。他們急忙看向車外，竟然看到……一副全速奔馳的騎士盔甲！」

「……這還真是恐怖。」

「而且那副盔甲在追過他們的瞬間，還朝著車子的方向慢慢回過頭來。可是，那副、盔甲、裡面……」

「不過，今天天氣真好呢！」

「空蕩蕩的，根本，沒有半個人……哇啊啊啊啊！」

「哇啊啊啊啊！」

「哈哈哈哈～久城同學，你又尖叫啦。真是膽小鬼！久城同學是膽小鬼！哈哈哈——！」

艾薇兒發出樂不可支的笑聲，一旁的一彌只能一臉憮然繼續往前走，嘴裡嘮叨：

「我才不是被妳說的鬼故事內容嚇到，是被妳大聲嚷嚷給嚇到的嘛！」

「又來了——」

「真的啊！還有這世界上根本沒有鬼好嗎？」

「咦？明明就有！」

「妳看過嗎？」

「這個嘛，我是沒看過……不過我朋友的朋友的朋友……」

兩人一邊走在路上，一邊興高采烈地對話，身旁一匹長毛老馬拖著載貨馬車緩緩通過。路上並排著木房，牆上纏繞鮮綠色的藤蔓。裝飾在窗邊的搶眼深紅色天竺葵成為點綴，在和煦的風中搖曳。

不知何處飄來泥土與青草的溫潤香氣。或許是來自距離村子中心稍遠，綿延在平緩斜坡上的葡萄園吧。

這是一個安詳宜人的季節。

走在午後街上的人似乎越來越多。一彌與艾薇兒沿路繼續往前走，依舊不停爭執究竟有沒有鬼的問題。

對於態度強硬不同於往常的一彌，快要被駁倒的艾薇兒以一臉無趣的表情說道：

「可是……有鬼的話比較有趣嘛。」

「才不是這個問題呢。這種事啊……」

「那個和你交情不錯，就是那個，維……維多利加是吧？就有傳聞說她不是人，而是傳說中的灰狼呢！想到自己的朋友搞不好是傳說中的灰狼，你難道不會每天都覺得很興奮嗎？」

「才不會！怎麼會有這種傳聞。真是太亂來了吧。」

一彌抗議了。留學的短短半年裡，自己是死神的怪談到處流傳，所以一直交不到朋友，吃了不少苦頭。因此不管再怎麼流行，一彌就是對怪談之類的沒有好印象。

艾薇兒嘟起小嘴：

「真無聊，久城同學就是這麼一本正經。」

「嗚……」

一彌想要張嘴說些什麼，又垂頭喪氣閉起。

——在一彌出生成長的東方島國，男性一向被要求不可多嘴，只要默默將該做的事做好即可。一彌自己也是這麼認為，所以即使有點辦不到，還是一直將這個原則謹記在心。但是來到蘇瓦爾留學之後，才發現狀況完全不同。

不僅常被這個來自英國的留學生朋友艾薇兒．布萊德利取笑他正經八百、腦筋硬梆梆，另一個朋友——也是個女孩子，簡直就是每天唸個不停，說是他是半吊子好學生、凡人。這對一彌來說可是一點也不有趣。

「啊，久城同學。到了到了，就是這裡。」

艾薇兒完全沒有注意到一彌正在生悶氣，興高采烈指著前方。一彌抬起頭來——

位於縱橫穿越村子的兩條村道交叉點，已有許多村民聚集在廣場裡。廣場化身為現成的露天市集，充斥各種貨品以及數不清的購物人潮，到處都是擁擠不堪。

「今天是每月一次的『跳蚤市場』。我辛辛苦苦存下零用錢，就是為了這一天呢。」

「喔……！」

艾薇兒拉著一彌的手，踏入跳蚤市場的正中央。

市場裡面有著各式各樣的攤位。特地前來趕集的古董商人攤位上，擺放著像是上個世紀製作的古董娃娃，以及可愛的餐具組。看來和一彌他們年紀相仿的鄉村姑娘，滿臉笑容推銷香草製成的肥皂與乾燥花束。臉上帶著和藹笑容的老婦人，正在照顧掛滿各種不同顏色的草木染色圍巾攤位。

就在一彌因為商品眾多而眼花撩亂之際，突然有人抓住他制服的衣角用力拉扯。

「過來看看嘛。保證不會後悔喔！來嘛～」

相當嬌媚的聲音。

一彌回過頭，卻看到和聲音完全不搭調的人坐在那裡——身穿厚重修女服的年輕修女。

「好啦，看一下嘛。好不好？」

「啊，喔……」

一馬當先走到前頭的艾薇兒，發現一彌沒有跟上，急忙轉身回來。看到一彌停住腳步的攤位時，口中發出「啊！」一聲，表情整個亮了起來。

「是教會義賣呢。」

「是嗎？」

「對啊。久城同學，就在這裡買吧。教會義賣的東西都是信徒捐獻的物品，所以價格會比其他的攤位便宜。而且你看……這些東西好可愛呀！」

正如艾薇兒所說，攤開在修女面前的有手工精緻蕾絲、閃閃發亮的玻璃器皿、古董戒指等等，雖然多少看得出歲月的痕跡，但即使看在男孩子的眼中，也看得出都是些漂亮的東西。

一彌繃著嚴肅臉孔看了一下，突然想到一件事：

「……好，那就買吧。」

「咦？真的嗎？」

艾薇兒似乎略帶吃驚地反問。

一彌以認真的表情檢視商品：

「嗯……不過，我實在是搞不懂。」

一彌抬起頭，看著那位看守攤位的修女。

雖然不知道隱藏在修女服下的髮色，但是細長眼睛中的澄澈瞳孔，卻是一彌沒看過的詭異藍灰色——如同在沙漠中仰望天空，給人耀眼卻孤寂的印象。年紀大約是十八、九歲。

但是，代表禁欲的修女服與清澈的眼眸和剛才那種過於親暱的說話方式，以及有如男人般兩腳張開坐在代替椅子的木箱上，怎麼看都不搭調。

還有從剛才開始就動作粗魯地搔頭，好像心情不好地哼著鼻子。這些舉動實在與修女服完全不合。浮著點點雀斑的白皙臉孔，在某些人眼中看來也許美麗，但是大部分人看來，或許會覺得怪異……總之就是充滿個性的長相。

「呃……」

一彌正想要跟她說話，卻發現修女身上飄來一陣異於香水的不可思議味道……

（……啊！）

一彌這才注意到。

（這是酒的味道。可是……為什麼教會修女的身上會散發出酒味呢？）

而且從修女服裙襬隱約露出的皮鞋鞋尖也沾著白色污漬。理應過著禁欲生活的修女，怎麼可能大白天就散發出酒臭，連鞋子也沒擦乾淨……？

「幹嘛？」

修女好像很不耐煩地反問，讓一彌頓時慌了手腳。

「啊、沒事、那個……呃，我在想有沒有適合送給女孩子的禮物……」

「女孩子？」

「是、是啊。」

開始覺得不好意思的一彌正在煩惱是不是乾脆不要買算了，一旁的艾薇兒表情卻瞬間亮了起來。

一彌手上拿著蕾絲衣領：

「這個合適嗎？我實在是搞不懂……艾薇兒，妳站這邊一下。啊，蹲低一點。嗯……再低一點、再低一點。應該差不多是這樣吧。總是坐著我也不是很確定。嗯……」

看到一彌拿著漂亮蕾絲衣領在自己身上比弄，艾薇兒原本是很高興的，可是就在一彌叫她蹲低一點時，臉上表情突然轉為詫異，最後不悅地鼓起一張臉。以男人般兩腿張開的姿勢坐著的修女，抬頭驚訝地看著她的模樣，最後終於恍然大悟，開始努力忍住笑意。

一彌繼續拿起可愛的小手提包、高雅古樸的戒指仔細思考，但卻被艾薇兒一把搶走。

「妳、妳怎麼啦，艾薇兒？」

「這些完全不行。」

「咦？」

「……我問你，久城。這是要送給維什麼的人的禮物對吧？」

「嗯，對啊。因為她完全不能外出……不對，因為她從不外出嘛。咦？這麼說來，妳認識維多利加嗎？」

「並不是直接認識……不過……」

艾薇兒無聊地踢著腳邊的小石頭，然後又抬起頭來…

「這個比較好，我保證！」

——舉起拳頭大的金色骷髏。

比一彌更早看到的修女忍不住吞了一口氣。

「這、這是什麼東西啊?做什麼用的?」

「這是這麼用的。」

艾薇兒一本正經把骷髏放在頭上。

「少唬我——」

「真的是這樣嘛。還有這個。」

艾薇兒擠開正在堆積如山的藝術明信片前挑選的鄉村姑娘,以驚人的氣勢開始翻找。最後拿出印有大群老鼠蜂擁而上的藝術明信片,交給一彌。

「……才不要。」

「那……這個。」

她拿起一頂有如皇冠,充滿印度風的閃亮帽子。實在很難想像戴上這頂帽子會是什麼模樣,不過帽子本身有如纖細的糖花般美麗,讓一彌猶豫不決。艾薇兒揮動帽子:

「看,很漂亮吧?她一定會很高興的。」

「嗯……?」

看到眼中帶著淚水的艾薇兒,修女不知是因為同情還是有趣,開始在一旁推波助瀾。

「真的呀!那個真的很不錯,我也很想要呢。只可惜是義賣的東西……」

「咦？真的嗎？」

艾薇兒與修女互看一眼。然後同時轉向一彌的方向，點頭如搗蒜。

——躊躇數刻之後。

一彌買下那頂印度風的怪異帽子。

修女照顧的教會義賣攤位裡，還有許多其他商品。一眼看過去，最顯眼的便是德勒斯登的美麗瓷盤，被孤伶伶地小心擺飾在最內側。一個戴著氈帽的瘦削老人看著它，向修女詢價。

修女得意洋洋地報出價格——簡直是破天荒的高價，讓一彌和艾薇兒不由得面面相覷。老人「唔嗯。」了一聲，點點頭之後便搖頭離去。

先前翻找藝術明信片的鄉村姑娘抬頭詢問修女：

「為什麼只有那個盤子要賣這麼貴啊？」

修女再度得意洋洋地說：

「我也不是很清楚，不過聽說是很古老的盤子喲。因為很有來歷，所以價值不菲呢。這是信徒的太太特別提供的。今天的主角就是它。」

鄉村姑娘各自買下一張印有可愛花卉或水果圖案的藝術明信片之後便離開了。「那個盤子好貴啊！」「都舊成那樣了，我才不要。」等七嘴八舌的聲音逐漸遠去。剛才問過德勒斯登瓷盤價格的老人似乎還不死心，一臉非常想要的表情，從遠處盯著瓷盤。脫下頭上的氈帽夾在腋下，手中握著不知在哪個攤位上買來的小花瓶。

修女突然開口問道：

「……那個，你們要不要買這個呢？」

一彌回過頭，看到修女指著一個物品。

「這是我最推薦的東西。不僅可愛，價格也很合理喲。」

「嗯……？」

這是能夠放在手掌上的方型盒子——原來是音樂盒。艾薇兒不假思索伸手拿了過去。

「只要插入樂譜卡，就可以演奏各種曲子。是手搖式的。妳看，只要轉動這個桿子……」

「這個？」

艾薇兒把音樂盒放在左手掌中，右手轉動桿子……

——砰！

音樂盒發出巨大聲響，瞬間四散解體。裡面有個白色的東西……

一隻好大的白鴿飛出，並發出啪啦啪啦拍動翅膀的聲音，飛向蔚藍的天空。

「哇!?」艾薇兒大叫一聲，後退兩、三步，然後看著一彌的臉：

「剛、剛剛是怎麼回事？」

周圍的村民全都驚訝地看著一彌他們。飛走的鴿子在廣場上空悠閒繞行兩周之後，便「啵啵——」叫了幾聲，飛得不見蹤影。

「……………啊啊啊啊啊！」

聽到修女突然放聲大叫，四處的人們便朝她的方向看去——只見修女兩手貼著臉頰，睜大藍灰色的眸子驚叫，顫抖的手指前方：

「瓷盤！」

一彌他們也倒吸一口氣。

應該在那裡的……昂貴瓷盤，不知何時已如一陣煙般消失無蹤。

修女全身無力，只能癱坐地上。艾薇兒也因為太過吃驚而嘴唇顫抖。

環顧一下四周，剛才買了藝術明信片的鄉村姑娘聚在不遠之處發出驚叫聲。想買瓷盤的老人則是以一臉不可思議的表情看著這邊。

可以聽到有人不停說著：「快叫警察，報警啊……」

一彌也嚇了一跳。但另一方面，心中浮起有點輕率的想法：

（這個事件正是送給維多利加最好的禮物…………）

2

——聖瑪格麗特大圖書館。

充分利用山間平緩的地勢，占地相當寬廣的學校一角，聳立著一座建築物，擁有三百年以上的古老歷史，也是歐洲屈指可數的巨大書庫。由石材砌成的角柱型高塔，在風吹雨打中鐫刻著漫長歲月，呈現出莊嚴的樣貌。

從ㄈ字型的巨大校舍通往圖書館的白色細石小徑上，一彌握著印度風帽子快步前進。一邊走著口中還唸唸有詞：

「因為剛才的事，這下遲到了。拜託千萬別害她生氣才好……」

又想起圖書館裡的朋友才不可能等候自己，於是繼續唸著別在意沒關係。可是又想起她很少有心情好的時候，表情不禁嚴肅起來。

一彌終於來到圖書館的入口。

外層裹著皮革、釘上黃銅鉚釘的巨大門扉聳立眼前。一彌雙手握緊門把，用力拉開。

圖書館中瀰漫著帶有濕氣的陰涼空氣，冷冷撫過一彌的臉頰。迎面而來的塵埃與知性的氣息，讓人不由得心生虔敬。

抬頭往上看——

角柱型大圖書館裡，所有牆壁都放滿書籍。第一眼還以為牆壁繪有某種圖案，其實那些全都是書。中央是挑高大廳，高聳的天花板上繪有莊嚴的宗教壁畫。除此之外，還可以隱約看到綠色葉片，但是大多數的人都會認為那是眼睛的錯覺吧。因為在圖書館的最上方、接近天花板之處，絕不可能有那種令人聯想到南國樹木的大片綠葉。

一樓大廳深處帶著一點令人感到不祥的陰暗，那裡藏著一部本世紀進行部分整修工程時所裝設的油壓式電梯。話雖如此，僅容許教職員和某一位學生搭乘，對一彌來說是無緣之物。

一彌打算要爬上顫顫巍巍、連結整片巨大書架的細窄木製樓梯。看來就像是不斷往上蓋起的巨大迷宮，細窄的樓梯呈直角通往天花板。

不由得嘆了口氣：

「不過……還真遠啊。」

天花板附近的木製扶手旁，隱約垂下某種東西。

帶著金色的光芒，看起來好像是絲帶。

這是她的長髮……

「算了，應該在那裡吧。沒辦法，只有往上爬了。」

一彌站直身軀，鞋子發出喀啦聲響，沿著細窄的木製樓梯開始往上爬。往下看便會頭昏眼花，因此不斷在心裡提醒自己不可以往下看。

——這個大圖書館，據說是十七世紀初時的蘇瓦爾國王所建造的。相當懼內的國王，為了要與年輕情婦幽會，便把圖書館最上方打造成祕密房間。並且為了避免外人打擾相愛的兩人，故意把樓梯設計成迷宮狀……

一彌心想：的確，根本不會有人閒來無事專程爬到頂樓去吧。當然，如果有特殊理由就另當別論……

一邊想著，一邊往上爬——沿著樓梯往上爬、往上爬……繼續往上爬。

快到了。

好累。

上氣不接下氣的一彌好不容易才到達頂樓，大聲呼喚應該在那裡的朋友：

「維多利加！妳在嗎？」

沒有回應，每次都這樣。

一彌往前踏出一步——他很清楚前面有什麼。

在前方的是……

——植物園。

大圖書館最高處的祕密房間，不再是國王與情婦幽會的地方，而是改造成綠意盎然的植物園。四處都是南國樹木與各種蕨類，還有迎風搖曳的濃豔花朵。

風隨著和煦陽光，從敞開的天窗一起吹來。

寧靜而富足，猶如小小樂園一般的場所。

有個上半身向前傾的可愛陶瓷娃娃，坐在植物園樓梯的平台上。近乎等身大，身高大約一百四十公分，身上穿著綴有深藍天鵝絨、花邊蕾絲的豪華絲絨洋裝。不知為何，一頭漂亮長髮沒有綁起，有如天鵝絨頭巾般披散在身上，自然垂落在穿著小巧皮鞋的腳邊。

略微低垂的側面，冷冽澄澈的表情令人想到細緻的瓷器。

不是大人也不是小孩的清澈翡翠綠眼珠，好似黎明時分的夢境一樣難以捉摸。

陶瓷娃娃的口中含著白陶菸斗，呼、呼地吸著。裊裊白煙朝天窗升去。

一彌一時不由自主，停下腳步凝視這一幅畫中景象。隨即又恢復平時的表情，接近這位令人誤認是陶瓷娃娃，美貌卻異常嬌小的少女。

「維多利加，我從剛才就一直叫妳，拜託妳至少回個話吧。」

「什麼啊，原來是你。」

少女的回答十分簡短。

老人般沙啞的低沉音調，與小巧模樣完全不搭。少女——維多利加只回了一句話，又繼續閉口不語。

維多利加的前方，以放射狀排列大量翻開的書本。裡面有拉丁語、德語、看似阿拉伯語，有如蚯蚓扭來扭去的文字等，都是以不同的文字寫成，看來非常難懂的書。種類更從詛咒、煉金術、化學，到高等數學、古代史等各種不同類型。

「什麼叫原來是你？會爬到這麼高的地方來的人，也只有我而已吧？」

「以前塞西爾偶爾會過來。自從交代你跑腿之後，就很久沒看到她了。」

「嗯……」

一彌點頭。

塞西爾是久城一彌與艾薇兒．布萊德利，以及維多利加．德．布洛瓦就讀班級的導師。原本擔心一彌到此留學半年，卻一直無法融入貴族子弟之中，可是不知從什麼時候開始，反而把照顧與聯絡維多利加這名自入學以來從未出席的問題學生的工作，丟給一彌負責。不情不願的一彌只得前往怪異少女維多利加所在的大圖書館。之後一彌被捲入各種事件裡，都是倚靠維多利加才得以解決，兩人也越來越了解彼此……

只不過，每次一彌來到這裡，總是會被維多利加極為冷淡、貴族特有的高傲態度給激怒，在心裡發誓死也不要再來。但不知為何，還是忍不住繼續前來植物園。

一彌看看維多利加的身邊——地上堆滿山一般高的書、威士忌酒糖及MACARON（註：一種以蛋白霜、杏仁粉、白砂糖和糖霜做成的圓形法國甜點）等零食。再看向專心讀書的維多利加，根本就把自己帶來的零食忘得一乾二淨。

「東西灑了一地，妳太邋遢了！」

一彌一邊抱怨，一邊把滿地的零食集中在一處。

完全沒注意到一彌的動作，維多利加出聲說道：

「你相信有『特別的種族』的存在嗎？」

突如其來的問題，讓一彌吃驚地抬起頭。維多利加毫不在意繼續說下去：

「告訴你，就是出現在神話裡的特殊種族。例如希臘神話的眾神、北歐的巨人，在中國也有天人的傳說。我想你的國家也有吧？」

「是啊……呃，有是有。不過，那只是神話吧？」

「強大、萬能、令其他種族恐懼而尊之為『神』的種族。如果真的存在，應該不是什麼令人愉快的事情吧？」

維多利加不顧一彌正在專心把掉落在地的零食聚集在一起，滔滔不絕發表自己的意見：

「翻開東歐的歷史，可以看到許多關於古代賽倫人的記載——他們是傳說中的民族，控制自古至今不停爭戰的東歐之地。他們的身材矮小、力量薄弱，而且數量不多，但靠著聰明才智控制這個地區。他們在九世紀與哈札爾人、十世紀到十一世紀與佩琴尼人、十二世紀與波洛汶斯人勇敢對抗，十三世紀還擊退蒙古人的侵略。這個民族一直非常強盛，無論是隨著春天發動攻勢的騎馬民族，或是盤據森林的猙獰野狼，賽倫人戰無不勝，被視為神話中的神。但現在卻消失了，也沒有名為『賽倫』的國家。無論是哪一本書，都是以十五世紀為分界，之後再也沒有任何關於他們的記述。就在某一天，他們突然從東歐這塊土地……不，是從地球消逝得無影無蹤。究竟他們來自何方，又消失在何處呢？在這裡給你一個提示：說到十五世紀，正好也是獵殺女巫與審問異端的時代。久城，你去過村裡對吧？」

「……!?」

一彌停下正在收集零食的手，眼神游移不定：

「幹嘛突然轉變話題……咦？妳怎麼知道？」

「你的所作所為逃不過我的法眼。」

「是這樣沒錯啦……」

維多利加打了個小小的呵欠。然後漫不經心地將手伸向一彌好不容易才整理好的零食山，亂攪一通之後，從裡面找出想要的威士忌酒糖，剝開包裝紙放進口中。

小小的臉頰有如生物般蠕動。一彌撿起她隨手丟在一旁的包裝紙，東張西望尋找垃圾桶。可是完全找不到像是垃圾桶的東西，只好放進自己的口袋。維多利加嘴裡嚼著糖果：

「你頭上的樹葉，不是學校裡樹木的葉子。更重要的是，信封從你胸前的制服口袋露出來了。還有，你來得比平常晚，而且又匆匆忙忙，從這一點就可以知道你在上完下午的課之後，又出門前往某處。就只是這樣而已，很簡單的。」

「唔……這麼聽來是沒錯啦。不過妳每次都讓我嚇一跳——明明沒看到，卻總是能夠精確說中我的行動。」

維多利加突然抬起頭來，睜大有如南國海洋的綠色眼眸盯著一彌：

「告訴你，這很簡單，是腦中湧出的『智慧之泉』告訴我的。集中五感，從混沌世界裡取得碎片，當我腦裡的『智慧之泉』想要打發無聊時間時，便把它們拿來遊玩一番，也就是重新拼湊。心情好的話，就把結果化成你們這些凡人也能夠理解的語言……不過，壓倒性的大部分時間都因為太麻煩所以閉嘴不提。這樣你聽懂了吧？」

「又取笑我是凡人……」

「不行嗎？」

維多利加眨一眨翡翠綠的眼眸，用打從心底感到不可思議的表情回問。一彌聳聳肩：

「我早就習慣了。」

「告訴你，這可不行。習慣可是知性的墳場喔。你要好好反省。」

「反省？妳是說我嗎？按照剛才的對話內容，怎麼會是我要反省？」

一彌雖然生氣，卻發現自己並無法真正發怒。

——如果是平常的一彌，畢竟是能夠成為代表一國的好學生，絕對不允許別人說自己是凡人。但是讓這個……入學之後從來沒上過課，卻又輕鬆在難懂書本之間跳躍閱讀、與眾不同的瘋狂嬌小少女取笑，卻不知為何總是沉默不語。

其實一彌到現在還是不太清楚維多利加究竟是何方神聖。有的傳聞說她是貴族的庶子、也有人說她受到族人疏遠，不願意和她住在一起，所以才把她送來學校、還有人說她的生母是個發瘋的知名舞者、甚至有人說她是傳說中的灰狼轉生……學校裡流傳的流言蜚語實在太過誇張，簡直與怪談無異，不過一彌本身從來沒有問過維多利加這些事。除了他認為不該抱著低劣的好奇心去刺探別人之外，也是因為維多利加雖然嬌小，卻散發出一種凜然不可冒犯、安靜卻猙獰的氣氛，不知不覺威嚇周圍的人們。

就像和一直無法與人親近的野生小動物，慢慢建立感情……日子不知不覺過了好幾個月。雖然一彌總是懷疑這究竟是怎麼回事，但是為了這位奇異的少女，每天依舊不辭辛苦爬上迷宮樓梯……這就是他的留學生活。

「對了，維多利加。我今天有事到村裡……」

毫不氣餒的一彌繼續找嘴裡一邊嚼著威士忌酒糖，一邊看著書的維多利加說話：

「你不就是到郵局拿信嗎？」

「……嗯。其實我是拜託家裡寄書來，可是好像正好錯過，收到大哥寄來的零用錢。他說這是他成為學者之後第一個月的薪水，所以寄一些給我。」

「嗯～～」

「對我來說算是一筆臨時收入，這是送妳的禮物。」

一彌自信滿滿地遞上印度風的帽子，維多利加抬起臉來，不耐地瞄了一眼。眼光又回到書上……然後大吃一驚轉過頭來：

「這是什麼東西啊!?」

「什麼東西？帽子啊。」

「這是帽子!?你確定!?」

不加思索便這麼回應……但是看到她不是高興而是驚訝的反應，讓一彌感到很失望。

「很怪嗎……？」

「怪！」

「這、這樣啊……既然妳不要，那就還我吧。」

垂頭喪氣的一彌正伸手準備要把帽子拿回來，維多利加突然在書前一個轉身奪下帽子，又轉身回到原來的位置，像是要以身體遮住帽子，把它放在和一彌相反方向的地板上。一彌的表情轉為訝異：

「妳想要嗎？」

「告訴你，我只說它怪，可沒說我不要。」

「可是……如果它真的那麼怪，我可以去換妳喜歡的東西啊……看來還是該挑蕾絲衣領或漂亮的戒指才對。我被騙了吧？這麼說來，那位修女看來就是個怪人……」

陷入煩惱之中的一彌驀然抬起頭，才發維多利加正在彎腰玩賞印度風帽子。有如貓咪在逗弄新玩具一樣，說不出的可愛，可是沒兩下子又突然丟開帽子：

「膩了。」

「告訴妳，帽子不是拿來玩的，而是戴在頭上的東西。哪有還沒戴就膩的道理。」

「真無聊。」

「所以說，那個……咦？無聊？妳說無聊嗎？」

一彌有種不祥的預感，開始準備逃命。剛站起身，「我差不多該回宿舍……」話才說到一半，維多利加便斜眼瞪著他，用力拉扯一彌正想踏步離開的褲管。

一彌跌了個狗吃屎，臉狠狠撞在地上。

「好痛！」

「我說我很無聊。」

「我聽到了！不過，妳跟我說也……啊，對了！」

一彌迅速從地上爬起來：

「還有另一件禮物，我完全忘記了。剛才在村裡的跳蚤市場買帽子時，發生一件很怪異的竊盜事件……」

這是在跳蚤市場發生的事——

正當一彌買好帽子準備離去，照顧義賣會場攤位的修女推薦一個小音樂盒。同行的艾薇兒將它拿在手上時，不知為何音樂盒突然解體，飛出一隻鴿子。就在所有的人都抬頭仰望鴿子飛去，在義賣會場展示的昂貴瓷盤卻有如煙消雲散般不見蹤影。

包括一彌與艾薇兒在內的在場人們，都由迅速趕來的警察進行搜身，確認有無犯案。雖然修女大吵大鬧，要求警方快把瓷盤找出來，但是會場四處都找不到瓷盤的下落。

也因為這場騷動，害得一彌與艾薇兒過了門限時間才回到學校，以致於兩人呆站在鐵鑄的深鎖大門前不知該如何是好。

一彌提議向校方說明兩人在跳蚤市場遇到的事，請學校讓他們進去，可是艾薇兒卻指著隱藏在樹籬中的祕密通道——「從這裡進去！」

上週也超過門限的艾薇兒，為了預防再度發生這種事，事先用鋸子鋸掉兩、三枝健壯的樹枝。雖然一彌口中嘀咕這麼做真要不得，艾薇兒還是硬拉著他鑽過狗洞回到學校。

也因為這樣，學校內沒有的樹——也就是樹籬的葉子，才會黏在一彌的頭上。

「不過，這真是件奇怪的事對吧？小得可以放在手掌上的音樂盒，根本藏不下一隻鴿子。

可是卻『砰』一聲解體飛出白鴿，同時昂貴的瓷盤也不見了。沒有任何人離開現場，卻怎麼都找不到盤子……」

「……搞什麼，原來是這麼回事啊。」

維多利加用力打了個呵欠。

一彌眨眨眼睛，對著打呵欠伸懶腰，繼續玩起帽子的維多利加問道：

「怎麼說？」

「犯人只有一個。久城，而且就是在你身邊的人。」

「咦？」

「真是單純的碎片。根本稱不上混沌。啊～真無聊。說不定會無聊到死。就是這麼的無聊。久城是個大笨蛋。」

「……呃。」

一彌有些不悅，於是隨口說道：

「那妳何不試戴一下那頂帽子？」

「……唔。」

維多利加戴上印度風的帽子。飄逸的金髮攏到身後，將帽子如皇冠般戴在頭上。大小正好符合小巧的頭型，讓維多利加看來簡直像是遙遠沙漠國度的公主。

一彌正在遲疑究竟該讚美她戴起來非常好看，還是不要多嘴，少說少錯……
遙遠下方傳來粗魯的腳步聲——是穿著皮鞋的大腳。當一彌從樓梯的扶手向下眺望時，視線正好和在一樓大廳停下腳步的人物相對。
一彌轉頭朝向維多利加：
「又來了。」
「……唔？」
維多利加微微皺起眉頭。
喀啦、喀啦、喀啦——！
油壓式電梯啟動。
維多利加的身體稍微動了一下。
——喀啦！
鐵柵欄發出巨大聲響，在植物園前方的小電梯廳停下。
細鐵柵欄的另一邊，站著一位年輕男子。
柵欄發出「嘰、嘰、嘰！」的尖銳聲響之後打開。
裡面站著一個擺出舉起一隻手，另一隻手扠在腰際的瀟灑姿勢，髮型卻很怪異的男子。
剪裁合身的三件式西裝配上花俏領巾，再加上手腕上的銀色袖飾閃閃發亮，是個無可挑剔的英俊男子——不知為何只有髮型怪得可以。閃耀的金髮前端固定成鑽子般的流線型，簡直就是活生生的凶器。

一彌低聲唸唸有詞：

「……反正一定是來問我剛剛告訴妳的那件事。」

沒什麼興趣的維多利加打了個呵欠。

那名男子——也就是維多利加的同父異母哥哥，因為貴族的一時興起而成為警察的古雷溫・德・布洛瓦警官，將皮鞋踩得喀喀作響，精神抖擻地走進來。然後朝著一彌他們的方向，充滿自信地說：

「我有事情要問你們……」

話才說到一半就停了。

原本充滿自信的表情慢慢變得蒼白。目瞪口呆，好像看到鬼一樣，手指抖個不停。

一彌驚訝地環視身邊——只有自己和戴著印度風帽子的嬌小朋友維多利加，以及堆積如山的書本、零食和植物園。

和平常一樣，並沒有任何值得驚訝到臉色大變的東西。

布洛瓦警官一臉鐵青，嘴巴又張又闔，好不容易才擠出聲音：

「柯蒂麗亞・蓋洛………!?妳怎麼會在這裡………?」

維多利加拿下印度風的帽子，以沉著的聲音回答：

「……你看錯了。是我，古雷溫。」

絲絹般的金髮輕盈飄落。

布洛瓦警官蒼白的臉孔因為憤怒而脹得通紅。似乎對自己因為恐懼，而不小心驚叫出聲一事感到困窘：

「我、我看錯了！」

「柯蒂麗亞．蓋洛是什麼？」

對於一彌的問題，這對完全不相像的兄妹同時視若無睹。一彌只能低下頭：

「知道了，我不問就是。哼……」

維多利加完全不理會鬧彆扭的一彌，逕自抽起菸斗。剛到的布洛瓦警官也掏出菸斗點火。

兩縷清煙朝著天窗裊裊升起。

布洛瓦警官如同以往一般開始說話。

在那一瞬間，雲朵在輕風吹拂之下掩蔽太陽，遮住從植物園天窗傾瀉而下的光線。然後柔和的日光再度射進，照亮一彌等人。微風吹過，令人聯想到南國的大型樹葉晃了兩、三下。

「……教會義賣的德勒斯登瓷盤就這麼消失無蹤。警方雖然對現場的客人進行搜身，卻怎麼都搜不到。據說它有人頭這麼大，並不能隨便藏在衣服裡……」

警官看著一彌，口中滔滔不絕。一彌小聲說道：

「我當時正好在現場，這些事我早就知道了。你為什麼每次都不看著維多利加呢？」

「你在說什麼啊？我只不過是來這裡找你這個目擊者問話而已。這裡似乎還有另一個人，不過我看不清楚呢。嘿……」

布洛瓦警官為了能夠聽清楚維多利加說的話，重新起身坐好，將左耳朝著她。尖銳的髮型在來自天窗的陽光映照下，反射出金黃色光芒。

維多利加繼續專心看書。從隱約可以瞥見的標題來看，似乎是她剛才提過有關東歐古代到中世紀歷史的書。她正在忙碌翻閱這本以蠅頭小楷寫成的書。

維多利加突然抬起頭，百無聊賴地打了個呵欠：

「……我剛才不是說過了嗎？久城。我說犯人就在你身邊哪。」

「妳是指誰？」

一彌毫無頭緒地這麼反問，一旁的布洛瓦警官把他推開，硬是擠到前面：

「我知道了，那個留學生對吧⁉」

「久城的同伴為什麼要偷盤子……？而且她也和久城一起接受搜身。不是她，身邊不是還有另一個人嗎？唯一沒有接受搜身的人。動動腦筋想一下吧。」

維多利加說完又把臉埋進書裡。一彌和布洛瓦警官面面相覷，陷入沉思。

「妳說另一個人，難道是指……修女？」

「沒錯。」

維多利加點頭回答一彌的問題，然後就像忘記他們兩人的事，繼續沉迷在書的世界裡。

數刻的時間在靜寂中流逝。含著菸斗吞雲吐霧的維多利加突然抬起視線。

一彌與布洛瓦警官一臉有話想說的表情，正在等待維多利加注意到他們。維多利加從口中拿出菸斗，另一隻手撿起地上的MACARON，剝開包裝紙塞進櫻桃小嘴吃了起來，停了半晌才開口：

「怎麼了……？為什麼一直盯著人家的臉？」

「我們正在等待，希望妳可以把它語言化。」

「你們還不懂嗎!?」

維多利加一副打從心底受到驚嚇的表情，看著他們兩人的臉。

銜起菸斗吸上一口，再從口中取出菸斗吐口白煙，然後伸手拿了一個MACARON丟進口中，一邊咀嚼一邊說：

「你們兩個真的很笨……」

「喂！」

聽到一彌的怒吼，維多利加像是嚇了一跳睜大眼睛。至於布洛瓦警官則是被氣得臉色鐵青不發一語。維多利加隨即擺出一副不在意的模樣：

「偷走瓷盤的犯人，一定是那個修女。久城你聽好了，如果按照你的說法，當你的同伴在修女的推薦下把小音樂盒拿在手上時，音樂盒突然發出聲響解體。這是因為音樂盒原本的設計就是如此。同時從裡面飛出一隻白鴿，廣場上的村民全都驚訝地抬頭看著飛走的鴿子。但鴿子並不是從音樂盒裡飛出來的。」

「怎麼說？」

「是從修女的裙子裡飛出來的。」

「裙、裙子……？」

「久城，你自己不是這麼說過嗎？理應謹言慎行的修女，卻像個男人般張開雙腿坐著——你覺得這件事非常怪異。修女之所以坐成這個姿勢，的確有她的理由。因為她在兩腳之間藏著某樣東西。」

一彌試著仔細回想當時的情景——大剌剌張開雙腿坐著的修女，身上穿著深藍色的修女服，裙裾一直遮到腳邊……

「應該是在雙腿之間設置一個台座，把鴿子藏在裡面。在客人把音樂盒放在手上時，便撩起裙子放出鴿子。只要配合音樂盒解體的瞬間，看起來就像鴿子從音樂盒裡飛出來一樣。然後趁著村民驚訝地抬頭觀看鴿子的空隙，把瓷盤藏進裙子裡，再大叫『盤子不見啦』之類的話。」

一彌大為驚訝，看看維多利加又看看布洛瓦警官的臉。

「可是……修女分明是義賣的負責人，為什麼要偷走自己賣的瓷盤呢？」

「這就得問她本人才知道了。不過按照你的說法，修女的身上在大白天就散發出酒臭，看來似乎另有隱情呢？況且義賣會上的物品是屬於教會的，賣得的款項也不可能讓她占為己有。如此一來，即使把她列為嫌犯也並不奇怪。還有呢……」

「嗯。」

「告訴你，必須要好好調查修女的修女服和鞋子。你剛才說，隱約可見黑色皮鞋上面有白色污漬。根據我的推測，恐怕是藏在裙裡那隻鴿子的糞便吧。照理來說，位於修女長袍底下的鞋子，怎麼會沾上鴿子大便呢。恐怕她也很難自圓其說吧。」

話說多了，維多利加似乎又感到厭煩，打了一個呵欠。甚至還「嗯……」伸了個懶腰，帶著眼角的淚珠，又回到書籍的世界。

一彌瞄了一眼身旁的布洛瓦警官。總是一得知真相就急著打道回府的布洛瓦警官，今天不知為何雙手抱胸，臉色陰鬱陷入沉思。

「……警官？你怎麼了？」

「傷腦筋啊！」

「咦?」

「啊,沒有……沒事沒事!」

警官急忙回應之後便站起身來,慢慢朝著電梯的方向走去。

中途還回頭,一臉欲言又止的表情,最後還是抿緊雙唇,消失在鐵籠裡。

「警官?」

「……」

喀啦、喀啦、喀啦啦——!

電梯發出刺耳的聲音,開始下降。

聽到布洛瓦警官快步離去的腳步聲在一樓大廳響起。待腳步聲遠去,重返寂靜之後,一彌再度詢問維多利加:

「對了——」

「……嗯?」

「柯蒂麗亞·蓋洛是誰?為什麼警官會那麼驚訝?這是怎麼一回事?」

「……」

維多利加突然轉身背向一彌,把臉埋進書堆裡。一彌口中「……啐!」了一聲,拿起一個地上的MACARON放進嘴裡。

陽光又被遮蔽，風似乎已經停止，樹葉停止搖動。

一縷細細的白煙，從維多利加口中的菸斗朝天窗升起。

一彌也沉默不語。最頂樓的植物園，就像這三百多年來一樣，包裹在一片靜謐的寂靜中，猶如天上的世界——

3

隔天早上。

一彌乖乖在該起床的時間，在聖瑪格麗特學園男生宿舍的房間裡醒來。

這個男生宿舍為了眾家貴族子弟，一人一間的單人房都布置得豪華舒適。高級桃花心木桌子與床鋪、衣櫥上掛有刺繡精美的垂幔，打磨得燦亮的黃銅水壺，地上鋪著柔軟的長毛地毯。

因為每個房間僅供一位男學生獨自使用，因此凌亂是常有的事，但一彌的房間總是整整齊齊，即使稍有一點塵屑，一彌也會立刻收拾丟進垃圾桶。

這天早上，一彌也是起床之後盥洗、更衣、整理書包、伸展一下筋骨，便下樓來到一樓的餐廳。其他男學生大多睡到快要遲到才會起床，因此會在這個時間來到餐廳的人，通常只有一彌而已，最多也只有兩、三人。

風韻猶存的紅髮舍監翹著二郎腿，坐在餐廳角落的木椅上看早報，邊抽菸邊皺眉頭。

發現一彌的身影之後，紅髮舍監立刻站起，端出包括麵包、水果與略微煎過的火腿早餐。

當她發現一彌在道謝開始用餐之後，還不停悄悄看向自己這邊時，便懶洋洋問了一聲：「……要看嗎？」把手中的早報遞給一彌。

一彌一邊用餐，一邊仔細閱讀報紙。

「……咦？真是奇怪啊？」

他偏著頭。

昨天維多利加已解決「德勒斯登瓷盤竊盜事件」之謎。通常一知道犯人是誰，立刻將功勞據為己有的布洛瓦警官，不知為何——

〈名警官布洛瓦甘拜下風！

消失的德勒斯登瓷盤不知去向！〉

竟然出現這種標題，理應是犯人的修女似乎還沒被逮捕。

「真是奇怪啊。以往都是立刻逮捕犯人，然後在隔天早報上大書特書、歌功頌德。究竟這是怎麼回事……？」

這麼說來，一彌回想昨天布洛瓦警官在打道回府時，神情的確是有點怪異——一臉鐵青，不發一語，卻又欲言又止……

「喂喂，久城同學。」

抬頭一看，發現坐在角落木椅上翹著二郎腿的舍監，一面抽菸一面向一彌招手。

「怎麼了？」

「報紙最下方不是有三行的分類廣告嗎？我很喜歡看那些廣告，總是會特意多看幾眼。」

「為什麼？」

「因為很有趣啊！像是呼喚離家出走女兒的廣告、求職者的自我宣傳，有時候還會刊登一些帶有犯罪氣息的詭異廣告……不過今天的廣告……」

一彌的眼光移向舍監指著的位置——然後偏偏頭。

那兒寫著……

〈敬告「灰狼後裔」。

馬上就是夏至祭。我等歡迎子孫——〉

接著還有簡單的路程說明。上面的地址是接近瑞士國境一個名為霍洛維茲的小村莊。

「……這是什麼意思啊？」

「嗯～我也不知道。不過灰狼是在蘇瓦爾廣為流傳的傳說喔。你看，像吸血鬼或是雪人，不同的國家不是有不同的傳說嗎？據說在很久以前，蘇瓦爾長滿榆樹的深山裡就住著安靜的灰狼呢。」

舍監熱心地繼續說明——

「聽說灰狼比人類還要聰明。所以如果小孩腦筋太好，大家會說孩子的媽『生出狼孩子』，將她趕出村子呢。不過這都是很久以前的事了。」

「唔……？」

一彌想起維多利加是灰狼轉生的怪談。心中一直納悶這究竟是怎麼回事，聽到剛剛的說明似乎稍微懂了一些。

簡單來說，就是因為腦筋太好……

「……啊，早安！」

舍監抬起頭來打聲招呼——只見貴族子弟姍姍來遲，總算起床來到餐廳用餐。

他們一見到一彌，全部低下視線，默默坐在遠處的座位。一彌早已習慣這種狀況，毫不在意地站起身來。

一面斜眼看著舍監將早餐端到他們的面前，一面快步離開餐廳。來到走廊時，又想起剛才的廣告。心想或許可以用來打發無聊時間，又一個人自言自語回到餐廳……

「這份早報可以借我嗎？」

「送你吧——我已經看完了。」

「謝、謝謝妳。」

一彌將報紙夾在腋下，離開餐廳。

走出宿舍玄關，一彌抬頭挺胸，走在通往大校舍的小路上。路上看見塞西爾老師偏著頭站在草地上。

塞西爾老師是一個身材嬌小、有著及肩棕色長髮、戴著大大圓眼鏡，有點稚氣的女性。今天不知為何一大早就垂頭喪氣。

「……老師早！」

「哎呀，久城同學。」

注意到一彌，臉上堆起笑容。

「您怎麼了嗎？」

「沒有，那個……」

塞西爾老師指向草地另一頭的樹蔭——也就是分隔校園與外界的高聳樹籬。

「那附近有我很喜愛的漂亮三色堇，可是昨天不知道被誰踩壞了。真是可惜呀。不過……究竟是誰，又為什麼會從那個地方經過呢？那裡根本沒有路，再過去只有樹籬而已呀。」

「嗯……咦？」

一彌閉上嘴巴。

——這麼說來，昨天自己和艾薇兒沒能趕上門限，從樹籬上的小洞偷偷鑽進學校的位置，正好就在那附近。也就是說，踩壞三色堇的人很可能是自己……

沒發現一彌臉色大變，在心裡暗呼糟糕，塞西爾老師垂頭喪氣地離開。

這天中午。

一彌在從天花板的鑲嵌玻璃灑落眩目陽光的學校餐廳享用午餐時，突然慌慌張張地站了起來。正在撕麵包的艾薇兒注意到他的身影，眼睛看著一彌，心裡納悶他不知要到哪裡。

一彌走向位在校園僻靜角落的大圖書館。

和昨天相比之下，風勢變得強勁許多。或許正因如此，雖然季節已近初夏，依然感到一股寒意。

沒有學生會在這種時間快步離開校舍。走在無人的細石小徑上，一彌因為氣候寒冷而縮著肩膀。

「……維多利加？」

明明知道不會有任何回應，還是一邊呼喚她的名字，一邊爬上細窄的木製樓梯。

往上爬。

……往上爬。

…………總算到達目的地。就和一彌每次來訪時看到的場景一樣，一堆牛皮封面的巨大書本以放射狀排列，維多利加坐在中間……不對，今天那個嬌小的身軀趴臥在地上，手肘頂著地板撐住臉頰。圓滾滾的柔軟臉頰在小小的手掌上擠壓變形，另一隻手一如往常拿著陶製菸斗，湊近嘴邊吞雲吐霧。

「真是坐沒坐相。漂亮的衣服都被妳弄髒了。」

「……報紙上有讓你在意的報導嗎？」

一彌正想開口說些什麼，卻又馬上閉嘴。內心不可思議地想著「她怎麼什麼都知道啊？」

在維多利加的身邊坐下……

「……好痛！」

臀部撞到什麼又圓又硬的東西——只聽到下面發出喀沙喀沙的聲響，那個東西便被壓扁了。急忙起身一看，才發現是維多利加丟滿地的零食裡的可可MACARON。

一彌不耐煩地說：
「又丟了滿地。維多利加，拜託妳不要放在地上，用個盒子放好嗎？被我坐爛了啦。」
「啊啊啊啊啊！」
抬起頭的維多利加，把翡翠綠的眼眸睜得大大，臉上浮起驚愕的表情。
「我的MACARON！」
「……被我壓爛了。丟掉吧。」
「不行。你要負起責任吃掉它。」
「什麼～～？可是都已經壓成這個模樣了！」
「久城……」
維多利加盯了一彌數秒：
「吃啊！」
「……是。」
輸給維多利加的眼力，一彌只得把不成原形的MACARON殘骸放進口中。
一彌口中不斷咀嚼，重新坐在她的身邊，遞上從舍監那裡要來的早報。維多利加連看都不看，就把臉埋進書堆裡。
「布洛瓦警官好像沒有解決昨天的德勒斯登瓷盤竊盜事件喔。」

「……唔。」

「妳不覺得驚訝嗎？」

「看來一定有什麼內情吧。不過我不想和布洛瓦家的男人扯上關係。」

「嗯……」

「他們的髮型都很怪。」

「咦，每個人都很怪嗎!?」

維多利加抬起頭，「哈～」地打個呵欠。

「大概是遺傳吧。」

「髮型才不會遺傳。而且妳的髮型就很正常。」

「我是遺傳到母親。」

「唔？」

一彌點頭。

思緒不禁飄遠，想起自己留在海洋另一端，遙遠島國的家人。父親是嚴格的軍人，總是做對的事，堪稱男人中的男人；兩位哥哥也與父親一樣氣度宏大，甚至到了大而化之的男子漢；相反的，母親是個穩重大方的溫柔女性，年長兩歲的姊姊也和母親非常相似，是個可愛的女孩。一彌曾想過，自己明明是男生，為什麼和父親一點都不像，但是一想到這等於否定自己最愛的母親和姊姊，所以從來沒有說出口。

「……我也是像母親吧。」

沒有回應。

看看旁邊，維多利加把菸斗從嘴裡拿出來，「呼～」伸了個懶腰。就像貓咪伸懶腰一樣，小小的身軀看來意外修長。

「你是來說古雷溫的事嗎？」

「嗯。這也是其中之一。」

「你好像很喜歡我那個髮型很怪的哥哥嘛！這麼在意他的一舉一動。」

「完全相反！我最討厭他了！」

「……我知道。只是看你生氣比較有趣，所以故意逗你一下。只要是有關古雷溫的事——久城，你還真容易生氣呢。這種事情對我來說非常神奇，而且有點愉快的感覺。」

「……真是抱歉。」

一彌嘴裡抱怨個不停，伸展原本抱在胸前的膝蓋，然後將早報翻開到分類廣告那一頁，放在維多利加的眼前給她看。

維多利加以嫌麻煩的表情，斜眼瞄著那則〈敬告『灰狼後裔』……〉的廣告。

沒想到她突然翻身坐起，從一彌手中搶過報紙，把臉貼近到睫毛差點碰到報紙的程度，從左到右、又從右到左，不停反覆閱讀那則廣告：

「敬告『灰狼後裔』……馬上就是夏至祭……」

「這廣告很怪對吧？按照舍監的說法，所謂的分類廣告，大多是敬告離家出走的人啦、求人求事的訊息啦，還有讓人聯想到犯罪的謎樣訊息。這一則還真是極為不可思議的訊息呢。維多利加，妳不是說很無聊嗎？所以我就在下面找來一個不可思議的訊息給妳……怎麼啦？」

維多利加迅速站起身來，就像是上緊發條的娃娃開始動作。臉色蒼白，雖然不到昨天布洛瓦警官那麼嚴重，但蒼白的程度足以看出她受到相當大的震撼。

「……妳怎麼啦？」

維多利加想要奔跑，卻被一彌伸長的腳絆了一跤摔倒在地，發出砰碰巨響。縫有釦子的小皮靴鞋底朝天，白色荷葉邊襯裙以及可愛的繡花襯褲瞬間輕盈膨起，又慢慢落下，覆蓋在倒地的維多利加身上。

「維多利加？」

「………」

寂靜持續數刻。

維多利加突然坐起身來。

因為她一直沉默不語，一彌在一旁看著她的表情，問她「沒事吧？」維多利加張開小巧的雙手，按住臉龐。

「好痛。」

「……我想也是。好大聲啊。」

「好痛。」

「嗯。」

「……好痛好痛啊！」

「不要對我發脾氣啦！明明是妳自己跌倒的。」

一彌心裡雖然擔心她，可是難得自己占上風，語氣裡帶著一點興奮。

「真是的，妳沒事吧？快起來吧。妳到底想去哪裡？」

「我想拿右側書櫃從上面數來第七格、右邊數來的第三十一本書。久城，你去幫我拿。」

「咦？」

「那是一本褐色皮革封面、上面有鉚釘，很有分量的一本書。」

「……知道了啦。」

因為維多利加說話時一直按著臉，一彌只好沿著樓梯往下爬，伸手取出她所說的那本書。顫顫巍巍的木製梯子隨著一彌的動作吱嘎搖晃。

維多利加突然爬下梯子，一腳踹在姿勢不穩的一彌背上。這個突如其來的動作，雖然只不過像是被小孩子推上一把，力道相當微弱，但原本就姿勢不穩的一彌還是失去平衡，差點就從梯子上掉下去。他翻個觔斗倒在樓梯上：

「妳、妳在幹什麼！」

「哼哼，你也該小心一點。」

「這根本就是人禍！」

——兩人之間一觸即發，不過還是回到植物園，把維多利加說的書拿給她。

維多利加一邊熟練地翻閱，一邊把MACARON塞入口中，隨手亂丟包裝紙。一彌迅速拾起，放進口袋裡。

「……自古以來，在蘇瓦爾有個怪談，越是深山越是流行，相信你一定也聽過——就是『灰狼』的怪談。」

一彌點頭。

「雖然大多數的傳說都是捏造出來的，但這裡卻有個很可信的資料——十六世紀某位英國旅行者寫下的日記。我一直在思考這個記述。」

維多利加把書遞了過來。

一彌心想，要是拉丁語或希臘語只能舉手投降，有點害怕地看了一下——幸好是以英語寫成的。古老語法實在難懂，一彌費了好大的工夫才總算看懂那一頁。

『……這是發生在一五一一年的事。我在蘇瓦爾與瑞士國境附近的山脈迷路。沒有僱用嚮導，指南針也失效，在黑暗的森林裡漫無目的徘徊。入夜之後，因為害怕野獸侵襲，我升起營火。野生動物都怕火。然而就在接近半夜時分，「他」出現了。

那是隻年輕的公狼，有著銀灰色毛皮的狼。他與其他動物不同，並不怕火。踏著落葉一步步慢慢接近。

在我做好面對死亡的心理準備時，發生令人驚訝的事。

狼張開嘴，我可以從他張開的口中看到深紅色舌頭。但是他並不打算吃掉我。

他竟然開始說話。

灰狼非常沉靜，擁有與年輕外表不相襯的知性與穩重。或許因為身處深山，很少有說話對象吧？他問我，我便回答。我們談到深奧的世間之謎，還有人類與野獸的歷史。等到回過神來，天色已經亮了。他指點我離開森林的路徑。

離別之際，我與灰狼立下一個約定。

「絕對不可洩漏曾經遇到會說人話的狼……」

但是我沒有遵守約定。當我平安回到家，終究按捺不住告訴妻子，妻子又告訴她的哥哥。

輾轉傳到官吏耳裡，他們便仔細詢問我地點何在。之後，官吏也要我立下相同的誓言——

絕對不可洩漏……

一年後。

我再度造訪那座山脈。

當我抵達與灰狼相遇的地點，發現旁邊就有個小村落，只是因為當時天色昏暗所以沒發現。但村裡卻空無一人，已經化為被燒毀的荒涼廢村。

官吏的嘴臉掠過我的腦海。

這都是我害的，因為我違反約定……

我大聲呼喚年輕的公狼。

沒有回答。

但是……

聽見落葉發出沙沙聲響。

回頭一看，有個身影消失在森林深處。一瞬間，只有一抹銀灰掠過林木之間。

遠處傳來遠吠的聲音——那是無數狼隻的咆哮。我突然心生畏懼，連滾帶爬只想儘快下山。這一切都是我的錯。但是在奔跑的過程中，我心中只想著一件事：

他們還活著。他們逃過了一劫。

現在仍在山中……』

一彌總算讀完以英語寫成的頁面。「呼～～」地吐口氣，向維多利加報告：「我看完了。」

維多利加一臉驚訝：

「你一直在看嗎？」

「……真抱歉，我看書的速度沒有妳那麼快。」

「真是的，你這個好學生的半吊子程度真是嚇死人。我還以為你睜著眼睛睡著了。」

「嗚……真不甘心……」

完全不在乎眉間皺在一起，開始呻吟的一彌，維多利加拿起書，急忙翻開頁面開始說明：

「這個國家本來就有許多與狼有關的傳說。不過和一般野狼吃人、一到滿月之夜就會殺人的狼人血腥傳說大異其趣。有『安靜的灰狼』、『披著毛皮的哲學家』等各種不同說法。不過我認為，如果走出這個國家，以寬闊的視野來思考，就能夠發現許多過去不知道的事。令人意外的是，狼傳說是最近數百年才出現的。如果閱讀十三世紀左右的書籍，根本不曾出現過狼。也就是說……」

一彌心不在焉看著滔滔不絕說個不停的維多利加。因為實在聽不懂她在說什麼，越來越感到無聊。

（這麼說來……）

突然想起維多利加跌倒時，一直好痛好痛叫個不停。

（原來維多利加很怕痛？大家都怕痛沒錯，不過她大吵大鬧得簡直就像是世界末日。）

再次回想自己曾有一瞬間占了上風，一彌不由得滿意地微笑起來。維多利加注意到：

「你怎麼啦？幹嘛一臉怪里怪氣的表情。」

「維多利加，妳轉過來一下。」

「嗯？」

一彌開玩笑的在維多利加轉向自己，看來令人聯想到瓷器的白皙額頭上，輕輕彈了一下。

為了不彈痛她，只是輕輕碰到而已，甚至輕到沒有發出聲響的程度，可是維多利加抬頭看著嗤嗤發笑的一彌，翡翠綠的眼眸裡竟然慢慢浮出盈眶淚滴。

「哈哈哈，嚇到、了、吧……？維、維多利加!?」

「好、好痛！」

「不可能吧。我下手明明很輕。妳太小題大作了。」

「好痛。」

「妳、妳說什麼傻話啊？維多利加。」

維多利加一雙小手護住額頭，身體不停往後退。就像是被疼愛有加的飼主踢開的小貓，臉上帶著畏懼、不敢置信的表情。

「妳這是什麼反應啊！」

「久城，我萬萬沒想到你竟然是這種人。」

「咦～？好、好吧，我知道了。對不起。我道歉可以了吧。真有這麼痛？可是……嗚哇！對不起！」

「我這輩子再也不要和你說話。我要跟你絕交！」

「什麼～～？」

對於維多利加所說的誇張言詞，一彌原先還一笑置之。等到發現自己怎麼說維多利加都不肯回應，完全當成自己不存在之時，才開始覺得不妙，然後又生起氣來。

（這種態度簡直就和布洛瓦警官對維多利加視若無睹一樣嘛！原來如此，這對兄妹只要有什麼不稱心的事，就會把對方當做不存在……）

一彌失望站起。

「過分的是妳，維多利加。什麼絕交嘛。我都已經道歉了，是妳太任性了。我不管妳了。」

維多利加沒有回應。

抽著菸斗，好像一旁根本空無一人，埋首在書堆裡。

「妳喜歡書勝過我吧？」

「……」

「我知道了。我再也不會過來。」

「……………」

「我真的、絕對再也不到圖書館來囉。維多利加……維多利加是怕痛的膽小鬼！」

一彌大叫之後，連先前帶來的報紙也不管，就直接沿著細窄的木製樓梯往下衝。

往下衝。

往下衝……

……繼續往下衝。

差點沒跌倒。

——好不容易到達一樓大廳的一彌，還依依不捨抬頭仰望天花板。一瞬間好像看到嬌小白皙的臉孔俯視這邊，下一個瞬間又匆忙縮回去。

「搞什麼嘛。維多利加……」

一彌再度喃喃自語：

「……我真的再也不要來了。」

遠處響起下午課程開始的鐘聲。

「我說真的……」

推開沉重的門扉，小鳥吱吱喳喳的叫聲隨著暖和的陽光一起湧入。一彌微微低頭離開圖書館。沉重的門扉緩緩關閉，圖書館內部再度被塵埃、知性與靜謐等難以侵犯的空氣包圍。

再度重返寂靜。

4

入夜之後，聖瑪格麗特學園有如世界末日般被寂靜包圍。校舍與宿舍建築物重返寂靜，好似空無一人，陰暗的影子落在環繞四周有如深邃森林般種植許多樹木的庭園。偶爾會有皎潔的月光從枝葉之間隱約透出，又被群青色的雲朵遮掩，陷入黑暗。

這個時間——不過只是晚餐結束，剛過晚上七點，就夜晚來說時間尚早——學生們正在宿舍裡的房間勤奮向學。除了人稱舍長的高年級學生會定期巡視低年級學生的房間，身為學校職員的舍監也會在玄關前的管理室確認學生出入。

舍長對死神的傳聞極其畏懼，所以只有對一彌的房間巡都不巡，通常都是直接跳過。事實上也沒有檢查的必要，一彌總是翻開厚重的教科書，勤奮複習當天上課的內容、預習隔天的範圍，以及學習英語與法語，還有最頭痛的拉丁語。

這一夜，一彌也坐在窗邊的書桌前，嘴裡喃喃唸著拉丁語單字。

掛在牆壁上的瓦斯燈發出「唧唧唧……」聲響。

教科書與文具整齊排放在厚重書桌上。

一彌的表情極其認真。

「……？」

突然抬起頭的一彌，正打算把視線拉回到教科書上時……突然轉為訝異的表情，再看一次窗外。

陰暗的窗外。

高布林（註：源自十五世紀法國Jean Gobelin所研發的紡織品。特色是利用各種色線，巧妙表現出人物、風景等圖樣）窗簾因為月色皎潔而拉開，法式落地窗也微微敞開。

外面……好像有什麼東西在陰暗的小徑上移動。

（什麼……!?）

雖然有些膽怯，一彌還是將落地窗打開一點往下望。

從位於二樓末端的小房間，可以看到覆蓋草皮的庭院，以及通往另一頭的樹木之間。雖然與蜿蜒連綿的陰暗小徑有段距離，但也可以看得清楚。

小徑上……「那個東西」以緩慢的速度移動。

那個東西……

——是個巨大的衣箱。

旅行用的大衣箱，竟然在沒有任何人提著的狀態下緩慢移動。一點一點……只移動十公分左右就停止，幾秒之後再移動十公分，如此不斷重複。

蹬……蹬……蹬……

雖說是遠處的小徑，在朦朧月光下，其他東西都靜止不動的背景裡，衣箱輕輕移動的異樣情景清楚映入一彌的眼簾。

（衣箱自己移動……？）

似乎是朝學園正門的方向……

蹬……蹬……蹬……

一彌目瞪口呆了一會兒。

然後回過神來，丟下教科書、鉛筆就站起身。

小心翼翼朝著窗邊的粗壯樹枝伸出手。雖然並不擅長爬樹，但是小時候經常被沒有惡意的粗心哥哥笑著放在樹上不管，或是丟進河裡載浮載沉。並不是哥哥們故意找麻煩，只是他們認為男孩子理應喜歡爬樹或是到河邊玩，雖然行動粗暴了點，其實只是單純希望年幼的弟弟玩得快樂……

發揮當時被硬逼著學會的技巧，一彌靈巧爬上樹幹，往下攀降。

腦裡只有一個念頭。

（這真是世間之謎呀……在月光下移動的衣箱！）

打算把這件事送給怪異的朋友維多利加。

一彌沿著樹枝一步一步往下，最後的兩公尺雖然有些害怕，還是咬緊牙根往下跳。

啪沙——！

樹枝搖晃發出巨大聲響。

一彌起身橫越草地，小心翼翼避免發出腳步聲。慢慢接近陰暗的小徑。

衣箱依舊蹬……蹬……雖然動作不大，但卻朝著某個方向持續移動。

一彌開始感到有點期待。想到發現這個謎，便可以爬上圖書館告訴維多利加，便覺得充滿期待，躍躍欲試。

然而……

一彌原本打算繞到衣箱的後方看個清楚，可是就在他改變角度，看到衣箱後方的東西之後，臉上詫異的表情更加誇張——最後轉為放棄的表情。

從衣箱的後面……

隨著移動，蹬……蹬……出現的是……

一雙小巧的腳。

腳上穿著飾有蕾絲的皮鞋。豪華洋裝裙裾的流蘇，隨著每個動作輕盈搖晃。裝飾在帽子上的天鵝絨緞帶，在夜風的吹拂下飄動。

該不會是維多利加吧？

但是……

一彌在草地上朝著遠方的小徑拉開嗓門大喊。

「……妳在做什麼呀？」

蹬……蹬………………

衣箱的動作隨之停止。

突然聽到男孩子的聲音，維多利加吃了一驚。一彌再看清楚衣箱的後方，才發現她用兩隻小手攀著巨大的衣箱，慢慢地拖動。

維多利加似乎根本不打算回答，所以一彌便跑過草地，接近小徑。湊近一看，才發現衣箱非常大。如果裝箱的技術好一點，甚至可以輕輕鬆鬆將一彌與維多利加兩人裝進去。

「……妳在做什麼呀？」

一彌再問一次。

「唔……呃……」

維多利加似乎想說些什麼，卻又緊閉雙唇。裝作沒聽到繼續拖起衣箱。

蹬……蹬……蹬……

「妳要去哪裡？」

「……………」

「到底要去哪呀，維多利加？」

「……………」

「明明是妳自己說過，妳不能擅自離開學校的嗎？況且，正門鎖了根本打不開。」

對於一彌這些聖瑪格麗特學園的學生來說，超過門限時間之後當然不准任意外出，大門也會牢牢上鎖。萬一硬闖出去，也有週末禁足不准外出的處罰，而且學校可能會向家長報告。

至於維多利加——

一彌並不知道詳情。她似乎無論任何情況都不許離開學校。除了上次古雷溫・德・布洛瓦曾經向某處申請取得外出許可，而且與她同行……

可是……

「……………」

維多利加沒有回答一彌的問話。

衣箱朝著正門以每分鐘十五公分的速度移動。

「妳為什麼不說話？」

先前對一彌的聲音聽而不聞的維多利加，似乎嚇了一跳，回過頭來。臉上掛著不敢置信的驚愕表情。

一彌訝異地說：

「怎、怎麼啦？」

「…………!!」

「妳不能說話嗎？啊，我知道了，是蛀牙對吧？」

「!?」

維多利加一臉懊惱。

「這麼說來，妳的臉頰腫腫的呢。右邊……啊，左邊也是。」

維多利加皺起眉頭，咬牙切齒，似乎想要大叫：「和平常沒什麼兩樣好嗎!?」

一彌完全沒注意到她的表情：

「要去看牙醫嗎？那不需要這麼大的行李。打開來我看看……嗚哇！怎麼有這麼多東西？換洗衣物、大鏡子，還有椅子!?十人份的茶具組、可以把妳裝進去的大花瓶……這是什麼……連行軍床都有!?妳到底是要去哪裡啊？又不是要移民新大陸的家庭。這次的行李比上次還要大耶。妳真是學不乖！」

一彌嘴裡嘀咕個不停，自顧自的開始處理行李。一旁的維多利加焦急地揮動四肢，以沉默表示抗議。一彌不停擅自處分行李：

「牙痛的人最好安分一點。」

「!?」

維多利加以兩手按住鼓脹的臉頰，淚眼婆娑。

「妳聽好了，我們看完牙醫之後立刻回來。還有，絕對不可以把這個小洞的事說出去。要不然會害艾薇兒……挖這個洞的學生惹上麻煩。」

——又過了數刻。

一彌一手提著放有維多利加變少的行李迷你衣箱，另一手握著維多利加掙扎不停、想要掙脫的手，打算從艾薇兒告訴他的樹籬通道溜出去。

把維多利加多餘的行李藏在樹林裡，自己回到房間帶好錢包和外套，再過來幫她帶路。

回頭看著滿心不悅而一臉愁容的維多利加：

「啊，糟糕。我忘記了！」

朝著臉上帶著「你終於想起來了嗎？」神情的維多利加，一彌指指腳邊。穿著綴有蕾絲的小巧皮鞋的腳，被夜露濡濕而發亮的三色堇花苞就在腳邊搖曳。

「別踩到花喔。塞西爾老師會傷心的。」

「……！」

維多利加微微低下頭。

——一出學校，一彌為了避免維多利加到處亂跑，更是緊握她的手。行李出乎意料地沉重，提起來相當吃力。可是，這個聰明絕頂、出言粗魯，實際上幾乎沒有離開過學校的維多利加，如果就這麼放任她不管，不知道會跑到什麼地方去。說不定會迷路、會因為不知道怎麼搭乘交通工具而哭泣、搞不好還會跌進古井或捕捉動物的陷阱而爬不上來。

一想到各種危險的狀況，一彌就臉色發青，更用力握緊她的手。

似乎對一彌的擔心毫不領情，維多利加像是要甩開他的手，粗魯地上、下、左、右晃動被一彌抓住的手。

「好痛，維多利加。我的關節、肩膀的關節、要脫臼了！」

「……」

「牙醫在哪裡？維多利加？」

「……」

維多利加默默不語開始往前走。

無計可施的一彌只好跟在後面。

——最後維多利加來到曾和一彌一起來過的地點——村中唯一的車站。小小的三角屋頂正中央有個發出亮光的圓形時鐘。時間已過七點。

一彌大吃一驚：

「車站!?難不成妳想搭火車？到底要去哪？不是要看牙醫嗎……？」

維多利加佯裝不知進入車站。為了買車票甩掉一彌的手，兩手獲得自由之後，小聲告訴站員目的地。一彌慌忙拉住維多利加的手：

「這樣不行呀。妳跑去太遠的地方，學校一定會發現我們偷溜出去的！」

「……」

「而且，我除了錢包什麼都沒帶……」

「……」

「我們回去吧，維多利加。妳究竟是怎麼了？」

「……」

維多利加毫不理會，甩開一彌逕自走開。一彌急忙告訴站員：

「和剛才的女孩同樣目的地，再一張！」

「……到霍洛維茲嗎？」

「霍洛維茲……？」

一彌急忙點頭，接下車票並付錢，追上維多利加。

她小小的背影已經走上月台。一彌匆忙追上：

「維多利加……」

「……」

「為什麼？」

維多利加還是沒有回答。

小小的月台，因為蒸氣火車駛進而開始震動。夜空中有星星在閃爍。

遠處可以看見其他乘客穿過剪票口進入月台。

黝黑的蒸氣火車「咻噗咻噗！」噴出白煙抵達月台。

車掌下車，拉著黃銅門把打開車門。

維多利加上車，一彌雖然感到不知所措，也跟在她的後頭搭上火車……

車掌吹哨。

車門發出聲響之後關上。

（霍洛維茲……是出現在分類廣告上的城鎮。）

一彌回想起報紙廣告——記得上面寫著〈敬告「灰狼後裔」。馬上就是夏至祭。我等歡迎子孫——〉謎樣訊息。

還有……

（上面寫著接近瑞士國境、名為霍洛維茲的小鎮，以及簡單的路程說明。那是個位於比這裡還要更裡面的深山山腳下，一個小城鎮的名字……可是維多利加為什麼……）

毫不在意一彌擔心的視線，維多利加一句話都沒說。

而一彌也想不出，她為什麼不肯說話。

（這麼說來，當我把分類廣告拿給她看時，維多利加不知為何臉色大變。還曾經聽艾薇兒說過維多利加的傳聞……「維多利加．德．布洛瓦是傳說中的灰狼」，再加上布洛瓦警官大叫的謎樣名字──柯蒂麗亞．蓋洛……全都搞不懂。維多利加一言不發，什麼都不說……）

一彌自言自語。

（真是傷腦筋啊……）

維多利加輕盈坐在包廂座位一端，雖然身材嬌小，但光是蓬鬆的蕾絲和荷葉邊就占據兩人分的座位。就像是洋娃娃裝一樣動也不動，只有翡翠綠眼眸偶爾眨一眨。

表情沉重，和平常相比顯得無精打采。不過，圓滾滾的臉頰就和平常一樣，有如刷了腮紅，呈現出暖和的玫瑰色。

「……唉呀，已經有人了嗎？」

廂門突然打開，一位年輕女子進入一彌他們所在的包廂。一彌嚇得站起身來。

應該就是剛才進入車站月台的另一位乘客吧。

「時間不早了，乘客也少，總覺得好寂寞啊。兩位，方便讓我和你們一起坐嗎？」

令人想到紫丁香香水的甜美氣息，嬌媚略帶沙啞，婀娜多姿的聲音——一彌好像在哪聽過這個聲音。「請便……」邊說邊抬起頭，對方看到一彌的臉，也露出「唉呀？」的表情。

「什麼啊，原來是你。」

「不，啊……」

站在那裡的人……

厚重的修女服，與令人聯想到沙漠乾燥青空，帶著寂寥的灰藍色眼眸。

就是在義賣會偷走德勒斯登瓷盤的年輕修女。

獨白 — monologue 1 —

每到夜裡——便會想起血腥的記憶。

是的，「那」是早已遙遠的過去，每到夜裡總會再次想起鮮明的色彩、聲音與觸感。

記得發出低沉的噗嗤聲直刺到底的短刀，刀柄上有著豪華的黃銅裝飾。

記得鑲著水晶的窗戶外頭，沉落的太陽有如火焰燃燒。

記得藍天鵝絨的沉重窗簾，瞬間因為風而輕輕晃動……發出乾燥沙沙聲響。

記得沒有發出任何慘叫便滾倒在地的男人，穿胸而出的刀刃發出暗紅色光芒。記得微弱的呻吟從喉嚨洩出，有如空氣流洩之後重返死寂，最後只有無人可以侵犯的靜寂。記得自己佇立在當場，直到窗外的太陽被黑暗所包圍。記得自己回過神來返回「原來的地方」之後，獨自一人緩緩回味著湧現的喜悅。

還記得那個聲音。可愛的聲音。

——從沒看過這麼美麗的東西！

這一切簡直都像剛才發生的事。
難以忘懷。
——我被困住了嗎？
人們稱呼我們為「灰狼」，但那是錯的。
狼不會因為「那種理由」自相殘殺。

第二章　帽盒裡的松鼠

1

一彌一行人不久之後在某站下車，轉乘通往山脈深處的登山鐵路。

那是人稱阿伯特（Abt）式、為了登上險峻高山而在軌道上裝設齒軌、車上裝有齒輪的火車。不像剛才搭乘的火車，少了精緻的車窗、幃幕窗簾等裝飾，看來相當簡陋。照明也很黯淡，令人感到氣溫似乎更低了一些。

喀噹、喀噹噹——！

火車緩緩啟動。

左右大幅搖晃。

地板傳來軌道上的齒軌和火車的齒輪咬合時發出的「吱嘎吱嘎」金屬聲。

車廂內被近似月光的蒼白光芒所包圍。沉默坐在身旁的維多利加玫瑰色臉頰，也被染得一片蒼白。掛在牆壁上的燈，罩著青白色的玻璃燈罩。近似月光的朦朧光芒便是來自壁燈的光，搖搖晃晃落在兩人的身上。

「……唉呀，真是奇遇哪？」

兩人所在的包廂簡易廂門被人粗魯打開，是個年輕女子……剛才搭乘同一班火車的修女。

一彌驚訝地說：

「咦？呃，您也……？」

「是啊。真是的，你們要去哪裡啊？」

一彌喃喃自語「我也很想知道啊……」偷偷瞄向維多利加。

維多利加還是固執地保持沉默，對一彌視若無睹。很明顯是在不知所措的一彌提出問題時，漸漸變得越來越彆扭。剛才一彌認為她是牙痛，不過看來並非如此。本來覺得她的臉頰有些腫，不過後來仔細想想，似乎原本就是鼓鼓的，讓一彌感到一陣混亂。

在兩人面前大剌剌坐下的修女，讓一彌不禁露出為難的表情。從剛才就一直想要向維多利加訴說有關於修女的事，但是當時她就在眼前，自然說不出口。本來想等到換乘登山鐵路之後再慢慢說明，沒想到修女又與他們同行……

一彌只好比手畫腳，希望維多利加可以知道就是那件事。

那件事……

也就是修女正是「德勒斯登瓷盤竊盜事件」中，維多利加所推理出來的犯人。

不知為何布洛瓦警官竟然沒有逮捕犯人，相當怪異的事件……

——音樂盒「啪」一聲解體，讓大家都大吃一驚，修女趁機放出藏在裙子裡的鴿子，當大家抬頭看時，瓷盤就消失無蹤，造成混亂……這一連串的過程，一彌打算以手勢傳達給維多利加。維多利加佯裝不知背向一彌，像小孩一樣貼在窗上。

外面一片黑暗，根本看不見任何風景……

一彌垂頭喪氣，放棄比手畫腳。

不經意看了坐在眼前的修女一眼。

壁燈發出有如月光的蒼白光芒，隨著火車搖晃的頻率左右搖動。藍灰色的細長眼睛，在白天看來健康明亮富有女人味，現在看來卻是神祕詭異，毫無表情。睫毛的陰影映在長著雀斑的白皙臉上，顯得格外細長。

修女蒼白的臉上，隨著壁燈搖晃而照亮變暗。看著看著不知不覺感到不安。

修女突然開口——與詭異的氣氛相反，非常開朗的聲音：

「你們到底是要去哪裡啊?再往前走就是山裡囉。」

「……嗯。」

「況且又這麼晚了。」

「修女要去哪裡呢？」

「……」

修女閉上嘴，盯著一彌的臉：

「……你們呢？」

「呃，我們要去霍洛維茲……」

「怎麼嘛，和我一樣啊。我也是要去霍洛維茲。怪不得會搭乘同一班車。」

「咦……妳也要去霍洛維茲？為什麼？」

「你們呢？」

每次發問都會被反問，一彌不禁地閉上嘴。仔細思考之後：

「呃……有很多原因。修女呢？」

「我啊……我是那裡人嘛。所以囉。」

「咦！是這樣啊。霍洛維茲是個怎樣的地方？」

修女瞬間露出一副「糟糕了」的表情。咋舌開口：

「這個嘛……就是很普通的地方。」

如此說完之後就閉口不語。

看著窗外的維多利加，瞄了一眼修女映在窗上的側面——只不過是短暫瞬間的視線，但修女還是注意到，以嚴厲的目光回瞪維多利加。不過以手撐著臉頰的維多利加，視線早已回到窗外。修女思考了一會兒，視線離開維多利加小小的背影。

「……我叫做蜜德蕊。蜜德蕊・亞巴加。你們是？」

「我姓久城。久城一彌。這位是我的朋友維多利加。」

「昨天和你同行的女孩呢？」

自稱蜜德蕊，有著灰藍色眼珠的修女，聲音突然變小，好像在揶揄一彌。

一彌嚇了一跳，不知道該怎麼應付：

「昨天？喔，和我一起去義賣會的是艾薇兒。我們是同班同學。」

一彌突然想起昨天的事，便回問修女：

「說到昨天，之後怎麼了？被偷走的瓷盤……」

「……我也不知道。一直都沒有找到。」

口氣似乎很遺憾，但是臉上卻掛著和嘴裡說出來的話，正好相反的高興表情。嘴角向上翹，好像快要哈哈大笑起來。

「犯人究竟是……」

「……誰呢。究竟是怎麼偷走的呢？真是不可思議啊！」

「……」

「啊，差不多要到了。」

蜜德蕊像是想蒙混過去，伸手指著窗外。

——不知何時登山火車已經穿越山脈，到達目的地。

霍洛維茲站。

刊登在分類廣告上的小鎮。

2

鎮上只有一家旅館。

「來登山的觀光客？才沒有這種客人呢！附近的山勢陡峭，除非有特殊理由，否則根本沒有人想要往上爬。」

到達旅館詢問之後，得到這樣的回答。

鎮上相當蕭條，即使旅館前方是條寬闊街道的石板路，也幾乎沒有人跡。不知為何旅館前方停著一輛最新式的德國汽車，嶄新的車型和這個景色顯得格格不入。

破舊的三層樓旅館玄關門板上面，不知為何釘著一隻被箭射死的野鳥。

一陣強風吹來，一彌仔細盯著鳥的屍體——野鳥的羽毛被風吹起，發出微弱的刺耳聲響。滴答、滴答……被箭射中的傷口還滴下暗紅色鮮血，落在玄關的石板上，形成小小的血漥。

因為風的緣故，旅館的屋頂發出吱嘎聲響，怪異的野獸氣味也隨著風飄來。

「今天晚上的天氣會變差。你們在夜裡千萬不要外出。」

一彌回頭詢問旅館老闆：

「不要外出比較好嗎？」

「是啊，在這種夜裡會有狼出沒。」

「狼？」

「是灰狼喲。」

站在旅館吱嘎作響的櫃檯前的維多利加，突然抬起頭。老闆注意到她的反應，像是要嚇唬小孩子般彎下腰，把臉靠了過去：

「這附近的深山裡，從古至今都住有灰狼。在風勢強勁的夜裡，就會下山來殺人。小姐，如果不希望妳可愛小臉的肉被啃掉，就別離開房間。」

維多利加完全沒有被嚇到，讓老闆因為失望而低下頭。一旁的一彌說道：

「這類灰狼的傳說，在蘇瓦爾國內不是到處都有嗎？」

「錯了，霍洛維茲這裡才是正宗的灰狼喔。這裡真的有。」

老闆指著門板——

「就是為了防止灰狼進入，才把那隻死鳥掛在那裡。為什麼這麼做呢？據說牠們怕鳥。我也不知道究竟是真是假，不過附近森林裡的確有野狼，這也是用來提醒我們自己。可是這座山的深處有真正的灰狼村。那裡讓我們害怕了四百年。」

老闆說完，先去確認房間的蜜德蕊正好從旅館裡走出來。讓人難以聯想到是女人的巨大腳步聲走下樓梯，逐漸接近。一彌不由得想起當時在跳蚤市場遇到修女時的事。當時的確留下大而化之、不拘小節的印象……

由登山鐵路下車，到達霍洛維茲之後，因為只有一彌與維多利加兩人，似乎很難讓旅館收容他們過夜，於是兩人便與蜜德蕊一道來到這裡。或許是修女服發揮效果，旅館的人並沒有多問什麼就幫他們辦好住宿手續。老闆搬起三人的行李，爬上通往二樓的樓梯，嘴巴繼續說著：

「住在那個村子裡的是恐怖的人狼。他們的外表看起來老實，但是千萬不可觸怒他們。雖然他們有著過人的器量，腦筋也很好，但是沒有人知道他們的來歷。絕對不能用一些無聊的事觸怒他們……」

「請問，你說是人狼……也就是說，那個村子裡，住的是普通人嗎？」

「外表看來是人沒錯。」

一行人到達二樓。

旅館陰暗的走廊鋪著嵌木地板，一走動便吱嘎作響。抹著白色泥灰的牆壁已有多處剝落，變成深褐色。掛在牆壁上的壁燈發出微微的亮光，隨著地板搖晃微微晃動。

三個小房間已經準備好，一彌等人正準備要進入自己的房間。

掛著老舊珠簾的窗外，沉浸在夜色中的山脈似乎不斷迫近。

旅館老闆大聲說道：

「外表看來是人，但事實上不是。」

「……真的嗎。」

「你想一想嘛。隱居在深山裡的那些傢伙的頭髮、膚色——」

害怕得肩膀顫抖——

「——波浪般的金髮和白皙的肌膚。玫瑰色的臉頰和比一般人矮小的身材。他們外表就像同一個模子刻出來的。照理來說，一般蘇瓦爾人應該有更多樣的髮色和體格才對。例如有褐髮、棕髮、紅髮等。就像是、這、這樣……」

老闆突然發現，低頭看著嬌小的客人維多利加。

表情痙攣地喃喃自語：

「對、就像……這個模樣。令人害怕、安靜的灰狼。」

確認過自己的房間之後，到旁邊的房間瞧瞧，維多利加已經安頓下來。一彌說道：

「有什麼需要我幫忙的地方嗎……？」

總之先出聲打個招呼，但是維多利加聽到他的聲音，反而背對著一彌。總之就是完全不回應，沉默不作聲。

「……妳到底怎麼啦，維多利加？」

「…………」

「啐……！」

一彌滿腦子疑惑地將門關上。

一邊走在走廊上，一邊自言自語：

「這究竟是怎麼一回事？維多利加一直不出聲，沒有任何說明就溜出學校，還跑到這麼遠的地方來……萬一讓學校老師發現，事情可就嚴重了。更何況還有布洛瓦警官……維多利加的家人也不可能保持沉默……」

不由得抱住頭。

上一次維多利加因為有布洛瓦警官的「外出許可」，才得以破例離開學校。回想起她搭乘火車、在車站下車、走在都會大馬路上的模樣，怎麼看都像是頭一遭，還好奇地左顧右盼。維多利加因為一彌不知道的理由，過著不能離開學校的生活。還回想起兩人從沉入地中海的船隻中安全脫身時，找到他們的布洛瓦警官和兩個警察部下，好像放下心中大石似的大叫「太好了！還活著！」的僵硬表情。

萬一他們知道維多利加擅自離開學校，搭上火車跑到這麼遠的地方來，又會怎麼樣呢？

（維多利加，妳為什麼跑到這個地方來……？報紙上的分類廣告又是怎麼回事……？）

抱著頭繼續煩惱。

可是現在再怎麼想也沒有用，因為維多利加根本不聽一彌的意見。站在一彌的立場，不論如何一定要緊跟在她身邊，直到回到學校才能放心。因為維多利加雖然頭腦很好，但幾乎沒有出過門。如果放著她不管，沒人知道會發生什麼事……

一彌悄悄走下樓梯。

找到一邊小口啜飲廉價酒，一邊翻閱雜誌的老闆，戰戰兢兢出聲發問：

「請問……」

才說明有關於分類廣告的事情到一半，老闆便一臉不耐：

「什麼啊！原來你們三個也是為了那個才來的呀。」

「呃，那個……咦？還有別人嗎？」

「是啊。門口不是停著德國車嗎？」

一彌想起停在旅館前的高級轎車，點點頭。

「三個年輕男子開著那輛車過來，他們也問我相同的問題。因為被報紙廣告吸引，特地走這一趟。我看他們只是興趣驅使，還提醒他們，灰狼的村子不是好奇就可以隨便去的。」

「啊……」

「他們還嘲笑我是迷信。等吃虧時就知道囉。」

老闆壓低聲音，像是自言自語般低聲嘀咕。

唧唧唧……瓦斯燈發出聲響，燈光瞬間變暗。

老闆刻畫著皺紋的臉龐化為黑影，只聽得到聲音繼續傳來：

「一定會見血。安靜的灰狼絕對不可能原諒他們的好奇心。」

——唧唧唧。

瓦斯燈閃了一下，老闆的聲音突然轉為開朗：

「他們就住在三樓的房間。既然你們的目的地相同，那麼明天早上可以跟他們聊聊。他們蠢歸蠢，不過人還不壞。」

「喔……」

「雖然他們堅持要開車上山，不過這裡的坡度太陡，汽車根本爬不上去。既然你們的目的地相同，可以和他們商量一下，一起僱用馬車。」

「這樣啊……那個，可以告訴我那個村子叫什麼名字嗎？」
「……沒有名字。」
還想繼續追問下去，老闆的臉色有點難看，壓低音量，以死人般的聲音說道：
「從四百年前就在山脈的深處，卻沒有名字……他們不給村子取名。理由沒人知道。所以……很可怕……我們都怕得要死。」
一彌突然感到毛骨悚然。
道謝之後正要走開，一彌突然又問：
「這麼說來，蜜德蕊修女的家又在哪裡呢？她為什麼和我們一起住在這裡……」
老闆抬起頭：
「就是和我們一起來的那位修女，她是在這裡長大的。」
「你說什麼？」
「……不可能。」
「可是……」
「我們這裡很小，每個離開鎮上的孩子大家都認識。更何況成為神職人員，就更是不可能。這裡每個人都是虔誠的信徒。」
「………」

「一定是你聽錯了吧。我們不認識她。」

一彌向旅館老闆道謝之後打算回房。

沿著一樓走廊往樓梯的方向走，視線正好與正在下樓梯的蜜德蕊撞個正著。發出蹬蹬咚咚的巨大腳步聲下樓的蜜德蕊修女，往下看到前方站在走廊上的一彌，不知為何大吃一驚。

微微發白的壁燈亮光，隱約照出蜜德蕊帶有雀斑的肌膚與憂愁的藍灰色眼眸。

「……怎麼還在這裡晃蕩？」

「不是，那個……」

「快去睡吧。」

蜜德蕊修女以略帶粗暴的口吻說完之後，便沿著走廊走開。一彌停下腳步，轉身打量她的背影。

可以聽到她正在詢問老闆：

「可以借個電話嗎？」

「……好啊。」

不知道她要打給誰。

一彌原本想要側耳傾聽她講電話，又覺得偷聽不太好。於是便往回走上樓梯。

回到二樓走廊的一彌，慢步往前走。每踏出一步，木頭地板就嘰、嘰……發出尖銳聲響。夾在石灰牆壁之間的走廊，雖說寬度可供一人行走，但因為天花板特別高，相較之下便顯得狹窄，總覺得有種壓迫感。

不由得朝著房間的方向加快腳步。

嘰、嘰、嘰……

地板吱嘎作響。

嘰、嘰、嘰……

每發出聲響，牆壁兩側等距排列的古舊玻璃壁燈便隨之搖晃。搖晃的程度越來越嚴重，一彌感到呼吸困難而輕輕喘氣。

天花板高聳的細窄走廊，簡直就像飄浮海上的船隻，令人感到搖晃。一彌發現自己回憶起船隻的不祥印象，急忙揮去這個念頭。

（如果說這是船……）

即便想揮去這個念頭，還是回想起來。

（如果說這是船，那個搖晃就是大浪、是暴風雨的前兆……）

腳步加快，只想盡快回到自己的房間。轉過走廊轉角，再度加快腳步時，一彌注意到盡頭處的大窗。

窗外陡峭山脈有如銳利鋸齒插入黑暗夜空。另一邊微微透出月光。

一彌走近窗戶，將窗戶打開。

夜色已深，冷卻的空氣吹了進來。

寒風吹動一彌的頭髮。

不知何處再度傳來野獸的氣息。

遠方傳來……不知是不是狗的遠吠。

（這股氣息是掛在玄關大門的死鳥……味道一定是從那裡傳來的。就是如此而已……！）

一彌用這種想法來安慰自己。

——喀咚！

背後傳來微微聲響，一彌顯得有點害怕。轉頭看向身後的側臉，因為窗口斜射而入的月光顯得蒼白。

「……原來是妳啊，維多利加。」

嬌小的維多利加身上穿著白棉睡衣，打開薄房門來到走廊上。洋裝型睡衣因為三層荷葉邊而鼓起，下方露出一彌看來像是燈籠褲的蓬鬆七分褲。褲腳以令人聯想到海洋的水藍色蕾絲緞帶收緊。

一半的長髮收進光滑絲緞的圓形睡帽裡。

小手揉揉眼睛，口中唸唸有詞：

「我問你，若是帽盒裡跑出松鼠，你想這究竟是怎麼一回事？」

「……啊？」

「只要用松鼠語問松鼠就可以了。」

「呃？」

「對了，這是什麼地方？」

「妳、妳問我這是什麼地方……」

一彌輕輕關上窗，衝到迷糊跑到走廊上的維多利加身邊：

「維多利加?維多利加?喂、難不成妳……睡糊塗了嗎？」

她急著用小手揉眼。總是睜得大大的翡翠綠眼眸，因為想睡而半闔，不時還眨眨眼。

「……我才沒有睡糊塗。你真是沒禮貌。竟然說淑女睡糊塗了?算了，這裡到底是哪裡？」

「這裡是霍洛維茲的旅館。」

「霍洛維茲？」

「妳不是很想來這裡嗎，維多利加？」

「……………」

漫長的沉默——維多利加的臉微微變紅，然後轉身打算回房間。一彌急忙拉住她。
「怎麼啦？」
「沒有，那個……很抱歉在妳想睡的時候打擾妳……」
「我才不想睡。到底是怎麼回事？」
「妳好不容易會說話了，所以我想問個清楚……」
「……我會說話了？」
維多利加站在走廊與房間之間，詫異地仰望一彌認真的神情——兩人的臉非常接近。維多利加輕盈的呼吸就落在下顎的附近，感覺有點癢。維多利加表情慢慢轉變，綠色的眼眸睜得大大的，還眨了好幾次，很明顯露出心想「糟糕」的表情。
「…………啊！」
「妳為什麼一直不說話？果然還是牙痛？」
「才不是！」
維多利加心情變得很差，獨自回到房間。一彌緊追在後，只見座墊、枕頭，接著是帽子，就連鞋子都朝入口飛來。
「嗚哇！喂!?」
稍微窺探一下維多利加，發現這次她竟然打算用力舉起椅子。一彌大驚失色：

「妳在做什麼啊!?為什麼這麼生氣!?」
「告訴你，這是淑女的房間，不准進來！」
「淑、淑女……算了，是這樣沒錯啦……?」
「呼、呼、呼……」
維多利加似乎已經筋疲力盡，不再想要舉起椅子，反而一屁股坐在椅子上。纖細的木頭椅子看來很輕，如果是一彌，應該可以連著坐在上面的維多利加一起舉起來轉上幾圈吧。
不知該怎麼辦的一彌進入房間，乖乖地半開著門，站在門邊。維多利加瞪他一眼：
「久城，你老是說我喜歡埋在書堆裡，其實是你自己老是丟三忘四，看過也記不住吧。你這個人啊……」
話說到一半又閉嘴。
窗戶微微晃動，風勢似乎變強了。
烏雲開始籠罩窗外的山脈。山雨欲來的暗藍色天空變得沉重，遮住浮在夜空中的星星。遠處還響起雷鳴。
「維多利加?」
「……算了。」
「我問妳這是怎麼回事?」

「我說算了、算了。」

「到底是怎麼回事！」

一彌也開始心浮氣躁，不禁用力敲了一下牆壁。這下子反而讓拳頭吃痛，忍不住淚眼盈眶，說不出話來。

沉默了一會兒之後，一彌開口了：

「……那個，維多利加。妳為什麼跑來這裡？」

「……」

「是因為我拿給妳看的分類廣告……對吧？妳看完之後就不太對勁，最後還溜出學校……妳不是不能隨便離開學校嗎？這可是妳自己說的。妳一向遵守規定，怎麼會一看到廣告就做出這種舉動……究竟是怎麼回事？」

「……」

「維多利加，我生氣囉。妳這種態度，簡直和布洛瓦警官……妳哥哥一樣。他對妳視若無睹，和妳現在背對我，根本就是一模一樣。妳就這麼討厭我嗎……？我們不是朋友嗎？」

「……」

「妳不是對我說過，說妳是我少數的朋友之一……」

一彌話說到此，便閉上嘴不再說話。

沙沙沙沙沙……

窗外發出微微的聲響，開始下雨了——白茫茫的細雨。白色霧氣遮住山脈。

模糊的窗戶玻璃因為雨滴而發出小小聲響。雨珠落下又消失，房裡似乎變冷了。

維多利加終於開口了：

「我是來證實某個人的清白的。」

「咦？」

「柯蒂麗亞．蓋洛的清白。」

一彌抬頭看向維多利加。她咬著下唇，以皺起眉頭的倔強表情瞪視一彌。

一彌不由得瞄了走廊的方向一眼，輕輕關上門避免被人聽見，緩緩走近維多利加。因為只有一張椅子，只好將她帶來的迷你衣箱放在她身邊，輕輕坐在上面，從下往上仰視維多利加。

「……你看這個。」

維多利加似乎想要拿什麼東西給一彌看，小手在睡衣胸前摸索。翻弄著棉質大荷葉邊——又遇到荷葉邊，繼續找——還有荷葉邊……

「……妳在做什麼？」

「等等！」

「………」

繼續在荷葉邊之間尋找。

「喂？」

「等等！等等！等等！」

「……我又不是狗。」

維多利加聽到一彌這麼說，終於抬起頭，一臉詫異的表情。

——好不容易從荷葉邊迷宮裡頭找到亮晶晶的金色圓形物體。一彌看了好一會兒，才發現那是一枚金幣。上面鑽個小洞穿了一條鍊子，加工成墜子。

只不過是金幣加上鍊子而已，看起來就像是小孩子做的玩具。和維多利加的豪華衣物相比之下，給人一種不搭調的感覺。

維多利加低語：

「這是柯蒂麗亞給我的。」

「……布洛瓦警官看到妳戴著印度風的帽子時，也曾經叫出這個名字對吧。」

「柯蒂麗亞．蓋洛是我的母親。」

她的聲音很微弱。

她慢慢將項墜翻面，想要讓一彌看看上面的東西。坐在腳邊的一彌伸出手——姿勢就像是從貴婦那裡獲頒禮物的騎士。

金幣背面貼著一張小相片。

維多利加・德・布洛瓦的黑白相片——

就和維多利加戴著一彌送的印度風帽子時一樣，長髮攏在身後，臉上化著濃妝。豔紅的嘴脣讓一彌有種強烈不協調感。那個顏色與維多利加的風格完全不同——屬於成人的顏色。

「……這個，呃……是妳嗎？」

「不是。」

維多利加搖頭：

「她是柯蒂麗亞・蓋洛。我的母親。」

一彌倒吸一口氣。

夜空開始下起傾盆大雨，激烈敲打窗戶。

維多利加咬著下唇，直挺挺坐在椅子上。

「我的母親是個舞者。穿著薄紗舞衣，以帶有異國風情的妝扮在舞台上表演，很受歡迎。但是母親所到之處發生各種事件，也被稱為神祕的女性。」

維多利加的聲音與在大圖書館頂樓被南國樹木與書籍環繞時一樣，平坦而冷靜。

窗外繼續下雨，房間裡的溫度也下降。一彌坐在迷你衣箱上，抱著膝蓋，仰視維多利加。

「母親有段時間和布洛瓦侯爵在一起，生下我之後就消失無蹤。我因為某種原因而被隔離在侯爵家塔頂的房間長大。他們從未告訴我有關生母的事情。有一天晚上，母親來到塔上，把這個金幣項墜交給我。窗外的母親長得和我一模一樣，所以我立刻就認了出來。」

「窗外？高塔的窗外？」

「柯蒂麗亞的身手非常矯健……非常、非常……」

一彌默不作聲。

「母親一直在保護我。」

「……嗯。」

「母親來自被認為是蘇瓦爾灰狼傳說起源地的某個村子。據說那個村子的人們，從十六世紀初開始住在深山裡，過著與世獨立的生活。村民的個子矮小、金髮、非常聰明，卻也非常不可思議。很難在都市裡找到來自那個村子的人，因為他們幾乎不離開村子。但是布洛瓦侯爵卻希望能夠將那種特別的能力引入自己家族的血統裡。當他調查到當紅舞者似乎擁有此種血統時，便將她據為己有。只可惜生下來的不是侯爵想要的男孩，而是我。而且之後才發現母親被趕出村子的原因——母親原本在村裡擔任女僕，但卻在某天夜裡犯下可怕的罪行，因此遭到村民驅逐。她是個罪人。布洛瓦侯爵開始後悔將受詛咒的血統引入家族之中。生下的小孩——我的長相又異於常人，便因為恐懼而將我關在塔上養大。只給我讀不完的書與用不盡的時間……

至於母親則是逃之夭夭，投身於當時爆發的世界大戰戰火中。」

維多利加不再說話。

從一彌手中接過項墜，掛回脖子上。簡單的金幣項墜再度沉入荷葉邊海洋深處。

「我一直很想知道，關於母親出生又被村民驅逐的村子。」

「嗯……」

「所有的元兇都會在那一夜回來——就是外傳母親犯下可怕罪行的那一夜。如果不是這樣，母親便不會被逐出村子，也不會生下我。」

「……這可傷腦筋了。」

維多利加睜大綠色眼眸，像是受到驚嚇一般。然後兩手按在唇上，呼呼呼地吹氣。

一彌臉紅了⋯

「妳、妳幹嘛啊！」

「你真是個有趣的人，久城。」

「……真是抱歉。」

維多利加笑了。然後舉起一隻手指著房門⋯

「我要睡了。出去吧。」

「……唔？我、我知道啦。這裡是淑女的房間對吧？」

「我要睡了。馬上就要睡了。喏，快出去。」
「我就說我知道了嘛！真是的……晚安，維多利加。」
一彌慌張站起，打算離開房間。
站在門前時，聽到後面好像有說話聲，又回頭過去。
或許是心理作用──維多利加的嘴巴閉著，不過卻默默盯著一彌。
「……嗯？」
「我是來證明母親的清白的。」
「唔，嗯……」
一彌疑惑地回望她。熟悉的維多利加，看來有如陌生人般疏遠，讓一彌突然感到不安。
維多利加說道：
「這是一場戰爭。灰狼村和她的戰爭。」
「唔，嗯……」
「所以除非柯蒂麗亞．蓋洛獲勝，否則我不會回去。」
──出門來到走廊上，似乎先前有人通過，正好把門關上，發出細微的聲響。
抬頭一看，只見蜜德蕊房間的門……微微晃動了一下。

3

——第二天早晨。

一彌和維多利加在旅館餐廳享用紅茶、麵包搭配生火腿的早餐時，一群年輕男子吵吵鬧鬧走下樓來。

留著鬍鬚，戴著玳瑁框眼鏡，身材中等的男子一邊下樓梯一邊喋喋不休。看來個性十分多話。另一個身高相仿的男子，穿著高級外套，戴著金光閃閃的金錶，臉上帶著可親的笑容隨聲附和，聲音相當尖銳。

身材高大，有點駝背的男子跟在兩人身後下樓。雖然長得又高又壯，在發現一彌他們之後，臉卻有點紅，以幾乎聽不到的聲音打招呼。看來是個相當內向的年輕人。

他們落座之後，便把牛奶豪邁倒進紅茶裡，整塊麵包拿起來就啃，看起來很會吃。

留著鬍鬚，戴著玳瑁眼鏡的長舌男子開口對一彌自我介紹——原來三個人是蘇瓦爾美術大學的學生，正在學習繪畫。旅行是他們的興趣，三人同行一起下鄉素描。

「這傢伙家裡很有錢。看到外面的車了嗎?那就是德瑞克的父母送的。」

說完之後便拍了拍手戴金錶，身穿高級外套的男子，名叫德瑞克的男子也以尖銳的聲音回應。雖然體格和鬍鬚男差不多，不過長相十分女性化。愛說話的鬍鬚男自稱亞朗。至於三人當中身高最高的男子，則羞怯地說自己叫做勞爾。或許是因為個性害羞，只不過是報上自己的名字，臉又變得更紅了。

亞朗看起來似乎很高興，開始誇耀他們準備開著最新款德國車去灰狼村，並且不停稱讚購買汽車的德瑞克父母——看來三人是靠德瑞克的資助才得以四處旅行。雖然他們不斷吹捧德瑞克，不過帶頭的人似乎是愛說話的亞朗。一旁的勞爾則靜靜露出微笑，是個沒什麼存在感的老實青年。

旅館老闆端著追加的紅茶過來，從旁插話：

「雖然遺憾，但開車上灰狼村是不可能的。那裡山勢險峻，汽車根本上不去。」

「……怎麼會！」

車主德瑞克以尖銳的聲音抗議，驚訝的亞朗也開始吵鬧。勞爾沉默不語，一臉不安。

「得僱用馬車才行。雖然坡度陡峭，不過馬還爬得上去。」

德瑞克似乎放棄了，只是點點頭，但是鬍子亞朗卻依然大聲抱怨個不停。沉默的勞爾似乎很頭痛地看著亞朗。

睡得最晚的蜜德蕊，踏著步伐大聲走來。一邊打呵欠一邊說道：

「大家早安……」

「……嗚哇！」

修女身上散發出濃濃酒味，一彌不由自主驚叫出聲。三個大學生也注意到，像是看到什麼不可思議的東西似的看著蜜德蕊。

旅館老闆悠閒地說：

「這兩個孩子也要去相同的地方。所以你們就一起僱用馬車吧。五個人一起分攤，每個人的負擔就變少囉。」

「……是六個人喔。」

蜜德蕊渾身無力地就座，搖搖晃晃舉起手來。所有人都嚇了一跳，回頭看向她。

「我也要去。」

「……為什麼？」

聽到一彌的問題，蜜德蕊瞪了一彌一眼：

「你管我那什麼多。總之我也想去就對了。六個人。請你們多多關照啦。」

三個大學生聞到蜜德蕊呼出的酒氣，雖然眼神有點游移，但還是不得不點頭。

遠處響起雷鳴。

低沉的聲音響起，有如大菜刀斬割砧板上的肉塊。雷聲響過數次之後，早晨烏雲密布的天空重返寂靜。

滴答、滴答、滴答……！

碩大的雨滴不斷落下，把站在旅館前的一彌一行人的衣服給打溼了。

「就是這輛箱型馬車。車夫的技術很高超。」

旅館老闆指向沿著馬路慢慢駛近的馬車——那是一輛由兩匹馬拉動的老舊四輪馬車，車夫是個被長鬍鬚遮住半張臉的老人。雖是個老人，但是從和馬車同樣老舊的披風下，可以看到強韌粗壯的手臂和厚實的肩膀。

馬車逐漸接近，坐在駕駛座的老人開始說話：

「汽車絕對開不上去。就算是駕馬車上山，不是熟門熟路的人還沒辦法呢。」

按照老人的說法，〈無名村〉的村民囑咐他，如果有看到廣告來到這裡的客人，就請他用馬車載送到村裡。可是車夫要求的車資卻比行情高上許多。一彌正打算要抗議太貴，有錢人家的少爺德瑞克已經掏出厚厚的錢包，很乾脆地立刻付錢。

車夫看到那個錢包，似乎顯得有點驚訝，不過隨即臉色一沉，似乎在後悔沒有多敲些點竹槓。鬍子亞朗阻止想要說話的一彌：

「沒關係。這麼一點錢，對德瑞克來說根本不算什麼。」

「……可是，我也該分攤一些。」

「沒關係，別放在心上。」

亞朗大方的態度，就好像錢是自己付的一樣。和勞爾對看一眼，沉默的壯漢也只是聳聳肩，好像在說別在意。

六人抱著行李，三個一排面對面而坐。馬車緩緩開動——

馬車踏著村裡的石板路前進，來到因為爛泥巴而泥濘不堪的山路，突然開始發出嘎答嘎答的聲響，車上的乘客藉此得知來到陡峭的泥濘路面。箱型馬車就像是被巨人從上面抓住左右晃動，不斷搖晃。

蜜德蕊嘀咕著：「說不定會暈車……」饒舌的開朗三人組以傷腦筋的表情互看。

「修女，宿醉嗎？」

鬍子亞朗代表發問。蜜德蕊以一副連開口都嫌麻煩的模樣搖搖頭。

維多利加手伸向窗戶，稍微打開木窗。

天上落下的雨，就有如纖細的花紋在窗外飄蕩。

一路上，交纏在一起的紅銅色荊棘延綿不絕。即使在風雨吹打之下依舊紋風不動，緊密纏在一起。好不容易看到長滿青苔與蕨類的土堤，下方就是令人暈眩的懸崖。只怕駕車時略有閃失，就會栽下無底深淵。而在更遠處，小山頂端被霧氣籠罩，直挺挺俯視著這邊。

馬車通過狹窄古舊的石橋，發出「嘎答嘎答」的冷硬聲響。橋下是湍急的濁流，流經溪谷的冷冽溪流。

渡過溪流，樹木的高度也越來越高。草木呈橄欖綠，被綿綿小雨濡溼搖晃。樹木越高聳，森林也變得越陰暗。被黑暗所包圍的早晨，就好似在惡夢中迷路到另一個世界。橡樹因風吹雨打而彎曲，投映出駝背老太婆般的側影，因為交互纏繞而呈現慘白又乾燥的模樣。

一彌小聲和維多利加說話：

「這麼說來……」

「怎麼？」

「那位修女明明在義賣會上偷了德勒斯登瓷盤，卻沒有被逮捕。而且她還自稱來自霍洛維茲，旅館老闆卻說絕不可能。究竟……」

「不用理她。」

不知為何，維多利加說完之後就轉開臉。似乎對這個話題不感興趣，一彌只得閉嘴。

——馬車繼續前進，不知過了多久的時間。

突然亮了起來。

森林到此為止，閃亮的晨曦從前方不可思議的一角傾注而下。

四周都被小山環繞，這裡有如淺玻璃杯一般呈現圓形。就在杯底的位置，有一座高聳城牆環繞，密集蓋著石砌房舍的小鎮……

不對……

那是一個村子。

馬車停下。

嘶嘶……！

兩匹馬不知為何嘶鳴出聲，搖晃腦袋。車夫用鞭子讓鬧彆扭不肯前進的馬安分下來。馬匹不斷搖頭，躁動地在原地輕輕踏步。

六人緩緩步下馬車。

窪地與馬車一路繞上來的險峻山徑之間有一道深崖。垂直的險峻岩石化身為厚實山壁，往下連綿。稍略窺視一眼，山谷深度令人頭昏眼花。有如鬼斧神工的山崖岩石表面閃閃發光，遙遠的下方可以看見一條白線，發出隆隆聲響激烈沖激——是濁流。激盪的河水沖出白色水泡，打在岩石上便激起冷冽的飛沫。

一彌把目光從崖下拉開，抬頭望向石塊砌成的灰色村落。

這時雲散了，早晨的陽光照在生苔的石塔與四方型的房舍上。

一彌一行人因為光線刺眼而瞇起眼睛。

年輕小夥子三人組發出誇張的歡呼聲：

「太棒了！」

「這才叫做祕境嘛！太美了！」

聽到他們說的話，車夫僵著一張臉。

一彌窺伺站在身旁的維多利加——她一直抬頭盯著灰色的石造村落，臉上沒有任何表情。

山崖的對面，可以看得到石頭砌成的門柱與鐵製的巨大門扉。巨大而冰冷，彷彿是要防止外人入侵。外面圍著高聳牆壁，無法從任何一處入侵，整體看來有如中世紀的城塞都市。

收起來的古老吊橋是以粗糙的木板做成，在長時間使用之下已經變成白色。寬度可容一輛馬車輕鬆通過，橋的左右拉著數條粗繩代替扶手。

門上浮現不祥的灰狼紋章。

「……那麼，我先走一步。」

車夫匆忙想要離去。

「按照村民表示，明天早上開始夏至祭，一直到晚上結束。晚上我再到這裡接你們……」

馬匹再度發出「嘶嘶……」乾鳴，不停來回踏腳。

一彌轉頭望著馬車，只聽到背後傳來「嘎答嘎答」巨大聲響。定睛一看，古老的吊橋，慢慢朝著這邊放下。

沉重的鐵門緩緩打開……

獨白 ──monologue 2──

我們登上險峻的山。

道路陡峭，箱型馬車不斷左右劇烈搖晃，令人心驚膽顫。外面持續下著綿綿細雨。馬車中幾乎沒有人說話，只聽到車轍發出聲響。

嬌小的少女打開窗戶。

隨行的東方少年──久城一彌，在一旁擔心地看著她。

看到少女的一舉一動都引起少年的反應，實在是讓人看著看著忍不住露出微笑。即便如此，兩人還是動不動就吵架。大人一看就知道他們的感情很好，但是對兩個孩子來說，或許還不能了解自己的事吧。

馬車還在搖晃。

窗外的光景一直是交纏的灰白枯枝，令人感到索然無味。

即便如此，還是必須前進。

必須到達那個村子。

偷偷瞄一眼少女的側面。

綠色的眼眸色彩鮮明，有如南國海洋，和經過風雨肆虐的陰暗森林一點都不搭。

仔細看著少年的臉孔。

漆黑的眼瞳以直率的視線看著少女。個性雖然溫和，卻有個看來很頑固的下巴。

他們不知道。

我這個同行者的目的。

他們不知道……！

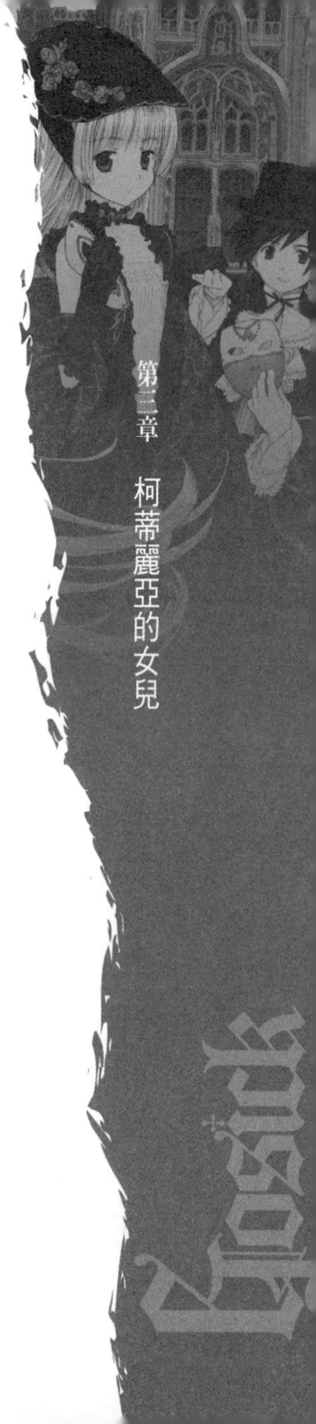

第三章　柯蒂麗亞的女兒

1

感覺猶如穿越時空的縫隙，回到遙遠中世紀村落。

看似乳白色濃霧的連綿細雨，從圍著村莊，有如鋸子般的垂直陡峭山麓，朝著狹窄窪地不斷降下——宛如顏色厚重的空氣簾幕，蓋住整個窪地。

像是掀開深奶油色的窗簾進入房間，一彌等人在霧中慢慢進入〈無名村〉。

橋已經相當古舊，六個人只要移動腳步，就會發出吱嘎刺耳的聲音。遙遠的下方有濁流湍急奔流，可以看到拍打在岩石上激起白色的水沫。身邊吹起「咻咻咻」詭譎的風。六人都不由自主加快腳步，急忙通過吊橋。

六人才一過橋，吊橋便再度發出聲響收起。門裡有石製拱門，上方還有看來像瞭望台的東西，幾個男人在這裡操控吊橋。綁在身後的金色長髮，隨著手臂大幅度搖晃。一彌想要向他們打聲招呼，卻吹來一陣強勁的風，更濃的霧氣將男人身影、馬蹄形拱門全都隱沒。

心想或許是風吹動霧氣遮住眼睛，眼前的視野馬上豁然開朗，連遠處都看得一清二楚。「咻咻……」強風吹來，耳朵好像快被塞住一般。除了維多利加，其他的人全都以雙手掩耳，膽怯環視四周。

「喂，你們看！」

鬍子亞朗指著前方。

霧氣慢慢散開。

「……啊！」

一彌也發出叫聲。

——眼前出現是石砌四方形房舍櫛比鱗次的小村落。長滿青苔的灰色石塊的排列，似乎是經過神祕的高等數學方式計算過，看來好像呈現幾何學的圖案，卻又讓人覺得是到處散落，形成不可思議的形狀。

敞開的木窗隨風發出吱嘎聲響。

小廣場正中央有口大井。

……沒有任何人影。

「是遺跡嗎……」

沉默的壯碩男子勞爾帶著不勝驚嘆的表情如此喃喃自語。德瑞克點點頭，以尖銳的聲音滔滔不絕說道：

「是中世紀的村子！你們看！那個教堂的……」

遠處霧氣開始消失之後，可以看到像是石砌教堂的高塔。

「……玫瑰窗和尖塔！」

「這正是出現在古老繪畫裡的中世紀教堂！」

亞朗脫下帽子，三個年輕人以虔敬的表情盯著教堂，沉默片刻。

德瑞克對著轉過身來想要詢問的一彌說明：

「因為我們是美術大學的學生，所以對這些東西非常熟悉。」

「咻！」

亞朗愉快地吹起口哨。蜜德蕊修女垂著頭，沉默不語，似乎還是很不舒服。

——大風再起，發出沙沙聲響，霧氣突然消失。

一彌一行人急忙停下腳步。

不知何時，眼前站著一群男人。手上拿著長槍或長劍，面無表情盯著一彌等人。

「……他們是鬼嗎？」

亞朗口中唸唸有詞，一邊捻著鬍鬚，一邊開玩笑。

這種反應並不奇怪。村子裡的古老模樣有如中世紀遺跡，出現在眼前的村民們，又統一帶著過於古典的裝扮。

男人身穿毛織外套，外套皮革背心，頭戴尖角帽。女人寬鬆的裙子在身後大大膨起，並以飾有蕾絲的圓帽蓋住頭髮，收納在腦後。

簡直就像莎士比亞戲劇裡的裝扮，完全是中世紀的樣貌——

而且所有人長相都很接近。不分男女都把金色長髮整齊綁成一束。個子不高，令人聯想到工匠精心打造的娃娃，有著端莊的小臉。

村民們以混濁的綠色眼眸盯著一彌一行人。或許是因為表情僵硬、皮膚乾燥的緣故，雖然長相小巧端莊，看來卻像一群毫無生氣的死人。

村民把注意力放在維多利加身上，開始交頭接耳：

「……是柯蒂麗亞的女兒。」

「柯蒂麗亞……？」

「簡直一模一樣。你看她的長相！」

「真是不吉利……！」

有如枯葉掉落的沙啞聲音。村民們一起舉起武器，四處響起鐵器交撞的沉重聲響。

就在這時——

不知何處傳來一個沙啞的聲音：

「等一下！」

村民同時放下武器，自然分成兩邊，讓出一條路來給老人。

身披舊雙排釦及膝長禮服，大約六十歲的男人——

幾乎可以說是白色的淺金色長髮緊紮在身後，鬢角和下巴上留著長鬚，滿是皺紋的下垂眼瞼遮住半個眼珠，大而乾癟的手握著黑檀拐杖。

男子走到維多利加的前方，以聖者雕像的兩手交握姿勢站定。冷靜的眼眸滿是冰冷混濁的目光，垂眼瞪視維多利加：

「……妳是柯蒂麗亞的女兒嗎？叫什麼名字？」

「維多利加．德．布洛瓦。」

受到詰問的維多利加，也以不相上下，有如老婦人的沙啞聲音回答。男人倒吸一口氣：

「德．布洛瓦……？竟然帶有這個國家的貴族血統……」

「你有意見嗎？」

「沒有……妳的母親……柯蒂麗亞呢？」

「不見了。」

「原來如此。罪人絕對無法逃避良心的譴責。」

「……!!」

維多利加用力咬住嘴唇……

「柯蒂麗亞不是罪人。」

「……頂撞長輩是愚蠢的行為。因為妳無法在這個村裡長大，看來也缺少孩子該有的謙虛。即使柯蒂麗亞也不敢忤逆我，只能乖乖離開這裡……也罷，算了。」

男人完全不在意維多利加眼中燃燒著憤怒，逕自環視村民……

「看到我們的訊息來到這裡的子孫，就是這個少女——柯蒂麗亞的女兒。但是女兒並沒有罪，也沒有被趕出村子。讓我們一起慶祝夏至祭吧。」

村民默默不語——混濁眼神互相對望，卻沒有任何人說話。

男人繼續說……

「照我說的去做。不用在意，不會發生不吉利之事。即使這女孩的母親柯蒂麗亞……」

風吹動男人淺金色的鬍鬚——

「……是個殺人犯。」

——男子自稱是村長謝爾吉斯。村子已經在此延續四百年，一直與外界隔離，村民盡量以自給自足的方式居住在此。

在謝爾吉斯的帶領之下，一行人走在村中：

「所謂的夏至祭，就是迎接夏季回到村裡的祖靈，祈求豐收的祭典。明天早上……天一亮就開始，直到晚上結束。希望你們可以留在這裡，直到明天晚上。」

維多利加喃喃自語：

「明天晚上嗎……」

謝爾吉斯繼續說明：

「是啊。也才一天多一點而已。在明天天亮的同時，神轎來到廣場，我們便開始演奏樂器，向森林宣告祭典開始。稍微休息一下，上午繼續舉行祭典。少女投擲榛果就是祭典開始的信號。年輕男子會穿上戲服，在廣場演出短劇。〈夏之軍〉與〈冬之軍〉交戰之後，由夏天獲得勝利，〈冬之軍〉的將軍〈冬之男〉也會被打倒。慶祝完夏天的勝利，便準備迎接祖先。據說祖先會經過教堂回到廣場，所以此時必須保持教堂淨空。在入夜之後，經過挑選的村民會戴上面具，扮演回村的祖先跳舞。祭典到此結束。保佑一整年的和平與豐收……！」

但是一彌被剛才那一句「殺人犯」嚇得心神不寧。另一方面，三個年輕小夥子完全不在意，四處參觀村裡的景色，大聲喧嘩：

「你們看這個水井！」

「石頭蓋的房子，還有暖爐、煙囪耶！哇！真是古董！」

對著隨侍在一旁，看來像是謝爾吉斯助手的金髮年輕人，亞朗開始誇耀起自己手上的最新型手錶。在村民中算是身材高眺，容貌俊美的年輕人，一手抓著獵槍，眼睛偷偷瞄向手錶，然後大吃一驚緊盯不放。

「沒看過吧？」

「……我沒離開過村子。」

「真的嗎？那你每天都在幹嘛？」

遇到年紀差不多的年輕人，饒舌的亞朗便很快找他攀談。說完手錶之後又開始炫耀玳瑁眼鏡，拉扯德瑞克身上的衣服，誇耀它的剪裁……

村長謝爾吉斯沉著臉，長長的眉毛微微抖動，似乎不太高興。

謝爾吉斯帶領他們，朝著位在村子中心的廣場前進。廣場的另一頭，是陡峭的斷崖與陰暗的小森林。在森林的圍繞下，村子似乎呈現小小的圓形。圍著城牆的只有入口處的懸崖，後方並沒有城牆，但是林中到處都有斷崖，看來相當危險。

這裡是個小村落。但是在這個村子裡，卻依舊保持古老的生活方式，讓一彌感到驚訝。

就在這時……謝爾吉斯突然掃視森林。

樹木的枝椏在風中搖動。

喀沙——！

謝爾吉斯馬上從年輕助手手中搶過獵槍舉起——槍口朝著森林。

聊得起勁的亞朗和德瑞克並沒有注意到。

年輕助手猛吸口氣。

——刺耳的槍聲響起。

亞朗等三個人嚇得跳了起來，以訝異的表情面面相覷。

「怎、怎麼回事？」

謝爾吉斯若無其事的說：

「有狼……附近山上棲息著野生的狼。體型很大，而且相當強壯。只要看到，就必須像這樣嚇唬牠們，警告牠們不准接近村子。」

年輕人面面相覷。

「森林裡有很多看不出來的斷崖，還有野狼，所以千萬別亂闖。安全進入村裡的唯一方法，就是通過吊橋。」

受驚的年輕助手緊閉雙唇，一句話也不說。

饒舌的亞朗捻著鬍鬚，朝著謝爾吉斯說道：

「不過，老伯……山腳下的霍洛維茲那裡，卻說這裡的村人是灰狼耶？總之是很神祕的一群人啦。是吧？」

語尾尋求沉默的勞爾認同，只見他縮著壯碩的身軀，膽怯地斜眼看著獵槍，點了點頭。年輕助手看到他竟然稱呼村長為「老伯」，不禁屏住呼吸，似乎不知道該不該生氣，來回看著亞朗與謝爾吉斯的表情。

謝爾吉斯發出一陣沙啞的笑聲：

「怎麼可能！我們只是普通人。因為在深山裡過著古樸生活，難免會被胡亂猜疑。」

「喔……」

亞朗點頭，德瑞克也以尖銳的聲音大笑。勞爾受到影響，也跟著露出微笑。

「……只不過是我們的種族和其他人有那麼一點不同罷了。山下的人或許是對種族上的差異感到在意吧。我們根本沒有做過任何影響到他們的事。」

謝爾吉斯又加上畫蛇添足的怪異解釋，然後繼續往前走。

石板路往前延綿不絕。一行人穿越村子中心的廣場，眺望著古老的教堂，從旁通過。教堂的後面隱約可以看到籠罩著霧氣的墓地。不知為何，一彌有種不祥的感覺，急忙把臉轉開。墓地再過去還可以看到隆起的漆黑森林，樹枝之間也籠罩著濃霧。

狹窄的小徑突然變寬。心想再繼續往前走就會闖入森林時……謝爾吉斯停下腳步。

變寬的石板路，以平緩的坡度往上延伸。霧氣有如籠罩好幾層的薄織窗簾，在風中搖曳。層層疊疊的霧氣，每被風吹動便向上飄舞。就在這時，道路的前方——略為隆起，帶著不祥黑色的山丘上，有一個彎曲著脊背，蜷成一團的巨大物體。

灰色物體有著難以想像的巨大身軀。蜜德蕊發出不成聲的尖叫。

巨大的灰色動物——！

牠現在雖然蜷縮在黑色山丘上，但是看來好像隨時都有可能慢慢起身，抬頭看往這裡，以後腳踢倒山丘發動襲擊……

巨大灰狼的身軀……

在山腳下的霍洛維茲聽到的不祥傳聞，以及旅館老闆害怕的陰沉表情不由得掠過腦海。

「住著灰狼——」

「不可觸怒他們——」

「千萬不可觸怒他們——」

「他們是恐怖的人狼——」

風咻咻吹過。

（……咦？）

一彌揉揉眼睛。

仔細一瞧才發現，那個體型龐大的物體以石塊砌成——又冷又硬的灰色無機物。接下來又發現這也是錯覺。

原來是一幢深灰色的大宅邸。

那是一幢石頭砌成的平坦建築物，左側的高塔看來就像動物的頭部。玄關柱上有精緻的圓形花飾，屋頂的裝飾也十分精美。可是在好天氣時看來或許很眩目的外牆，現在卻呈現不祥的深灰色。

一切就像是用黑筆所描繪——雖然豪華卻缺乏色彩，不可思議的宅邸。

細細的花壇在宅邸四周排成詭異的花紋，不知名的紅花迎風搖曳。只有在此才有的鮮豔花壇，就好像糾結的紅色血管，給人不祥的陰暗印象。

再度傳來謝爾吉斯沙啞的聲音：

「這裡就是我的宅邸。」

一彌等人互望。謝爾吉斯繼續說道：

「在夏至祭的這段時間，你們就住在這裡吧。」

宅邸相當寬敞，也相當陰暗。

室內的裝潢豪華，每個房間都有打磨光亮的紅木家具與天鵝絨窗簾，與石砌的寒酸村莊大異其趣。

一進入寬敞的玄關，就是鋪著紅地毯的大樓梯，深處還有掛著燦亮水晶吊燈的大廳。爬上大樓梯，旁邊就是長迴廊，窗邊垂著沉重的窗簾。天花板附近的壁燈搖曳著橘色火光。

陰暗的迴廊上掛著前人的肖像畫——每張臉孔都是端正而嚴肅，束起長長的金髮。最靠近的肖像畫是裡面最年輕的，大約只有四十出頭。

就在一彌等一行人仰望肖像畫時，不知何處傳來天真爛漫的娃娃音：

「那是被殺害的村長，狄奧多村長。」

維多利加肩膀發抖。

所有人都轉頭朝向發聲之處。

有個手持油燈的女子站在那裡，年紀大約二十五、六歲。濃密的金髮編成許多小辮子，一條條整齊挽成繁複的髮型。漂亮端莊的臉上缺乏表情，有如壞掉的洋娃娃。腦袋往旁邊歪，讓人覺得隨時都會掉在地上發出咕咚聲響。

令人聯想到翡翠的混濁綠色眼珠，在黑暗中閃閃發光。

從服裝可以知道她是女僕——身上和村長謝爾吉斯一樣，穿著古典式樣的服裝。裙子很長，身後大大鼓起。以束腹綁出纖細的腰部，胸前用白色衣襟蓋住，避免露出肌膚。

謝爾吉斯回頭：

「她是荷曼妮——這個屋子的女僕。」

荷曼妮單腳屈膝輕輕行禮，然後以冰冷的眼神俯視維多利加：

「簡直和柯蒂麗亞一模一樣。」

——一彌倒抽口氣。

這個聲音和剛才聽到的童音簡直判若兩人。這次的聲音和男人一樣低沉。

荷曼妮繼續說話。忽起忽落的聲音自由變化，讓人分不清是男是女，是大人還是小孩。

「雖然那時我還是小孩，但是柯蒂麗亞被驅逐的事我記得很清楚。正好就在二十年前，在這個宅邸裡……」

「荷曼妮。」

「柯蒂麗亞在灑滿金幣的狄奧多村長書房裡，把狄奧多村長……」

「荷曼妮。」

「用短刀……」

「荷曼妮！」

「………」

閉嘴之後，荷曼妮突然舉起左手。

在眾目睽睽之下，左手食指伸近有如混濁翡翠的眼睛。拉起下眼瞼，以食指的指腹開始搓揉眼珠。

看來似乎揉得很用力，一彌等人都倒抽了口氣。可以清楚看到荷曼妮左眼下方的眼白，浮現許多紅色微血管，就像纖細裂痕將眼白染出一條條的紅色。

滴溜滴溜、滴溜滴溜……

翻出眼白。

滴溜滴溜、滴溜滴溜……

荷曼妮的手突然離開眼睛。

——似乎覺得油燈的燈光突然變暗了。

「事件發生在一樓深處的老舊書房。現在那裡已經沒有任何人使用。」

一行人圍著餐廳的餐桌落座，荷曼妮準備的簡單午餐就放在桌上。

大理石的壁爐，四週透出黑光的光滑牆面，角落掛著藝術玻璃壁燈。牆上有好幾幅畫——明明是個豪華的房間，不知為何令人感覺到壓迫感。一彌突然想到，會不會是因為天花板較低的關係。房間和走廊的天花板都很低，這樣的建築給人一種被壓扁的不安……或許是因為村民的身材都不高吧。

陸續送來的三明治、紅茶、餅乾等，都放在成套的銀製餐具上面。或許幾世紀以來不斷擦拭，因此雖然古老，還是發出久經保養的暗淡光芒。

謝爾吉斯開口述說：

「傍晚之後，村長狄奧多村長就關在自己的書房裡。夜裡十二點，女僕柯蒂麗亞——當時還是十五歲的少女，一直都有前去更換水壺裡的水的習慣。」

一彌心想，十五歲……就和現在的自己與維多利加一樣。

「我當時擔任狄奧多村長的助手，所以也住在這個屋子裡面。當我和其他男子一起經過走廊時，看到正要進入書房的柯蒂麗亞背影，她和平常一樣拿著粗糙的鐵製燭台。敲門之後，便把手伸向門把——門似乎上鎖打不開。雖然平常不會上鎖，但是在狄奧多村長不想被打擾的時候，偶爾會把門鎖上。柯蒂麗亞取出鑰匙開門，這時我們已經通過走廊，時間正好十二點——因為我看了一下懷錶。柯蒂麗亞也是個非常準時的人，但是和我在一起的人們，不知為何對於時間的證詞完全不同，事到如今還是不能確定到底是什麼時間……」

三個年輕人一邊狼吞虎嚥用餐，一邊抱怨食材過時之類的小問題。每次亞朗大聲說了什麼，德瑞克便以高聲回答。勞爾雖然保持沉默，卻對銀製餐具感到稀奇，不斷仔細打量、敲打。三人似乎都對謝爾吉斯說的話不感興趣，根本沒有認真在聽。

蜜德蕊或許因為宿醉的緣故，一副身體很不舒服的樣子，保持沉默。就連東西都吃不下。

維多利加豎起耳朵仔細聆聽謝爾吉斯說話。

「……柯蒂麗亞發出叫聲衝出書房，我們急忙趕了過去，安撫因恐懼而歇斯底里的柯蒂麗亞，然後進入書房……書房中一片黑暗。以燭台照亮地板，只看到已經沒有生命跡象的狄奧多村長倒在地上。短刀從他的後背刺入，染血的刀尖從胸前穿出。而且不知為何……」

謝爾吉斯停頓了一下，繼續以不可思議的口吻述說：

「地上掉落許多金幣。」

「……金幣？」

「是的。應該有近二十枚。但是村裡並不使用金幣，平常都是由狄奧多村長集中保管。金幣浸在狄奧多村長的血泊裡，染成血紅。」

「……」

「從那一夜開始，柯蒂麗亞就發高燒臥病不起。像是囈語般不斷說著：『圓圓的東西，有好多圓圓的東西，真漂亮……』應該是指金幣吧……那段期間我們也進行討論做出決定。等到十天之後，柯蒂麗亞終於退燒，可以起床，我們……不，繼任村長的我，便將她逐出村子。」

「逐出村子……？」

一彌反問。

「是的。她帶著一個衣箱和一枚金幣離開村子，她走了之後我們就收起吊橋。之後的事，我們連她是不是安全下山都不知道。野狼、險峻斷崖、溪流……很難想像一個從沒踏出村子一步的女孩，可以安全抵達山腳下的小鎮。我現在還記得……手中握著圓圓的東西……一枚金幣，綠色眼眸盈滿淚水，仰望吊橋無情升起的表情。柯蒂麗亞是個孤兒，沒有人教過她下山的方法，也沒有給她任何禦寒道具和食物。唯一的保護者就是當時擔任村長助手的我，也是我讓那個孤苦無依的孩子擔任宅邸的女僕。但我卻處罰了她……成為罪人，大病初癒的柯蒂麗亞，獨自一人花費數天的時間下山，前往都市……但是，她總算是存活了下來。所以現在她的女兒才會回到這裡。」

一彌反問：

「好殘酷……為什麼要逐出村子……？」

「因為犯人除了柯蒂麗亞之外不可能是別人。她本人也承認書房是從內側上鎖，再加上書房裡沒有其他人。書房的鑰匙只有兩支，其中一支由狄奧多村長隨身攜帶，另一支一直在柯蒂麗亞的手裡。而且她也說在進入書房的時候，以手上的燭台清楚看過房間裡面。除了狄奧多村長和她本人之外，根本沒有別人。根據柯蒂麗亞表示，當時狄奧多村長就已經死了，但這根本不合邏輯。恐怕是她進入書房之後，發生了什麼事，所以柯蒂麗亞才會殺害狄奧多村長。之後會發高燒也是因為自責造成的。」

「但是，光是這樣……並沒有她是犯人的明確證據呀……」

「我的判斷不會有錯。」

謝爾吉斯低聲說道：

「我在狄奧多村長去世之後，繼任成為村長。我決定的事沒有任何人可以反駁。」

「可是……」

「罪人不能待在村裡，會給村裡帶來災厄。保護村子是我的責任。」

「……」

「柯蒂麗亞是罪人。這是唯一的解釋。」

頑固的謝爾吉斯不停重複。

靜靜聽著的維多利加，突然開口說話：

「我想要進書房看看。」

謝爾吉斯搖頭：

「那可不行。」

「為什麼？」

「……客人隨便走來走去，會造成我們的困擾。」

謝爾吉斯不悅地說完之後，便不再說話。

2

為客人準備的房間，是位於宅邸三樓深處的客房。房間十分寬敞，中央還擺著附有帷幔的四柱大床。掛在牆上的鏡子是可以照出胸口以上的半身鏡。房間深處垂著看來相當沉重，富有光澤的天鵝絨窗簾。

以維多利加、一彌、蜜德蕊修女、亞朗、德瑞克、勞爾的順序，從走廊盡頭開始一一進入房間。一彌提著不發一語的維多利加的行李，搬到她的房間裡。維多利加連看都不看一彌一眼，小手撐住白皙的下巴陷入思考。

含著菸斗，點火。

然後伸伸懶腰，手伸向窗邊的繩索，用力拉下。

窗簾有如波浪般搖曳地慢慢展開，前方的石頭陽台與整片蒼鬱的巨大橡樹漸漸占據整個視線。

維多利加瞇起眼睛，俯視這片景色。一彌停下手邊的動作，走到她的身邊，問了一句：

「怎麼啦？」

這裡可以看到在樹木之間若隱若現，位於古老教堂背後的荒蕪墓地。

維多利加沉默不語，然後突然離開房間。一彌急忙問道：

「妳要去哪裡?」

「散步。」

「散步……?」

「……」

維多利加沒有回答，一手扶著擦得發亮的青銅扶手，慢慢走下大理石樓梯。

手上拿著黃銅水桶與白布正在打掃的荷曼妮，像是蛇一樣豎起頭來，扭動脖子，目光追著嬌小少女的身影。

——維多利加走出宅邸的玄關之後，便放慢腳步。一彌好不容易追上她，走在她的身邊。

在石板路上與幾個村民擦身而過，沒有人望著這邊。維多利加也不看他們，繼續往前走。

「……請問你們要去哪裡?」

不知何處突然發出聲音——一彌回過頭，不知何時……有個年輕人站在背後的霧氣裡。

年輕人穿的古老服裝，有如莎士比亞劇中人的登場戲服，讓人一眼就看出他也是村民。長長的金髮整齊束在腦後，白皙透明的肌膚有如少女般光滑。與維多利加相同的深綠色眼眸，臉上沒有任何表情——有如面具般冰冷。

一彌想起這位年輕人是誰——就是以謝爾吉斯助手的身分，一直跟在他身邊的年輕人。對於亞朗他們的手錶和衣服無一不感到驚訝的那位……

「我來帶路。啊，我的名字是安普羅茲。請多指教。」

年輕人——安普羅茲向一彌與維多利加報上自己的名字。他給人的印象突然改變，讓一彌嚇了一跳。當他滿臉笑容說話時，看起來就像個活潑開朗的青年。染上粉紅色的臉頰充滿生氣，貴婦般的深邃輪廓與端正的美貌，浮現討人喜歡的愉快表情。

「很久沒有外面來的客人，所以覺得很高興。雖然盡量不要得意忘形，不過……」

「你歡迎我們嗎？」

一彌感到有點意外，於是便這麼回問。

「……」

安普羅茲不知所措地沉默下來。

「……大多數的村民都不喜歡變化。我想他們並不太喜歡和別的文化接觸。謝爾吉斯村長說……外面世界的人們過著墮落的生活……」

「唔……？你也這麼認為嗎？」

「我，不太……」

安普羅茲又陷入沉默，然後開始觀察一彌的長相和模樣。讓人盯著看已經夠傷腦筋，沒想到安普羅茲又戰戰兢兢伸出手。一副貴婦模樣讓一彌不敢造次，只能任由他去。安普羅茲很稀奇似的對著一彌的臉頰又摸又擦，還抓起頭髮拉一拉。一彌雖然暫時忍耐，但還是按捺不住⋯

「……你在做什麼！」

「沒有，只是好奇為什麼你的皮膚和頭髮顏色不一樣。當然，我知道外面世界的人不盡然都是金髮……」

看來是第一次見到東方人。他窺探著一彌不悅的眼睛，像是要確認臉部的輪廓，以手掌到處摸個不停。一彌終於受不了：

「維多利加，救我！」

維多利加聽到呼喚，好像完全不感興趣「哼」了一聲。抬頭看著安普羅茲：

「……有個地方希望你帶個路。」

安普羅茲滿臉笑容地答覆：

「請說。不過，可以讓我多摸他幾下嗎？」

「請便。」

「維……!?」

維多利加「哼」了一聲轉過頭，然後小聲地說：

「柯蒂麗亞住過的房子。」

——安普羅茲的手指突然發冷。從一彌的臉上抽開手，瞪著維多利加。臉上不帶一點生氣，與村民們相同的混濁眼珠，浮現冰冷又毫無表情的眼神。

在村民櫛比鱗次的石砌四方房舍之間，柯蒂麗亞的家孤伶伶地座落在一角。

就好像它本身就是個禁忌，有如孤島一般漂浮在遠離其他房子之處。或許因為年久失修，風吹雨打的痕跡與原先攀爬的藤蔓枯枝點綴在外牆上，看起來十分蕭條。

帶路的安普羅茲像是逃命似的飛快離開，消失在霧中。

雖然一彌非常擔心，維多利加卻鎮定地將手放在門把上。門沒有上鎖，長時間堆積的灰塵將維多利加的小手掌染得一片黑。看到這幅模樣的一彌連忙掏出手帕幫她擦手。維多利加嫌麻煩似的甩開一彌的手，進入小房子裡。

或許村裡每間房子都是這樣吧？以冰冷的石壁隔出房間，只有小小的廚房與寢室，稱之為暖爐都嫌簡陋的柵欄角落積滿塵埃。老舊的桌椅，蓋著綻線棉被的小木床，陰暗房間裡的每一樣家具都很粗糙老舊——正是與村民的混濁目光與毫無生氣的表情符合的印象。

一彌注意到這個房間與村長的豪華宅邸間的差異，暗自詫異。

（簡直是兩個完全不一樣的世界……！）

可是在眼睛適應光線之後，在柯蒂麗亞・蓋洛獨居的房裡，處處可以看到充滿少女氣息的裝飾——在果醬瓶裡插上野花，至今窗邊還可以看到乾枯的花朵。窗簾雖然已經變得破破爛爛，但仍可以看出原本是可愛的手縫蕾絲。

可以得知在二十年前，這個房間裡確實住著一位少女。一彌突然感覺到房間散發出濃密的少女氣息……現在已經不在此處的人，甜美地靠了過來。

維多利加視若珍寶的照片——

雖然長相很接近，卻施以看不習慣的濃豔化妝，嫣然盯著前方，神祕的成年女性——柯蒂麗亞．蓋洛似乎就在這裡。

維多利加不發一語，到處巡視房間。用力咬緊可愛嘴唇，在房間裡四處走動觀察。

「……妳在做什麼？」

「不知道。我在找東西。」

維多利加轉頭回答，眉頭深鎖的臉上帶著認真的神情，讓一彌的表情也跟著嚴肅起來。

「我們只能在村裡待到明天晚上，夏至祭結束之後就會被趕出村子。所以在那之前，必須要找到某個東西才行……！」

「嗯……」

維多利加在房間裡不停找尋，動作越來越快。隨著動作揚起漫天塵埃，害得一彌跟著咳嗽。最後維多利加好像終於死心，停下動作。

「……什麼都沒有。」

「看來是這樣……」

「母親沒有留下任何消息。我可以感覺到，這個村裡一定有什麼……可是卻找不到……」

維多利加用力咬緊嘴唇，然後蹲在地上，用小小的拳頭「咚咚咚」敲起地板。白色的灰塵再次飛舞，一彌咳得更厲害：

「妳在做什麼？」

「……敲地板。」

「這我看也知道……」

「如果地板的聲音不同，就代表下方有空洞。」

「……我來吧。妳站起來。」

一彌跪在地上，認真的從房間的角落開始，不停用拳頭「咚咚咚」敲打。咚咚、咚咚……敲完廚房的地板之後，又往寢室移動。不久便發現有個回音特別大的地方——得知此事的維多利加立刻跑來，兩個人合力掀起地板。

大量的塵埃飛舞。

下面……有個小洞——大小可以放入兩、三本書，淺淺的四方小洞。裡面似乎什麼都沒有，可是仔細一瞧，發現有一張照片隱沒在塵埃裡。

兩人對看一眼。

維多利加伸手抓住那張舊照片，以小巧白皙的食指拂去灰塵。

——是張貴婦的照片。

挽起的頭髮上戴著珍珠飾品，身穿露胸洋裝，手上抱著某個東西——以絲綢與蕾絲滾邊的柔軟布料包著一個小孩。

這是一對母子的照片——

這名貴婦的確是柯蒂麗亞・蓋洛。

和維多利加持有的金幣項墜上面的照片是同一個人。

長大之後的柯蒂麗亞和她的孩子的照片……？

「……為什麼這裡會有這張照片？」

維多利加喃喃說道：

「久城，這太奇怪了。柯蒂麗亞・蓋洛在十五歲時就被逐出村子，從此以後她再也沒回來……理應如此。然後就這麼過了二十年的漫長時光。但是這張照片裡的她已經是個大人，如果這個小孩是我，那麼這應該是在十年前左右拍下的。久城……」

維多利加皺起眉頭：

「這個碎片代表什麼意思？這個混沌又指向何處？」

「維多利加……」

「在柯蒂麗亞被放逐後的數年，有人來到這裡。那個『某人』之所以來到這裡，恐怕是為了將藏起的『某個東西』帶走，然後留下柯蒂麗亞長大之後的照片作為祕密訊息。這個某人是誰？和柯蒂麗亞是什麼關係？還有，他拿走什麼東西？」

維多利加搖頭——

「全部都是混沌不明。但我已經找到一個碎片、一個碎片……！」

兩人離開柯蒂麗亞的房子，輕輕關上門。

維多利加沉溺在思考中，沒有向一彌多作說明，只是站在門前不停思考。

一彌拍掉維多利加頭髮和衣服上的塵埃，再以手帕擦去沾在臉頰和手掌上的灰塵。維多利加自顧自的往前走，一彌顧不得自己身上的塵埃，一邊抱怨一邊追上：

「我們身上沾滿灰塵……真是的，我可沒帶換洗衣物。至於為什麼會這樣，還不都是因為妳昨天傍晚死也不肯告訴我要去哪裡……妳聽見了嗎？」

維多利加只是「哼」了一聲。又直直朝著教堂後方墓地的方向走去，腳步越來越快。

「妳要去哪裡？」

「去看被殺的人的墳墓。」

一彌蹙起眉頭，但也只能跟在後頭。

進入被白煙霧氣所籠罩的墓地，氣溫好像突然變低，整排的古老墓碑上攀爬著深綠色藤蔓。但因被霧遮住而視線不佳，一彌只能靠著前頭的維多利加膨裙下方的荷葉邊，以及帽子垂下的天鵝絨緞帶，跟在她的身後。

（真是拿她沒辦法……！這種奇怪的地方，又不能放維多利加一個人來。萬一跌倒掉進洞裡就麻煩了……我得振作一點才行……）

維多利加終於停下腳步。

裝飾著蕾絲的皮鞋，踏在沙上發出乾硬的聲音。

一彌的眼光停留在眼前布滿青苔的石刻十字架上。維多利加以強烈視線看著它，緊緊閉上嘴唇。一彌唸出墓碑上刻的名字：

「……狄．奧．多。」

二十年前被殺的村長名字。墓誌銘上以古老的散文體寫著：他從年輕時就非常聰明，是個好村長，卻死於意外之類的。一彌大費周章，經過一番文法分析總算讀懂了，卻聽到維多利加「……啊！」小聲驚叫。

「怎麼啦？」

「久城，你看這個。」

可以看到維多利加指著前方的手指微微發抖。

那是……

埋在墓地柔軟泥土裡的十字架下方，在快要被隆起的泥土遮蔽之處，可以看到什麼東西。小小的手寫文字，好像是用銳利的石頭之類的東西硬刻上去。隱約只能看到一個字，維多利加伸出小手準備挖土，那個模樣就像是小動物想埋藏果實而挖洞。一彌急忙阻止她，伸出自己的手，不顧指甲縫又黑又髒，開始挖了起來。

文字出現了。

但是因為被泥土遮蓋，看不清楚。

一彌用手帕擦拭十字架，手帕也變得又黑又髒，文字慢慢浮現。

有如過去來到現在，在不可思議的力量下復甦……

維多利加兩眼發直，眼眶積起淚水。

那裡寫著……

〈我不是罪人　C〉

那是抖動歪斜的細小文字——

維多利加盯著文字看了好一會兒，突然站起身來。

就像是要發洩怒氣，不停用小腳踢踹著地面。穿著蕾絲皮鞋的腳陷進細沙裡。

不知道是因為聲音，還是震動空氣的憤怒……霧氣另一端的鳥兒像是受到驚嚇，一同振翅飛起。啪沙啪沙的翅膀拍動聲不絕於耳，最後終於遠去。

從瀰漫乳白色濃霧的上方，輕飄飄落下一片白色羽毛。眼睜睜看著它緩慢落在沙上。

風吹動霧氣。

不知從何處隱約傳來……

若有似無的聲音，似乎是笑聲。

尖銳而冰冷，極為怪異的笑聲，有如陰間傳來的吵鬧聲。

一彌不假思索奔向維多利加。

佇立在原地的維多利加似乎什麼都沒有聽到，低聲喃喃自語……

「寫下這個的人是——柯蒂麗亞。」

「維多利加，我們該回去了。」

「被逐出村子的母親果然是無辜的。」

「維多利加……」

「既然如此，真正的罪人在哪？」

維多利加終於抬起頭，仰望一彌的臉。翡翠綠眼眸蒙上霧氣，看來一片白濁。

「——犯人難道還在村裡？」

隱約的笑聲不知又從何響起。

維多利加的眼眸看往一彌的背後，乳白色的濃霧瞬間被風吹散，濃霧另一端似乎有個漆黑巨大的物體。一彌倒吸口氣，護住維多利加，轉身面對。

終於清楚聽到——野獸的低吼聲。

咕、嚕、嚕嚕嚕——！

從喉嚨發出微弱的聲音。

接著——

咕嚕嚕嚕嚕嚕嚕——！

吼聲逐漸變大。

對方散發出不知在哪聞過的氣味。一彌想起那是什麼氣味，心臟好像突然被揪住。動物園。那是充斥在和家人一起去過的動物園裡的氣味。

從野獸身體散發出來的……

「維多利加，那邊有東西!?」

一彌握緊維多利加的小手。霧氣越來越濃，好像沉重的布蓋在頭上一般，充滿壓迫感。像是要掀開厚重的布一般用力揮手，兩人開始往前跑。

「久城？」

「我說那裡有東西！維多利加，快跑！」

維多利加轉頭往後看。

頭上戴著的帽子好像快要飛走，忍不住伸手去抓。一彌馬上就注意到，一把抓住帽子，然後又繼續跑。

身後可以感受到野獸的呼吸、痛苦不堪的嘶吼聲，以及腥臭的呼吸。跑在石板小徑上，除了兩個人撞撞跌跌的腳步聲之外，似乎還可以聽到獸足所發出的沙沙聲響——就好像四隻腳踏在石板的聲音。

兩人跑回宅邸前。強風把維多利加天鵝絨絲帶般的金色長髮吹得往上飄。霧氣慢慢散開，兩人打開玄關的大門。

一彌把維多利加小小的身軀塞進去，自己也連滾帶爬進到屋裡。

——關上門。

外面持續傳來嘶吼聲——「咕嚕咕嚕」的吼聲與「哈哈」的呼吸聲。然後發出想要把門撬開的巨大聲響。

一彌緊緊抱住維多利加一動也不動。縮成一團的維多利加瞇著眼睛輕輕呼吸。

就這樣過了數刻——所有的聲音與感覺都消失了。

一彌護著維多利加，輕輕打開門。

霧氣神奇地消失無蹤，雨也停了，在淡淡太陽光照射之下，甚至有一點暖意。

根本沒什麼嘛！一彌正想要露出笑容時……

視線慢慢往下移，突然倒吸口氣——

在玄關大門的下方……

就像曾有野獸想要將門撞破，留下數條白色的爪痕。

兩人慢慢爬上樓梯，打算回到客房時，耳朵聽到走廊深處傳來吵鬧的說話聲。

一彌輕輕走過去，敲了敲門。

（記得這個房間是留鬍子，愛說話的那個人……亞朗的房間。）

聽到有人回應，一彌便打開門向裡面一看——亞朗、德瑞克、勞爾和一個不認識的女人待在房裡。

有人正在發牌，看來是在玩撲克牌。德瑞克似乎被女人當成肥羊，輸得慘兮兮。德瑞克以高昂的聲音不斷抱怨手氣不佳，亞朗與勞爾在一旁看著他，一副很高興的模樣。亞朗大聲給他半開玩笑的建議，勞爾縮著壯碩的身體發出嗤嗤笑聲。看樣子這兩個人並不關心德瑞克的錢包下場如何。

「……你們到哪去了？」

不認識的女人抬起頭來，一副很熟的樣子尋問一彌。一彌疑惑地盯著她看。
她是有著火焰紅髮的年輕女性。令人想到紅蘿蔔的亮麗紅髮，一圈一圈的捲髮，像棉花糖一樣膨鬆。可是寂寞的藍灰色眼珠卻好像曾在哪裡見過。
簡單的夏季洋裝方型剪裁的胸前，可以看到一對渾圓傲人，大到讓人誤認是臀部的胸部和臉上同樣色澤的雀斑散布在胸前，有如可愛的淡紅色碎花。
發現一彌一臉困惑，女人像是敗給了他，拿起手邊的床單包在頭上：
「討厭啦。是我啊，是我啦！」
一彌驚訝地說：
「咦，是蜜德蕊修女嗎!?」
那張有著藍灰色眼珠的臉，的確是蜜德蕊沒錯。可是給人的感覺完全不同，就像是變了一個人。從沉重、不搭調的修女服換成便服，原有的開朗與近乎粗魯的活潑個性完全發揮出來。
蜜德蕊仰天大笑，大力揮舞雙手，高興地說：
「只不過是換個髮型就認不出來啦?真是個傻孩子。」
三個年輕人也愉快地大笑，只有一彌滿臉通紅。
一彌與維多利加也待在房間裡，六個人各自報告近況。三個年輕人似乎因為天候不佳，村民們也很不友善，因此一直關在房間裡玩撲克牌。蜜德蕊從中途加入，四個人玩得正起勁。

「……我們被狼追。」

一彌提起從墓地逃回來的事，蜜德蕊修女嚇得花容失色，三個年輕人反而顯得高興。亞朗捻著鬍鬚大叫：

「真有趣！」

德瑞克也跟著發出尖銳的笑聲，勞爾則是默默微笑。

對於他們隨便的態度，一彌感到不大高興：

「……一點都不好玩！」

「村長的確警告過我們，會有狼出現。」

「……是這樣沒錯。」

「我們也要小心一點，聽到了嗎？」

亞朗大聲說完，德瑞克再度發出尖銳的笑聲，只有勞爾害怕地縮起高大的身體，屁股下的豪華舊椅子吱嘎作響。

亞朗把頭轉向蜜德蕊：

「對了修女，電話呢？」

蜜德蕊被他這麼一問，搖搖頭似乎是在說打不通。一彌追問：

「電話……？」

「嗯。剛才修女吵著要打電話，所以問了村長。因為聽說這裡有電，所以才想說是不是也有電話。」

一彌突然想到：

「對啊！昨天在旅館，蜜德蕊修女好像也打過電話……」

蜜德蕊故意咳了幾聲，暗示這個話題到此為止。

先前一直保持沉默的維多利加突然發問：

「這裡果然有電，對吧？」

因為她所說的話，才讓一彌注意到這件事。驚訝地大聲說道：

「對啊!?在這樣與世隔絕的深山裡，怎麼會有電……？」

亞朗笑著說：

「沒錯，該驚訝的是這個屋子裡的壁燈不是油燈也不是瓦斯燈，而是電燈。這裡的確是深山沒錯，但也因為沒有人住反而容易施工。不過倒是得花上一大筆錢啦！在瑞士的深山觀光區也相當先進，到處都有電了喔。」

「可是這裡……」

「沒錯，不是觀光區。」

亞朗點頭，然後看著維多利加的臉：

「剛才這位小姐說了果然。妳本來就知道嗎？」

「某個程度算是知道……」

維多利加點頭。

所有人盯著嬌小的她，房間突然變得安靜。唯獨維多利加看來非常冷靜。

小小的嘴唇張開，開始解釋：

「剛才村長謝爾吉斯說過，這裡過著近乎自給自足的生活。但你們認為真的可能辦得到嗎……？鐵是哪來的？茶葉和葡萄酒也是村裡產的嗎？這根本不可能。還有謝爾吉斯說過：『金幣由狄奧多保管。』而他自己也在趕走柯蒂麗亞時，給了她一枚金幣。也就是說他們和外面使用相同的貨幣，也知道這些貨幣的價值。」

「啊……」

一彌與亞朗同時點頭。維多利加繼續說：

「他們和外面的世界還是有某種程度的接觸。即使村民幾乎從不踏出村子一步，至少村長擁有知識和情報，所以才能刊登那樣的報紙廣告。還有，駕駛馬車送我們上來的車夫，雖然對這裡感到害怕，卻很習慣駕駛那條山路。所以他一定曾經將紅茶、葡萄酒，以及報紙雜誌運上山來吧。」

維多利加一口氣說完之後，突然閉上嘴。

房間裡陷入沉默。

然後——

忙著翻牌和思考的蜜德蕊，突然抬起頭來：

「因為這裡有電真的很不可思議，所以我剛才問過那個怪女僕。結果聽說這是因為有贊助者之類的人。」

一彌反問：

「贊助者？」

「對。叫什麼名字來著……布萊恩？嗯，是個叫布萊恩．羅斯可的人。好像是離開村子到外面生活的村民後代。除了他是個有錢的年輕男人之外，大家對他一無所知。大約是在十年前，這個人知道了村子的事，於是便出了一筆錢。真怪啊。就為了深山裡的小村子，竟然特別拉電線過來。」

「……原來如此。」

維多利加點頭，發現到一彌充滿疑問的眼神，又繼續開口：

「我一直對於他們為什麼要刊登廣告召喚子孫，感到不可思議。不過他們恐怕是藉著夏至祭的名義來召喚子孫，看看有沒有像布萊恩．羅斯可這樣，可以成為贊助者的子孫吧。」

「這樣啊……」

「所以當我報上自己的名字時，謝爾吉斯才會對貴族的姓氏那麼在意。然後壓下因為我是柯蒂麗亞的女兒而反對的村民，將我們帶到這裡。」

「妳是貴族啊？很有錢嗎？」

蜜德蕊的臉突然發亮，開口詢問。

維多利加的眼睛瞇得像條線：

「我沒有可以自由運用的資金。」

「……什麼嘛。」

蜜德蕊將輸掉的牌丟在桌上。

維多利加以欲言又止的眼神仰望著一彌。心中不知道想著什麼事，把臉湊近一彌，以只有他聽見的微弱音量說：

「……十年前曾經有子孫回到村裡。布萊恩．羅斯可帶著某個目的來到村裡。」

「目的……是指他為村子牽電線這件事嗎？」

「有人進入柯蒂麗亞的房子，拿走某個東西。那個人放下『長大成人的柯蒂麗亞』的照片之後離去。這是這二十年之內由外地來到村裡的人所做的事。這麼一來，除了那個自稱是布萊恩．羅斯可的男人之外，不可能是別人。但他又是何方神聖？在哪裡？又為何會與柯蒂麗亞認識又有什麼目的？他所帶走的柯蒂麗亞藏在地板下的東西又是什麼？」
「唔，嗯……」
「說到十年前，正是世界大戰開戰之時。我認為那是個拉電線到深山裡面，還嫌太過匆忙的時代……」
維多利加突然閉嘴。
接下來的話似乎只在自己的心中猶豫。暗沉的眼神，完全看不出在想些什麼。
遊戲的時間已經結束。沉默的勞爾站起身，巡視所有的人：
「要、要不要聽收音機？」
「……收音機？」
聽到一彌的回問，德瑞克稍帶得意地說：
「我帶來的。聽說有電，就拿出來試試看。不過這裡是深山，收訊可能不太好……」
「行李裡還帶了收音機？」
一彌訝異地再次反問。
德瑞克走近矮櫃上的方型收音機——收音機的旁邊放著聖母像和裝飾用的羅盤。德瑞克開始調整收音機。

旋轉轉鈕，收音機發出吱吱嘎嘎的刺耳雜音。

雜音當中，混著宏亮的小喇叭聲。

德瑞克像是在追尋那個聲音，慎重地轉動轉鈕。

雜音終於消失，輕快的音樂緩緩流瀉而出。雖然不時中斷，但總算聽到了。高昂的小喇叭樂聲隨著調整音量的動作響起。德瑞克滿臉笑容抬起頭來：

「喏？」

一彌也露出笑容。像是要將村裡的怪異氣氛一掃而空的輕快音樂，讓大家的心情飛揚起來。亞朗吹起口哨，就連內向的大個子勞爾也變得開朗，開始搖晃肩膀。

高興的蜜德蕊站起身來，學著亞朗吹起口哨：

「真不錯。大家都悶夠了，來熱鬧一下吧。誰要跳舞啊！」

「……妳真的是修女嗎？」

德瑞克驚訝地喃喃自語，但蜜德蕊完全不在意，抓住因害羞而閃躲的勞爾，硬是強迫他一同起舞。音樂也越來越大聲。

蜜德蕊在跳舞時也發出開朗愉快的巨大腳步聲，紅髮隨著轉身發出啪沙聲響散開。

一彌傻傻地盯著舞動的修女和害羞的勞爾。

總覺得……不搭調的感覺。

就好像牆壁慢慢後退、變大，整個房間都在搖晃……

嘰嘰、嘰嘰嘰——！

刺耳的聲響。

因為轉大音量的緣故，刺耳的雜音也隨之響起。德瑞克的表情變得詫異，又開始動手調整收音機。

收音機突然發出怪異的「嘎搭嘎搭」搖晃聲響，然後嘎然而止。

「……奇怪？」

德瑞克喃喃自語。

房間重返寂靜，所有的人都面面相覷。

德瑞克生氣地不斷轉動收音機。可是不管再怎麼轉動，收音機就是完全沒有聲音。

「壞掉了嗎？」

聽到亞朗無趣的聲音，德瑞克的肩膀開始顫抖。然後生氣地以尖銳聲音大喊：

「怎麼可能！這可是最新型的喔？」

德瑞克不甘心地將收音機前後左右翻轉。

窗外陽光再度被雲遮住，房裡突然變暗。

所有人都陷入沉默，看著彼此。蜜德蕊粗魯地坐在椅子上。

「……呼！」

維多利加突然打起呵欠。小巧的身軀伸個懶腰後，起身迅速離開房間。

一彌也跟著急忙站起：

「要回房間嗎？」

「嗯。要把行李拿出來。」

「是嗎？那我也回自己的房間……」

「不，你到我的房間來，幫我把行李拿出來。」

「什麼？是這樣嗎？」

「告訴你，當然是這樣。」

兩人一邊交談，一邊關門沿著走廊離去。

藍灰色眼眸充滿不安的蜜德蕊，抬起頭來盯著兩人離開的門。

兩人回到維多利加房間，各自忙著自己的工作。

一彌跪在地上，從迷你衣箱裡取出行李，排放在房間各處。洋裝收進白木衣櫃，零碎的小東西則一目了然地整齊排列在壁爐上方。一彌通過掛在牆上的鏡子時，目光突然停在鏡裡映出的維多利加身上。

維多利加坐在窗邊的大搖椅，正抽著菸斗吞雲吐霧。成人用的搖椅對她來說太大了，整個身體都陷在織錦靠墊裡。維多利加從剛才就一直看著窗簾拉開的窗外——那裡有著石砌陽台和忽隱忽現的高大橡樹……不知何時，她的視線拉回房間裡。

透過鏡子盯著一彌不放。

「……怎麼？」

「你真是個愛整理東西的怪人。」

「真、真沒禮貌。這很普通啊。」

「………」

維多利加伸手拿起搖椅靠墊，丟在地上。一彌反射性地衝過去把靠墊撿起拍乾淨，再交給維多利加。

「嗯，辛苦了。」

「……這是怎麼回事？」

「這證明你是個愛整理東西的怪人。夠了，整理好就可以回房去了。」

「嗯……咦？等一下。為什麼我要拚命整理妳的行李？」

「我當然可以幫你解開這個謎，可是太麻煩了。給我出去。」

「啐……」

一彌忍不住垂頭喪氣。

維多利加的視線從一彌身上離開，懶懶地看著窗外的濃霧。突然又轉向一彌，發現一彌正打算離開房間，突然開口叫住他：「久城……」

「什麼事？」

「那個訊息應該沒有任何村民發現吧——就是柯蒂麗亞刻在狄奧多墓碑上的訊息：〈我不是罪人　C〉……」

「……是啊。如果有人發現，應該會把它弄掉吧。」

「這二十年來，就只有我注意到。」

「嗯……」

維多利加閉上嘴，用力咬著嘴唇，默默不語。

一彌對於她的頑固意志感到疑惑，站在原地不動。再次感受到維多利亞不肯就此善罷干休的決心。

又想起那位造訪聖瑪格麗特學園植物園的異母哥哥——古雷溫・德・布洛瓦警官，從來不肯正視這位冰雪聰明，有如洋娃娃般嬌小美麗的妹妹。

還有蔓延在學校裡的怪談——「維多利加・德・布洛瓦是灰狼」的傳說……

還有混合害怕與憧憬，以不可思議的聲音熱心訴說怪談的同學艾薇兒・布萊德利，那對發亮的眼神……

即使現在已經成為知心朋友，對一彌而言，這位嬌小美麗的朋友還是充滿神祕。

——砰！

有個又小又硬的東西，打中一彌胡思亂想的後腦杓。

轉身只見到嬌小美麗的朋友維多利加．德．布洛瓦，坐在搖椅上丟出某樣東西。低頭看看地板，才發現滿地都是她丟的金色包裝MACARON。

「妳在幹什麼？真是的，又丟了一地！」

「一直打不中，所以……」

「誰來撿？」

「當然是你。」

「……門都沒有！」

一彌一邊抱怨，一邊把掉在地上的MACARON撿起來，拿到維多利加面前。

腦裡混合了對這名神祕少女的擔心、被耍得團團轉的焦躁，以及自己無法掌握的未知。可是說出口時，卻成了這樣的話語：

「……維多利加，我很擔心。快點離開這裡回學校吧。」

沒有回答。

「我很擔心妳。這個村子怪怪的，還有狼出現……」

「……」

一彌的手伸向水壺，將水倒入紅色透明玻璃做成的杯子裡。

「……我一開始煩惱，就會口渴。」

「真是令人同情。」

「……妳怎麼能這麼說！都是妳害我這麼煩惱的！」

維多利加假裝沒聽到。

怒氣沖沖的一彌突然看向手邊。

倒水出來，怎麼會聽到有東西咕咚掉下的聲音——看著杯裡，一彌差點驚叫出聲。維多利加以詫異的表情看著一彌。

杯子裡有……

少量的水和圓滾滾的不明物體……

正中央帶著點黑色的東西是……

眼珠。

房間裡突然變冷，充滿令人不寒而慄的詭異感覺。

和人類相比之下稍微小一點，似乎是動物的眼珠……

眼球在杯中隨著水的搖晃而移動，黑色部分轉向這邊。一彌好想大叫「有眼珠！」又注意到維多利加的視線，於是硬是裝出平靜的模樣，放下杯子。

「怎麼啦？」

「沒有，那個……有、有蟲。我請荷曼妮等一下過來換水。」

一彌把水壺放回桌上，心臟砰砰跳個不停。

3

天色慢慢變暗，寧靜黑暗覆蓋〈無名村〉，眾人感覺到一日已近結束。從維多利加房間窗簾拉開的窗戶，可以看到巨大橡樹與緩緩落下的燃燒太陽，消失在陰暗深處。太陽一下山，村子便染上一片漆黑，只有乳白色的霧氣和白天一樣，隨風在黑暗中載浮載沉。

陰暗糾結的橡樹枝椏，在黑暗中彷彿骨骸的集團般，浮現漆黑的骨骼。

「把窗簾拉上吧，維多利加。」

一彌站起來，拉著窗上垂下的繩索。沉重的天鵝絨窗簾一面搖擺一面閉上。

深陷在搖椅裡的維多利加，從剛才開始就一直沉默思考。和謝爾吉斯與客人吃過簡單晚餐，回到房間之後，就一直是這個模樣。也不知道到底有沒有聽到，跟她說話完全沒有反應，一彌嘆息著回到原來的位置，朝著代替椅子的迷你衣箱坐下。

突然有人敲了敲門，還沒等待回應就把門打開。有人隨著衣物隱約的窸窣聲進房，一彌起身迎接。

——來的人是荷曼妮。

兩手抱著裝滿熱水的黃銅容器，低聲說：

「這是洗澡用的熱水。請以冷水稀釋後使用。」

打開位於房間深處的浴室薄門，放下水桶又快步離開。一彌皺起眉頭。

荷曼妮沒有發出腳步聲……

就像沒有任何人走過……

一彌感覺她與紅髮修女蜜德蕊是完全的對比。如果是蜜德蕊，走路時必定會發出比壯漢更大的腳步聲。可是荷曼妮別說是腳步聲，就連存在感都很微弱，因此令人感到神祕……

離開房間時，荷曼妮突然回過頭來，瞪大眼睛，像是要翻出眼珠般看著一彌與維多利加。

慢慢張開薄而蒼白的雙唇——

「……有事請拉鈴叫我。」

「知道了。」

門關上。

維多利加突然變得心情很好，從搖椅上跳起來，像在跳舞一樣奔向浴室。訝異的一彌過去一看——她已經開始將熱水咕嘟咕嘟倒入黃銅支腳的奶油色浴缸。小小的膝蓋跪在貼有黑白格狀磁磚的地板上，高興看著裝滿熱水的浴缸。

對著她一副高興得快要哼起歌來的模樣，一彌感到不可思議：

「……究竟怎麼了？」

維多利加抬起臉，一副理所當然的態度：

「我喜歡洗澡。」

「……耶？嗯，原來如此。人家說旅行可以看到意外的一面，此話果真不假。維多利加，妳喜歡漂亮的東西跟洗澡嗎？」

「…………」

「還有書和零食對吧？另外還有荷葉邊和蕾絲。然後……幹嘛用那種嚇人的眼神瞪我？」

「少一副好像已經看穿我的樣子。」

「……喂，妳這話是什麼意思！」

維多利加裝成沒聽到，從行李裡拿出洗澡用品組——光亮的象牙扁梳、帶有玫瑰花香的香皂、金框的化妝鏡——突然轉頭瞪視一彌。
「……幹嘛呀！」
「現在是淑女的入浴時間，滾一邊去。」
「對、對、對不起！」
一彌起身衝到門口，又回過頭：
「我就待在走廊上。萬一發生什麼事就叫我一聲。」
沒有回答。
一彌來到走廊，把門關上。不由自主嘆了口氣。
單獨一個人站在走廊上，不安突然湧上心頭。神祕的深山村落與村民，和同行的四人也不太認識。突然停止的收音機，水壺裡的眼珠……
越是感到不安，就越是覺得走廊左右晃動，牆壁和天花板從四面八方朝一彌壓迫過來。一彌用力搖頭，不願被不安打倒。
（都是因為維多利加說她絕對不回去的緣故吧？一定要盡量避免發生危險……）
透過門板，房裡隱約傳來水聲。嘩啦、嘩啦、嘩啦……聲音很小，與其說是人，還不如說是隻小貓在洗澡。
然後……

聽到房間裡傳來遠處維多利加的聲音：

「喔、喔、喔……」

「……維多利加!?」

一彌急忙轉過身。開門衝進房裡，仔細一聽……

「我喜歡洗澡——」

「!?」

「因為暖洋洋～」

（……………………歌？）

一彌對於自己的驚慌失措感到丟臉，湊近門板，刻意粗魯地開口：

「維多利加，妳在幹嘛？」

「……唱歌。」

「唱得真爛！」

憤怒之情震動空氣，從浴室傳到一彌身邊。一陣沉默之後，一彌正打算回到走廊時，維多利加以有如從地底響起的低沉聲音說道：

「你說我唱得爛？久城，你唱來聽聽？」

「什麼？才、才不要。唱歌多丟臉啊。」

「久城……給我唱。」

「………………唔。」

一彌雖然後悔取笑維多利加的舉動，卻也不敢違逆，兩手插在腰上，回想起在故鄉時常唱的童謠，嘹亮地唱了起來。

——當時還是小孩子的一彌曾經以尚未變聲的童音唱過這首歌，母親和姊姊都拍手高興地說：「一彌歌唱得真好！」、「父親和哥哥們都不會唱歌呢！」但是在被父親和哥哥撞見自己在唱歌，斥責這樣缺乏男子氣概之後，一彌就成了獨處之時也絕不哼歌的人。因為很久沒有唱歌，一唱起來就越唱越起勁。

一彌挺胸唱出嘹亮的歌聲，浴室的門裡傳出被某種東西丟中的「叩咚」聲：

「吵死了！」

「……明、明明是妳叫我唱歌的！」

一彌淚眼矇矓，不再唱下去。只有小聲說：

「很棒吧？」

沒有回答。

一彌垂下頭閉上嘴。

房間裡除了隱約的水聲，再度重返寂靜。只能聽到一彌的心跳聲與天鵝絨窗簾被風吹動的輕微聲響。

不時會有迷途的白霧，從窗簾的另一邊闖進屋裡，又驀然消失。

一片寂靜。

遠處又傳來狼號。

還有鳥兒振翅聲。

——視界的角落有個東西動了一下。

一彌突然有種怪異的感覺，抬起頭來——眼睛的確看到有個東西動了一下。慢慢環視整個房間，沒有發現任何變化。

（……不可能。剛才確實有東西動了一下…………？）

附有帷幔的大床。

迷你衣箱。

搖椅與豪華的圓桌。

衣櫃。

天鵝絨窗簾。

掛在牆壁上的鏡子。

……鏡子？

一彌仔細端詳「它」。

鏡中有東西在動——是床鋪，放在床上的鬆軟羽毛被褥。沒有任何人的平坦床上，不知為何微微鼓起。

一彌回頭看著床鋪——與剛才一樣平坦。

再看看鏡子。

——映在鏡子裡的床鋪，羽毛被一點一點膨脹。

房間裡的燈光閃爍，變得昏暗。

鏡中的羽毛被越來越脹。已經可容一個人睡在裡面，還是繼續變大、變大……

一彌叫出聲來。

不假思索朝著面對走廊的門打算逃走……可是又想起維多利加還在裡面，於是回頭往浴室的方向，敲了敲薄門：

「維多利加！維多利加！妳沒事吧!?」

……沒有回答。

一彌再度想起突然失聲的收音機和水壺裡的眼珠。

（太詭異了……這其中一定有蹊蹺!!維多利加!!）

——房裡的燈熄了。

突然被黑暗所包圍。

一彌為了保護維多利加，緊緊守在浴室門口，不斷呼喊她的名字，卻沒有任何回應。

一彌大聲呼喊。

房裡的燈突然又亮了。

鏡中鼓起的床，不知何時恢復原狀。

「……你真的很吵耶。到底在鬧什麼？」

大約十分鐘之後，維多利加才從浴室裡出來。

身上穿著白色荷葉邊加上以水藍色蕾絲束帶的膨鬆睡衣，頭上戴著白綢圓帽。金色長髮有一半收在帽子裡，剩下的一半散落在背後。

一彌筋疲力盡，一屁股坐在搖椅上。

維多利加很生氣地說：

「告訴你，那是我的椅子。」

「……………」

一彌起身開口，斷斷續續描述剛才發生的詭異現象。不知為何，維多利加竟然不感興趣地打起呵欠，把洗澡用具組小心收起，四處尋找裝有MACARON的袋子。

「維多利加，明天天一亮就回去。」

聽到一彌迫不得已的聲音，終於以吃驚的態度抬起頭：

「……為什麼？」

「因為太危險了。竟然發生這麼奇怪的事情……這個村子太詭異了。像是收音機突然沒聲音，不也很詭異嗎……」

「你說收音機？」

維多利加開始低聲自語。

可以聽到她小聲嘀咕：「真麻煩。」

「……怎、怎麼了？」

「告訴你，那只不過是個小把戲。」

「什麼!?」

維多利加打了個大呵欠，好像在說真拿你沒辦法：

「你還記得放收音機的矮櫃上，還放了什麼東西嗎？」

「矮櫃上？呃……收音機、聖母像和裝飾用的羅盤……」

一彌陷入思考。維多利加一邊打呵欠一邊說：

「羅盤就是磁鐵。電器旁邊只要有磁鐵，就會有所影響。不知道是巧合，還是有人故意放在那裡。」

「……維多利加，這件事……」

一彌皺起眉頭：

「妳當時就發現了？」

「當然。」

「那妳怎麼不說！當時大家，還有我都嚇壞了……」

「因為當時我腦子裡都是別的事。」

「妳啊……」

維多利加坐在搖椅上，盯著口中唸唸有詞的一彌，然後站起身來，像是受不了地開口：

「久城，你真是個任性的傢伙！」

「……那是我想說的話！」

「沒辦法。久城，為了讓你這種任性又半吊子的好學生也能理解，我還是把它語言化吧。」

「……真是抱歉。」

「不過相對的，你不准吵著要回去。我絕對不回去。」

「……嗯。」

維多利加細步走上走廊。一彌正打算追上去：

「你乖乖待在那裡。」
「……知道了。」
「還有，在我說可以之前把眼睛閉上，好好反省。」
「反省!?反省什麼？」
無奈的一彌，只能按照維多利加的吩咐把眼睛閉上。
維多利加關上門，似乎去了某處。
寂靜。
不知從哪裡傳來……從很接近的地方，某個東西發出「嘎答嘎答」的聲音。一彌雖然很想睜開眼睛，但還是忍了下來。
終於……
從很近的地方傳來先前離開房間的維多利加的聲音：
「……可以了，把眼睛睜開。」
一彌睜開眼睛。
——掛在牆上，可以照出胸部以上的鏡子裡，不知為何映著維多利加的頭頂。只能看到白綢圓帽和一點閃亮金髮。
也可以聽到聲音。

「你懂了嗎？半吊子好學生。」

「……完全不懂。維多利加，妳到底在哪裡？」

靠近鏡子仔細端詳，原本的鏡子不知何時不翼而飛，像是窗子一樣空空蕩蕩。隔壁是一個和這個房間左右對稱的客房，維多利加為了把頭從四方形的洞裡伸出來，正拚命把背挺直。

似乎終於接受再怎麼抬頭挺胸也搆不到，維多利加跑到某處，找來一個可以用來墊腳的小箱子。看來相當輕巧的箱子，對維多利加來說卻顯得太過沉重。只見她咬緊牙根，慢慢將它搬了過來。

墊個箱子之後，維多利加的身高終於和一彌差不多，從方洞裡伸出頭來：

「……喏？」

「嗯。」

領悟到一彌還是沒搞懂，維多利加站在箱子上狠狠跺腳：

「也就是說，有人來到這個房間把鏡子拆下。久城，你看到的不是鏡子。而是有人躲在這間房的床上，想要嚇唬你。」

「………」

一彌和維多利加的眼光直直相視。

平常從來沒發生過這種事。因為她現正站在墊腳的箱子上，所以兩人高度相當。一彌直接對上維多利加大大的綠色眼眸。

「……懂了嗎？」

維多利加睜大眼睛盯著一彌，似乎很擔心他到底聽懂了沒有。一彌突然沉下臉。維多利加急忙問道：

「怎、怎麼啦，久城？」

「也就是說，有人做了剛才的事。」

「是啊，沒錯。所以沒問題了吧。」

「……問題大了！」

聽到突如其來的大吼，嚇了一跳的維多利加把眼睛睜得更大。一彌的怒氣頓時無處可發洩，咚咚踢著地板：

「如果是鬼倒還好，大不了代表這是間鬼屋。既然這是人幹的……而這裡不是我的，而是維多利加的房間。這表示有人想要嚇唬妳，所以故意這麼做。對吧？」

「…………」

「維多利加……」

「…………」

「是誰，為什麼要做這種事？」

「我不知道是誰，或許是村民之一。但是我推測原因應該是我是柯蒂麗亞的女兒吧。」

維多利加以非常低沉的聲音回答。

維多利加就在眼前的小臉蛋，還有眼眸都蒙上陰影，面無表情。一彌一直觀察著她的臉。

然後維多利加的聲音開始顫抖：

「或許是村民相信柯蒂麗亞是會帶來厄運的罪人，所以才會做出這種事。或者……是真正的罪人害怕我發現真相……」

「維多利加……」

村民混濁的綠色眼珠在一彌的腦海一閃即逝。村民們舉起手中的武器，打算趕走維多利加。最後出現的是允許他們入村的謝爾吉斯。還有在客人裡找出維多利加，譴責柯蒂麗亞罪行的荷曼妮睜大的眼珠。以及安普羅茲明明和藹可親、有說有笑，但是遇到某些話題卻又突然轉為冷淡的態度……

可以感覺到這一切背後都有謝爾吉斯的存在。他想要保護村子，這件事或許和維多利加追求的真相有所……

維多利加以頑固的聲音宣示：

「不過，我才不回去。」

「很危險啊！」

一彌和維多利加隔著牆壁互瞪跺腳。

「可是久城你……」

維多利加似乎帶著一些迷惘，話只說到一半。然後以認真的表情說：

「連行李都沒帶，就一路跟到這裡。你會保護我吧……？」

一彌大叫：

「……這還用說！」

兩人繼續互瞪。

那非平時那種感情融洽，簡直像是互相敵視……決鬥即將開始的危險眼神。兩人就這樣什麼都不說，繼續互瞪下去。

維多利加房間的門突然用力打開。

搖晃著一頭紅色捲髮的蜜德蕊站在門口，看來似乎相當憤怒：

「聽我說，你們兩個孩子！」

發出粗魯的腳步聲走進房間。一彌想起剛才端熱水的荷曼妮完全沒有腳步聲，再度體驗兩人的對比。蜜德蕊大步走近，發現從方洞露出臉來的維多利加，噗嗤一笑，伸出手指戳戳維多利加的鼻尖。維多利加像是被惡作劇的大人威脅的小貓，嚇得肩膀直顫抖，還不斷眨眼。

「妳在做什麼呀，小不點？」

維多利加的臉色大變。一彌在心中為這件事感到驚訝：

（難道她對身高一事感到很在意……？）

蜜德蕊毫不客氣，一邊踱步一邊說話：

「那些傢伙是王八蛋！那些傢伙……就是那些傢伙！鬍子亞朗、凱子德瑞克和沉默勞爾三個人。他們說我是因為德瑞克是有錢人，才會和他們交朋友。」

「這、這種理由……」

「我最喜歡錢了！」

蜜德蕊不知為何氣憤地說：

「比起美味的葡萄酒和漂亮的衣服，我就是喜歡錢！」

一彌與維多利加不由得面面相覷。

想起在跳蚤市場被她偷走的德勒斯登瓷盤。

先前雖然給人不修邊幅又粗魯的印象，但當她說到錢的時候，不知為何，竟然變成灑上花朵香水般充滿香甜濃郁的香氣、嬌媚的魅力凝成顆粒從豐滿的身體洋溢而出。

（怎麼回事……）

蜜德蕊嘴裡不斷重複錢、錢、錢，一彌有點厭煩地看著她。

維多利加傻愣愣地閉嘴。

「……可是葡萄酒、衣服也都是用錢買的。」

蜜德蕊當成沒聽到。

「總之他們只想觀光。在夏至祭的前一晚，村人全都繃緊神經，他們竟然還去參觀教堂。那座教堂在一年一度的夏至祭裡，除了規定的時間之外都必須淨空才行。總之似乎有很多的規定。我也跟著過去，你們知道那些傢伙在教堂裡做了什麼事嗎？那裡有個村民當寶一樣看待的舊壺。他們竟然把那個裝飾用的壺丟進裝聖水的瓶子裡面。還覺得很有趣，笑鬧著說：『真有趣，讓我看看。』、『這種破爛貨還當寶。』把村民都惹毛了。還不只丟了一次，三個人都說想要看，就一直丟個不停……那個壺竟然沒破。真是的……謝爾吉斯村長氣得頭頂快冒煙了。這些傢伙只顧著追求新東西的價值，根本不知道東西真正的價值……咳咳！」

蜜德蕊一邊說話，一邊伸手拿起水壺旁邊的紅色透明玻璃杯。也沒看杯裡有什麼東西，就咕嘟一聲喝乾。緊接著開始咳嗽：

「咳！咳！裡、裡面有東西……！圓圓的……我吞下去了？」

「……啊！」

一彌這才想起「是眼珠……！」但是沒有多說。只說了「大概是糖果吧？」她也點點頭，似乎接受了。

——隨著蜜德蕊的巨大腳步聲離開之後，房裡再度恢復安靜。

維多利加經過走廊從隔壁的房間回來。

兩人的話都變少，一彌好幾次確認門鎖，把衣櫃移動到鏡子前方避免任何人從隔壁房間進來，關好窗戶，總之小心確認門戶。

「維多利加，我也待在這個房間裡。就在門的旁邊，只要有人進來我就解決他。」

「嗯，真勇敢。」

「……喂！妳認真聽好不好！我警告妳，目標可是妳呢！」

一彌把搖椅放在門前，坐在椅上，試著閉上眼睛。

……根本睡不著。在家中也算是特別纖細的一彌，只要換了枕頭就會睡不著。更何況是坐在椅子上，根本不可能熟睡。

小聲嘀咕這件事，維多利加竟然很高興的轉過頭來：

「你還記得我的行李當中，放了一張很棒的行軍床吧？」

一彌不可思議地反問：

「妳的行李……是指那個大小媲美移民新大陸的家庭，又大又笨重的行李嗎？」

「唔!?笨的人是你。那是經過我絞盡腦汁思考才歸納出來，這趟旅行中最低限度，非帶不可的必需品……可是你卻盛氣凌人地教訓我，還把它們丟在學校。現在你就自作自受，乖乖睡在搖椅上吧。」

「……我還是覺得絕對用不到花瓶、茶具之類的東西。」

以討人厭的語氣回嘴之後，MACARON又從空中飛來。一彌生氣地撿起掉在地上的零食，送回原處……

「維多利加……？」

抬起頭的時候，只見維多利加心不在焉，不知在想些什麼，不再看著一彌。一彌嘆了口氣，坐回搖椅。

夜色已深，宅邸一片寂靜。

將壁燈調暗一些，一彌也準備入睡。

維多利加躺在附有帷幔的大床上，發出酣睡的呼吸聲。一彌也坐在搖椅上閉著眼睛。強迫自己睡著。

突然凝視已經入眠的維多利加。

可以看到維多利加小小的後腦杓。她將小小的臉蛋靠在巨大鬆軟的枕頭上酣睡。

「……真是不可思議的睡相。」

「呼～呼～呼～……」

微微的呼吸聲持續不斷。

從這裡望去，沉睡在巨大床鋪上的嬌小維多利加，看起來不像人類，反而像是白色長毛小狗窩在床上睡覺。

聽到從樓下傳來立鐘的報時聲。

——噹！噹！噹！

一彌開始計算：一聲、兩聲……鐘聲敲完十二響之後停止。發現已經是夜裡十二點，自己也該睡了……

一彌心中懷著不安，慢慢閉上眼睛。

獨白 —monologue 3—

夜半時分，感覺到有人接近而清醒。

宅邸重返寂靜，只聽到窗外響起怪異的風聲。

——悄悄湊近房門，豎起耳朵。

「……所以，在祭典途中……」

有人小聲說話。走廊傳來男子們低沉的聲音。

「沒有任何村民發現……」

「……嗯。『那傢伙』一定沒發現。」

男人鬼鬼祟祟地交談。

「用汽車運就好了。只要來到山腳下的村落，就有汽車接應。」

——突然感到一陣憤怒。

先前就曾想過，或許是這麼回事，但果然是這麼回事。

男子沒發現隔牆有耳，一直討論明天的計畫。

「在祭典的最高潮下手，村民絕對不會發現。明天有個時間教堂會淨空，沒有任何人。」

「先下山吧。這麼一來……」

這麼一來……？

第四章　紅蕪菁燈籠與〈冬之男〉

1

黎明逐漸接近〈無名村〉。一彌坐在房間裡的搖椅上，不斷重複醒來、陷入淺眠的動作。

每次醒來，就看到帷幔大床上的維多利加，一會兒在這個角落、一會兒在那個角落，每次都在不同的位置以不同的姿勢睡著。一彌在半夢半醒之間心想「維多利加，妳……究竟是什麼時候移動的呀……？」暗自感到不可思議。

突然響起巨大的鼓聲，宣告天亮。

——咚！

咚！咚！咚！

接著是高昂的笛聲，嘹亮尖銳猶如要切開黎明的陰暗。

一彌急急忙忙起身，看到身穿睡衣的維多利加慢慢下床。維多利加跑到窗邊，然後轉身面對靠過來的一彌。

一彌依舊一臉睡意，但維多利加已經完全清醒，帶著與平常──在植物園見面時相同的冷靜銳利眼神。金色長髮從白綢圓帽裡滑出，有如金色濁流朝著地板流洩而下。

「早安，久城。」

「……早安，維多利加。剛才那是什麼？」

「這個嘛。按照我的推測，恐怕是……」

一面這麼喃喃自語，維多利加一面拉扯從天花板垂落的繩索。沉重的天鵝絨窗簾一邊搖晃一邊左右分開。

窗外是……

──和昨天迴然不同的風景。

和昨天那幅除了石砌陽台和巨大橡樹之外，幾乎都被乳白色濃霧遮掩的景色迥異，今天早上天才剛亮，空氣就顯得十分清澈，連遠處都可以看得一清二楚。天氣相當晴朗，吹來的風也非常乾爽。鼓聲撼動空氣，裂帛笛聲緊追其後。

無數鮮豔旗幟迎風飄揚，每一面旗上都畫有黑狼徽章。

有人把水灑向空中──應該是聖水吧。飛沫濺到陽台的石塊上，留下幾條水跡。

還可以聽到鞭聲以及空包彈的擊發聲。

「按照我的推測……」

一彌接著維多利加的話：

「應該是夏至祭開始了。」

「嗯。」

兩人互望一眼，然後奔出陽台，靠著長滿青苔的石製欄杆探出身子——外頭的光景緊緊吸引住他們的目光。

鮮紅色的塊狀物體，搖搖晃晃進入廣場。可是怎麼看也分辨不出來那是什麼東西。似乎是巨大的神轎，可是外表卻有如燃燒的火焰，呈現鮮豔的橘色。

村人一改昨天的沉靜，在廣場上到處走動、發出叫聲。

——當兩人的注意力完全被廣場景色吸引住時，有人輕敲了幾聲房門。一彌應了一聲，從陽台回到房間。

打開門，那裡站著一個金色長髮綁在身後的年輕人。比一般村民還高，顯眼漂亮的輪廓，澄澈直接的眼神……是村長的助手安普羅茲。

「……我經過走廊時聽到說話聲，所以猜想你們可能起床了。」

安普羅茲兩手拿著怪異的東西——以土色布料捲起有如木乃伊的形狀，大小和真人差不多的假人，以及嚇人的黑色木雕面具。

看到一彌目不轉睛，安普羅茲笑了：

「這是祭典裡用的假人和面具。很稀奇嗎？」

「是啊。」

「在我們看來，你們帶來的東西才稀奇……」

安普羅茲嘴巴客氣地這麼說，眼睛忙著窺探房內，視線流連在他們帶來的稀奇物品上。然後又盯著一彌的臉孔，不可思議地伸出手——一彌急忙遠離他。他最害怕臉頰被捏一把、頭髮被拉扯這種事了。

可能是被說話聲吵醒，其他的房門也一一打開。睡眼惺忪的亞朗捻著鬍鬚出現。德瑞克穿著一眼就能看出的高級絲綢睡衣，但八成是因為睡相不佳而皺成一團。勞爾魁梧的身軀也慢吞吞走出來。

蜜德蕊的房門最後打開。她發出難以想像是女人的巨大腳步聲，來到走廊。鮮紅的捲髮輕輕晃動。

維多利加離開陽台，快步朝這邊走來。

「昨天謝爾吉斯村長已經說過……村裡的夏至祭是慶祝夏季豐收，同時兼有打倒冬季並將之燃燒殆盡的儀式。我們會呼喚祖靈，向祂們展示我們豐饒富足的模樣……」

安普羅茲一邊快速說明，一邊帶領一彌等人前往廣場。屋子裡空無一人，幾乎所有的村民都聚集在廣場上。

「因為教堂不能沒有人照料，所以有幾個人在那邊。其他的人全都在廣場上。」

「……和昨天完全不同呢。」

聽到一彌這麼問，安普羅茲笑道：

「大家都忙著準備啊。紅蕪菁差點就來不及呢！」

「紅蕪菁？」

「就是神轎上的燈籠……你看！」

一彌等人到達廣場，很驚訝地睜大眼睛，盯著有如巨大火焰的神轎。

神轎各處掛著許多發出橘色光芒的圓形物體。仔細一瞧，那是中間挖空，外面刻成各種圖案的紅蕪菁。中間插著點燃的小蠟燭，隨著神轎移動搖晃。隨著燈籠的搖晃，神轎也如同火焰一般左右晃動。

維多利加不禁喃喃自語：

「……真美。」

安普羅茲聽到，高興地點頭：

「村民就是在忙著刻這個。我則負責做這個假人……我很笨手笨腳，費了不少工夫。」

安普羅茲將好像土色木乃伊的假人放在神轎上面。一彌發問：

「那個紙人是做什麼用的？」

「這個叫做〈冬之男〉。中午時分，村民就會穿上戲服，分為〈冬之軍〉和〈夏之軍〉兩個陣營，演出兩軍交鋒的戰事。〈冬之軍〉穿褐色衣服，〈夏之軍〉穿藍色衣服。最後獲勝的〈夏之軍〉將〈冬之軍〉趕跑，放火把〈冬之男〉連同神轎一起燒掉。接下來便慶祝夏季的勝利，大吃大喝，跳舞慶祝。」

「哦……」

「接下來就要將教堂淨空。教堂是通往陰間的出入口，將會成為祖先回來察看我們的豐饒生活的通道。在祭典的最後，祖先會戴上這個面具……」

安普羅茲再次將他苦心製作的怪異面具舉起：

「為了豐饒而歡欣起舞。祖先會用我們聽不懂的語言說話。我們認為那是陰間語言。」

不知何時，惡狠狠瞪著眼睛的荷曼妮已經來到他的後面。眼睛盯著安普羅茲手中的面具，臉上浮起即將裂顎的笑容，似乎很滿意這個面具。口中還以幾乎聽不見的微弱聲音，喃喃說道：「做得真好。」

受人稱讚的安普羅茲似乎很高興：

「今年我會戴上這個面具。」

「……因為是下任村長的預定人選。」

荷曼妮低聲說道。看到一彌等人感到疑惑，接著以更低的聲音說：

「村長身旁會有年輕的助手。一旦村長去世，助手便會繼任為下任村長。謝爾吉斯村長過去也是狄奧多村長的助手。也就是說安普羅茲很受謝爾吉斯村長的賞識。」

「原來是這樣……」

一彌等人再度看著安普羅茲。安普羅茲看似貴婦的臉突然變紅，害羞地搖頭：

「因為年輕人不多，村裡孩子很少。」

神轎開始緩緩轉動，無數紅蕪菁跟著旋轉，畫出一道道紅色殘影。當一彌看得正入迷時，鬍子亞朗突然發聲：

「……哼！真無聊。」

安普羅茲倒吸口氣。

荷曼妮瞪大眼睛。

鼓聲和笛聲一起停止，廣場瞬間被寂靜包圍。廣場上的村民全部轉過頭來，許多暗沉的眼神像是在搜尋聲音的主人，在一彌等人身上徘徊。

從進入村子以來，亞朗就一直是那種態度，但是第一次有這麼多目光注視著他。亞朗本人也嚇了一跳，但是沒有台階下，於是便惱羞成怒：

「竟然還有這種跟不上時代的迷信。什麼祕境嘛，什麼灰狼村，無聊透頂！」

總是以尖銳聲音附和的德瑞克，此時也選擇保持沉默。亞朗像是被逼急了：

「對吧，勞爾？」

突然被問到的勞爾，縮起魁梧的身軀，很傷腦筋的搔搔下巴：

「……唔，嗯。」

「什麼祖靈嘛。那種東西才不會回來呢。一大早就吵吵鬧鬧的……！」

亞朗好像還想繼續說下去，可是德瑞克怕得罪村民，連忙用高昂的聲音制止他：

「真是的，的確是滿吵的。喂，亞朗，我們回房打撲克牌吧？」

亞朗點頭同意之後，三人便踏著閒逛的步伐，打算走回宅邸。這時，荷曼妮以低沉卻響亮的聲音制止他們：

「三位客人，請等一下。」

不知何時，村民已經聚集在荷曼妮的身後。

大家都和荷曼妮一樣，用猜疑的眼神盯著三人。睜大眼睛，面無表情，一動也不動——因為他們都穿著古典服裝，看來就像是一群鬼魂。少了自信的亞朗回過頭，退了幾步。

「什、什麼……！」

「如果打算侮辱我們，請你們離開村子。」

「什麼……不過是個女僕，竟敢對客人這麼不客氣？」

亞朗加以反駁，但荷曼妮並沒有因此沉默：

「亡者的靈魂真的……」

「真、真的怎麼樣？妳說說看啊？」

「真的會回來。」

「荒唐！」

「從夜空經過無人的教堂回到廣場，以陰間的語言說話。說著我們聽不懂的話。任何事物都無法瞞過亡者的靈魂。夏至祭是有特別意義的。」

從荷曼妮的表情看來，她是打從心底相信這個祭典。她轉而瞪視安普羅茲，示意要他接著開口。安普羅茲不像荷曼妮，臉上沒有出現深信不疑的表情，但荷曼妮似乎並沒注意。

看到氣憤的亞朗還想要大吼大叫，安普羅茲靜靜制止他：

「客人。你要怎麼想是你的自由，但要是你想妨礙夏至祭，就要請你離開。」

「……那、那就傷腦筋了。」

亞朗小聲嘀咕，不知為何突然有點慌張，似乎不想離開村子。三個年輕人湊在一起，不知在商量些什麼。可以聽到德瑞克以高亢的聲音訓誡亞朗：「你怎麼到處都和人家吵架啊……」

勞爾則是沉默不知所措。

過了一會兒之後亞朗抬起頭，開玩笑似的舉起雙手：

「……知道了。我們不會妨礙祭典，乖乖待在房間裡。這樣可以吧？」

安普羅茲轉顏為笑，低頭致意。荷曼妮則以可怕的表情瞪著三人離開。

看到安普羅茲似乎沒什麼精神，一彌關心地說：

「呃……在我的國家，也有類似的習俗。」

「你的國家？」

「是的……是在海洋遙遠彼端的島國。自古以來就有隆重迎接祖先在夏季某一天回來的習俗。雖然不知道你相不相信，不過一家人會去掃墓、祭拜。」

「咦……你說的那個國家……」

安普羅茲很有興趣地發問，一彌開始說明自己的國家和世界地理、世界情勢。令人驚訝的是，他竟然連幾年前結束的世界大戰都不知道。只知道外面的世界有名為飛機的交通工具，還記得那段時間飛機特別多。

簡直就是隱士的生活。

但是安普羅茲雖然過著中世紀的生活，吸收速度卻很快。在十分鐘左右的對話中，就了解許多事。像個知識慾旺盛的年輕人，不斷提出精準的問題，吸收一彌的答案。一雙澄澈的綠色眼眸，因為知識慾而更加閃亮。

（這個人非常聰明……！）

一彌在心底感到敬佩。

（怪不得會有灰狼的傳說。簡直就像是維多利加曾經給我看過的十六世紀旅人日記中，他與深山遇見的年輕公狼的對話。頭腦聰明，個性沉靜的灰狼……）

安普羅茲不斷發問，似乎有著無盡的知識慾。最後終於停了一會兒，有點不好意思的說：

「很久以前……當我還是孩子時，村裡也有子孫來訪——一個名叫布萊恩・羅斯可的人。我也問了他一大堆問題，還被謝爾吉斯村長嚴厲斥責。」

「啊，就是那位……幫村裡接電的人嗎？」

安普羅茲寂寞地說：

「是啊。不過他安排好工程之後就立刻離開了……」

2

黎明的騷動之後，村民便各自回家。吃過簡單的早餐，再度在廣場上聚集已是中午過後。

神轎的燈火已熄，只剩強風吹拂的鮮豔旗幟包圍廣場。鞭聲與空包彈的擊發聲連綿不斷。

安普羅茲先前說明的那齣〈夏之軍〉和〈冬之軍〉作戰，夏軍獲得勝利，用來祈求豐收的短劇，即將要在廣場上演。一彌到亞朗、德瑞克等人的房間邀請他們，可是三個年輕人似乎心情不太好，雖然感覺得到他們待在房間裡，卻沒有任何回應。按照蜜德蕊的說法，三個人互相在生彼此的悶氣，完全不說話，各自待在自己的房間裡。

蜜德蕊似乎也沒什麼興趣，喃喃地說：「嗯，反正從房間陽台也能看到廣場……」

最後只有一彌和維多利加兩人手牽著手往廣場走去。

兩人到達時，正好遇到身穿紅裙的少女在廣場上奔跑。少女停在廣場的正中央，站立行禮。每個人都用單手提著籃子。

村長謝爾吉斯從一旁悠閒走過，身邊的安普羅茲正在匆忙報告許多事。發現在廣場角落參觀的一彌，他便回頭說道：

「你們站在那裡很危險喲！」

「危險？」

「也不到危險的程度啦。只是有點痛而已。」

「痛……？」

安普羅茲「呵呵呵」笑了幾聲，浮起惡作劇的笑容走開。一彌看看身邊，只見維多利加板著一張臉。

（痛……？會痛……？啊，不妙！）

一彌想起維多利加曾經說過她怕痛，於是拉著她的手離開那裡。維多利加則是在廣場上東張西望，不斷觀察村民。因為被拉著到處跑而不悅地抬頭看著一彌：

「你要把我拉到哪去？」

「這，我也不清楚……」

就在一彌離開那個位置之後，少女齊聲尖叫，手伸入籃子裡，抓著硬梆梆的榛果高高舉起，大喊「準備！」——開始到處投擲榛果。

村民在一旁笑著觀看。

——只見榛果不斷往一彌剛才站立的位置飛去。正好有個留鬍子，戴眼鏡和帽子的年輕男子從那裡經過。

「……那是亞朗。」

一彌喃喃自語：

「虧我剛才還去邀他……什麼嘛，結果還是不是跑來看……」

女孩子放聲騷動，口中唱著祈求豐收的歌曲，不斷朝經過的男子丟榛果，發出硬梆梆的響聲，只見男子抱頭鼠竄。女孩子放聲大笑，到處尋找著附近還有沒有人要通過。村裡的男子故意接近，她們就喜孜孜地投擲果實。男子又急忙逃跑。如此的場景不斷重複，嬌聲與尖叫覆蓋整個廣場。

「哇啊！一定很痛……！」

一彌不由得喃喃自語。

（幸好……要感謝安普羅茲才行。要是一直待在那裡，害維多利加被丟就糟糕了……）

偷偷盯著一旁的維多利加。

維多利加依舊專心觀察村民。

村裡的小姑娘終於把籃子的榛果丟完，笑著退開。接著換成年輕男子分為穿著褐衣騎馬的〈冬之軍〉和穿著藍衣持長槍的〈夏之軍〉，開始跳起模仿戰爭的舞蹈。女孩子發出興奮的叫聲為〈夏之軍〉加油，年長的男性們在周邊緩緩踏著舞步，發出低沉的吼聲。

相當漫長的舞蹈。

〈夏之軍〉終於獲得勝利，〈冬之軍〉敗退，〈夏之軍〉中央的年輕男子高聲宣布獲勝。

「咦……？剛才的聲音是？」

一彌這才發現那是安普羅茲。

從這裡看來，他和村裡的任何一位青年都不一樣。村裡的人是排斥變化，眼眸混濁的灰狼……安普羅茲和他們不同，充滿年輕的光芒。

身穿藍衣的安普羅茲，以誇張的口吻宣布夏季的勝利與今年的豐收，旋轉手裡的火把：

「〈冬之男〉！燃燒並消失吧！」

在宏亮的呼喊聲當中，以火把點燃廣場中央的神轎。

神轎上面放著安普羅茲製作的土色假人——〈冬之男〉。神轎與假人似乎都是以易燃的材料製成，安普羅茲放下火把，馬上就被火焰所包圍，發出巨大聲響燃燒起來。

可是，就在這時……

——神轎上有個東西站了起來。

安普羅茲大叫，表情因驚愕而僵硬，嘴巴大張，不斷喊叫。

站起來的是……假人。纏著土色布料，等身大的假人……在神轎上站起，開始旋轉。以兩手抱著頭的姿勢不斷迴轉，最後臥倒在地。

「……是人!?」

從火焰的另一頭傳來安普羅茲的叫聲。

「讓開！那是……人!?」

安普羅茲不顧夥伴的制止，飛奔到神轎旁。他用力把燃燒中的神轎推倒在地，發出巨大聲響，整個廣場為之震動。紅蕪菁都被壓壞，流出紫紅色的汁液，把廣場的石板染紅。

有人衝向水井，提著水倒在一邊燃燒一邊發出痛苦呻吟的假人身上。

嘰、嘰嘰嘰……

火焰熄滅，土黃色的假人呻吟了一會兒，就慢慢不動了。

安普羅茲茫然地喃喃自語：

「……是人，這是人的柔軟身體。不是我做的假人。變成人……人……！」

年輕夥伴們將發出叫聲的安普羅茲從假人的旁邊拉開。安普羅茲一屁股坐在石板上：

「是人……是人……把布料解開來看看。那是人啊……！」

村長謝爾吉斯緩緩走近，村民自動讓開一條路。

謝爾吉斯以顫抖的手，剝開包覆在假人身上，一半已經燒掉的土色布料。取下包裹在臉上的布時，整個廣場都受到嚴重的衝擊，到處發出「果然如此」的無言呢喃。

臉上帶著痛苦的表情，睜大眼睛死去的人是……

亞朗。

一彌為了避免維多利加看到屍體，不假思索伸出雙手，想要遮住她的臉。可是維多利加卻粗暴撥開他的手。

一彌帶著驚訝和微慍，看著維多利加。

她以冷靜的目光環視廣場。

一彌也跟著看著身邊。

不知為何，眼光立刻移到荷曼妮的臉上——雖然帶著驚慌，卻又能感受到微微笑意。安普羅茲在夥伴的支撐下總算踉蹌站起，臉上表情卻因為震驚而失色。謝爾吉斯以嚴肅的表情檢查亞朗的屍體。村民們全都沉默俯視。

可以聽到從宅邸方向傳來匆忙的腳步聲——噗咚噗咚的巨大腳步聲，應該是蜜德蕊。她搖晃著一頭紅髮跑來：

「我在房間的陽台上看到，好像是人的東西燒了起來……？」

靠近人牆，發現倒在地上的亞朗，馬上以顫抖的聲音喃喃自語：

「糟糕……這下嚴重了！」

德瑞克和勞爾也隨後趕到。發現到亞朗的模樣，兩人都倒吸了一口氣。德瑞克以顫抖的聲音說道：

「……這是怎麼回事？」

謝爾吉斯低聲呢喃：

「不知道。」

無言的勞爾開始顫抖，德瑞克扯起高昂的嗓門大吼：

「你、你們做了什麼好事……！我絕不會輕易放過你們！竟然做出這種事……！」

「這是意外。」

謝爾吉斯以不容分說的口吻說完，瞪視德瑞克憤怒的臉孔。

「誰知道這個笨蛋什麼時候和假人掉包了。」

「笨蛋……」

「可能是想妨礙祭典吧。難道他不知道最後會點火嗎？」

謝爾吉斯以輕蔑的眼神俯視亞朗的屍體。

「愚蠢的客人。」

「……才沒這回事！」

德瑞克用力反駁，身體因為太過憤怒而不停顫抖。原本高亢的聲音，幾乎說不出話來。他從喉嚨用力擠出聲音：

「絕對不可能！我們早就知道了！今天早上……」

他指著安普羅茲：

「他就說明過祭典的過程了。當時他的確實說過，最後會點火燒掉假人……」

謝爾吉斯搖頭：

「或許他打算在火焰燃燒前跳出來，擾亂祭典吧？」

「怎麼可能！」

德瑞克繼續大叫，環視村民的臉，但沒有人願意正眼看他。看來他們全盤相信謝爾吉斯說的話，沒有任何懷疑。德瑞克絕望地發出呻吟聲，當場崩潰。

至於臉色蒼白的安普羅茲則以奄奄一息的聲音說道：

「謝爾吉斯村長，即使這個年輕人有這種企圖，也不可能辦到。」

「你說什麼？」

「就在剛才……少女們投擲榛果時，這個年輕人還經過那裡，被榛果打的落荒而逃。之後就沒有再回到廣場，這裡有許多人……」

「也就是說……？」

「他不可能與假人互換。所以……」

安普羅茲被謝爾吉斯一瞪，閉上嘴巴。

村民們的動搖開始擴散。懷疑的混濁眼神聚集在謝爾吉斯身上。焦躁的謝爾吉斯以恐怖的表情瞪視安普羅茲：

「……廢話少說。你忘了多話是愚者的罪行嗎？」

「對……對不……起……」

安普羅茲像是無計可施般搖頭，低下頭來。

德瑞克大喊：

「……到底是怎麼回事！」

像是被大叫的音量嚇到，廣場上的鳥發出激烈的振翅聲一起飛走，消失在霧中。

廣場為寂靜所包圍，沒有任何聲音回答德瑞克的問題。

獨白 — monologue 4 —

活、該。

——這是我內心的想法。費盡力量不讓心情呈現在臉上。現在我必須裝出驚嚇，受到衝擊，哀傷的模樣。

還好沒有人發現。本來還很擔心……看來全是杞人憂天。

沒錯，既然昨夜聽到那個聲音，就不能放過他們。我有我的計畫。他們會妨礙我的計畫。

把剩下的男人也……

殺掉。

奪走那個，乘車逃走的人不是他們。

不會是他們。

第五章　祕密沉睡在森林裡

1

似乎一大早就從山腳下的城鎮霍洛維茲出發的箱型馬車，隨著蹄聲登上覆蓋荊棘的險峻山路，來到外貌有如玻璃杯的窪地，〈無名村〉所在處時，已經是正午過後的事。

村子因突如其來的旅客之死而動搖，夏至祭暫時中斷，以村長為首的人們，聚集在灰色宅邸的餐廳討論對策。在瞭望台上面看守的年輕人發現馬車，合力將吊橋放下，迎接客人。

金髮藍眼，上等絲襯衫配上閃閃發亮的銀袖飾——穿著時髦的年輕客人，以驕傲的姿勢仰望吊橋。

開始慢慢走過吊橋。

看守的年輕人們，對於這位新到客人的怪異髮型——金髮固定成流線型，就像頭上頂著歪斜鑽子——不禁瞠目結舌，從瞭望台俯視著他……

在灰色宅邸裡，引導那位男子——古雷溫．德．布洛瓦警官一路追蹤到此的目標，美麗嬌小、充滿神祕的妹妹維多利加．德．布洛瓦正趁著騷動，偷偷溜進被禁止進入的房間。

位於一樓陰暗走廊深處的房間——也就是二十年前發生殺人事件的書房。

2

書房一片寂靜。

可以看出已經久無人跡，書架和書桌上都積滿塵埃，從半開的藍天鵝絨窗簾射入的陽光，讓地板的木料因為日照而有幾處變色。

維多利加悄悄開門進房，嬌小而輕盈的她才走不到幾步，地上就掀起一陣塵埃。維多利加輕咳幾聲，然後屏氣凝神，慢慢端詳書房。

那是個狹窄的房間。書桌與大書櫃，彎腳的大椅子，矮櫃上放著鐵製燭台。不論是桌子、椅子或其他東西……在窄小的房間都顯得特別巨大豪華。

單面牆上有著長長的裝飾櫃，在玻璃櫃中展示各種看似中世紀騎士用過的古老武器。鋼鐵與磨光的橡樹打造的沉重長槍，還有細長的劍等武器，密密麻麻塞在裡面。

旁邊有個巨大的立鐘，似乎還有人照料，時至今日依然繼續走動。鐘擺輕輕搖晃。鐘面已經因為古老而斑駁模糊，但依稀還能看得到數字。

維多利加的視線停住，盯著地板上的一點，張開小小的嘴唇：

「屍體就倒在這裡。」

略微移動一下視線：

「而這裡掉著許多金幣。」

閉上眼睛──

「……為什麼會掉落這麼多金幣呢？一定有什麼理由。一定有。這就是碎片。混沌的碎片。一定是可以重新拚湊的碎片之一。快想。快想……！」

綠色的眼眸慢慢睜開，轉身朝著門喃喃自語：

「然後，柯蒂麗亞進來。打開上鎖的門。書房裡除了自己沒有別人。雖然大家認為當時是半夜十二點，但是並不確定。然後，柯蒂麗亞發現屍體……窗戶呢？」

揚起灰塵跑向窗邊，粗暴拉開窗簾──再度揚起漫天塵埃。看著窗外，維多利加搖搖頭。

外面是陡峭的斷崖。可以聽到遙遠下方的濁流沖刷聲……

維多利加喃喃說道：

「不是這裡……不是從這裡進出。犯人一定是從房門出去。書房和平常沒有兩樣。但是這裡卻發生殺人事件。然後……」

咬緊細小珍珠色的牙齒，忍耐已久的維多利加以微弱的聲音低語：

「媽媽………！」

「……妳在做什麼？」

突然響起一個沉著柔和的聲音，維多利加倒吸口氣回過頭——

無聲無息的荷曼妮打開門，以責備的表情俯視這個小闖入者。

維多利加緊閉雙唇。

「謝爾吉斯村長說過，這裡禁止進入對吧。」

「……為什麼？」

維多利加回問。

「為什麼……」

荷曼妮似乎很傷腦筋地歪著脖子——又變成壞掉的娃娃在移動的怪異模樣。

「會不會是因為有什麼事被發現，就會有麻煩？」

「……怎麼說？」

「因為在這個書房發生的事件，其實還隱藏別的真相。」

「怎麼可能！」

荷曼妮笑了。

呵呵呵的笑聲持續了好一會兒。

呵、呵、呵……！

維多利加以不容分說的口吻，硬是阻止怪異的笑聲：

「謝爾吉斯是個不能容許任何反對意見的人。因此我推測沒有人可以對村長下的判斷有任何意見。這個咒縛直到現在依然存在。然而……他之所以禁止我來看這個書房，其實是因為內心對於自己的理論感到不安吧？或者……有些事讓人知道就會有麻煩。對吧？」

荷曼妮的笑聲越發尖銳——突然停止，蒼白到不像人的臉上，慢慢浮起不安神情。眼珠突出。眼神空洞沒有照出任何東西，突出的眼白浮起無數條紅色微血管。不安地左右搖晃腦袋，荷曼妮用力呼一口氣。

呼……！

「妳怎麼了，荷曼妮？」

荷曼妮吸了口氣，開口說話：

「……其實，我有一件事一直放在心上。只是說不出口。」

維多利加盯著她。

荷曼妮沒有發出任何腳步聲，慢慢接近維多利加，以震動空氣的低沉嗓音說：

「當時我就在這個宅邸裡面，還記得那一夜發生的事，造成多大的騷動。不過當時我只有六歲而已。對於柯蒂麗亞犯下的罪行感到害怕，雖然他們要求我照顧發高燒的她，可是我拒絕。當時我實在太害怕了。後來罪人總算帶著一點行李離開村子，我才好不容易放心。接下來換成我發燒。我對於柯蒂麗亞所犯下的罪行……就是這麼害怕。」

荷曼妮言盡於此。

眼白再度突出，正中央的眼珠不停轉動，完全無法分辨究竟看往何處的怪異表情。她彎下腰將臉貼近維多利加的臉：

「可是，柯蒂麗亞被趕走之後，厄運並沒有跟著離開村子。之後的二十年，村子也慢慢改變。不知何時，村裡失去過去的鮮豔色彩，簡直像是黑白兩色畫成的孤寂繪畫。而且孩子也少了許多。剛出生的孩子……厄運並沒有離我們而去。一個恐怖想法掠過心頭，或許……」

荷曼妮並不打算繼續說下去。

維多利加代替她開口：

「或許罪人還留在村子裡？」

「……」

荷曼妮緊緊閉上嘴巴。

「……謝爾吉斯村長的說法是最簡單的推論。柯蒂麗亞就是犯人是最簡單的想法。書房的門從內側上鎖，而擁有鑰匙的人，只有狄奧多村長和柯蒂麗亞。裡面沒有別人。除了自行進入書房的柯蒂麗亞之外，應該沒有人能以短刀刺殺狄奧多村長。當然也有不知如何解釋的事──散落地板上的大量金幣、大家對時間的證詞全然不同……不過即便如此，柯蒂麗亞最有可能是犯人這件事還是不變的。」

「唔……」

「不過……」

荷曼妮再度翻白眼大叫：

「我是長大之後才發現的！這件事有個奇怪的地方！狄奧多村長是像這樣……從後面被刺中背後。聽說那把短刀沒入背裡直達刀柄。可是狄奧多村長是個成年男子，被放逐的柯蒂麗亞只是個十五歲的少女。光是身高就不一樣，除非這麼……」

荷曼妮的臉上不知為何帶著燦爛的笑容，兩手握在一起往上抬，然後從上往下用力揮下。看不見的短刀在窗外射進的陽光下閃耀，就像是用力刺入二十年前就已經死去的男子幻影……瞬間令人不寒而慄。

「……除非這麼做，否則無法殺害他。但是柯蒂麗亞何必特地繞到狄奧多村長的背後，以這種方式刺殺他呢？而且身材較矮的人這麼做，除非有很大的力氣，否則根本沒辦法連刀柄都刺進去不是嗎？」

「……妳說得沒錯。」

「如果是我的話，就會這麼做。如果要刺殺比自己魁梧的成年人……」

荷曼妮將想像中的短刀拿在腹前，擺出以全身力量衝刺的姿勢。

她轉動眼珠，歪著頭俯視維多利加：

「對吧？」

「是啊。」

「…………」

荷曼妮突然沉默。

「那殺人的人是誰？」

「我不知道。我只是覺得奇怪而已。」

說完之後荷曼妮便閉上嘴，以有如逃跑的迅速腳步離開書房。

房裡的維多利加盯著她的背影，低聲自言自語：

「刺戳方式怪異的短刀、散落一地的大量金幣、亂七八糟的時間……」

又搖搖頭。

窗口射入的陽光，將兩個人揚起的細塵照成白色。只聽到沉重立鐘的鐘擺聲規則響著。

然後……

——喀！

發出微微聲響。

接著……

——噹！噹！

立鐘開始響起。

維多利加的眼睛睜得很大，驚訝地豎起耳朵傾聽。

臉頰發紅，表情變亮。

張開小小的嘴唇想要說話時……

窗外響起啪沙啪沙的振翅聲。維多利加像是對思考受到打擾感到不耐，抬起頭用力瞪視窗外——窗外有好幾隻白色的鴿子飛過，幾個白色身軀從陰沉的空中飛起。

維多利加的表情變得有如洋娃娃般平靜。

……思考這是怎麼回事。

翡翠綠的眼眸滴溜滴溜轉動，有如綠色火燄般熊熊燃燒——帶著灼熱，卻又有著不可思議的冷冽——

慢慢瞇起眼睛。

就這樣過了片刻。

終於——

維多利加抬起頭，臉上浮現充滿確信的冰冷表情：

「『智慧之泉』告訴我了——現在碎片已經全部重新拚湊起來——！」

她緩緩轉身，面對空無一人的書房厚重門扉，突然一臉陰霾：

「但是……該怎麼證明呢……？」

3

此時的一彌正在廣場、墓地等地奔走，尋找走散的維多利加。

昨天被野狼追逐，不明人物把動物眼珠放進水壺裡，神祕人物潛入隔壁房間的羽毛被中意圖威脅，再加上剛才的恐怖殺人事件……

這些事浮現在腦海裡又消失，讓一彌感到不安。

像隻無頭蒼蠅般到處亂走，向村民詢問是否看到同行的少女，總是得到搖頭回應……

當他唉聲嘆氣時，突然被某個東西刺中後頭杓——尖銳的怪東西。

回頭一看，有如鑽子的金色物體占據整個視線。想到可能會被刺中眼睛，不由得往後退。

「……你！」

憤怒顫抖的男聲。

「是久城同學沒錯吧？」

「是……警官!?」

古雷溫·德·布洛瓦警官就站在前方，身旁帶著大得嚇人的方形旅行衣箱。鐵青著一張臉，兩手不斷顫抖，好像正在生氣。

「你的行李好大呀？」

「你……」

「這也是遺傳嗎？維多利加的行李也是大得不像話……」

「你、你……」

額頭上暴出幾條青筋，停頓一拍的布洛瓦警官怒吼：

「怎麼連你都在這裡！還有，那個、那是……那個，就是那個啦！頭髮長長、傲慢自大、小不隆咚的……」

一彌雖然被警官爆發的怒氣壓倒，還是回應：

「呃，警官是指您的妹妹嗎？」

「……」

只聽到警官粗重的呼吸聲，根本不打算回答，不耐煩地繼續跺腳。最後終於小聲說：

「……那個也來了嗎？」

「啊……」

「久城同學，你不可能自己一個人跑到這裡來。」

「這裡似乎是她母親的故鄉。」

警官搖搖頭，厭惡地說：

「那個在哪裡？那個呢？」

「這個嘛，我正在找。」

布洛瓦警官氣得跺腳：

「還在磨蹭什麼！你也知道，那個需要特別的外出許可。所以幾乎從來沒有出過學校，入學前也不准離開家中的高塔。那個竟然擅自跑到這裡，萬一被知道，連我也會有事……！」

「有事是指……？警官，維多利加為什麼不准外出？偶爾請個假去旅行，或是週末出門去買個東西，這是很平常的事啊……」

警官裝做沒聽見。一彌嘆氣：

「而且警官……你是追著維多利加來的吧？不過你還真厲害，有本事找到這裡來。」

「這還用說。那傢伙擅自溜出聖瑪格麗特學園，這可是前所未有的事。會特意前來的地方當然只有這裡了。」

「……是這樣嗎？」

兩人正在爭論時，遠處頂著一頭紅色捲髮的女性正要經過……可以看到她急忙掉頭走開。

一彌注意到她的身影：

「對了，警官……！上次義賣會德勒斯登瓷盤失竊事件的犯人，不知為何和我們一起來到這裡。那位修女……說她是修女，卻喜歡賭博喝酒，還說她最愛錢。總之是個怪修女……」

「………」

不知為何警官又裝出一副沒聽到的樣子。

一彌閉嘴，盯著警官的臉瞧。

（好像怪怪的……）

回想起來，當維多利加解開義賣會發生的德勒斯登瓷盤失竊事件之謎時，警官的態度也相當怪異。知道犯人是誰之後，一臉為難地離開圖書館，而且竟然沒有逮捕犯人。剛才蜜德蕊發現警官在這裡，也立刻慌忙逃走……

——一彌陷入沉思，宅邸玄關門打開，維多利加走了出來。警官叫了一聲，兩手放在一彌的肩膀上不斷搖晃：

「你聽好！告訴那個立刻回學校！聽清楚了吧！」

「……為什麼你不自己去說！」

維多利加注意到兩人爭吵的聲音，抬起頭來，臉上完全沒有驚訝的神色。一彌離開警官，朝著維多利加跑去，來到她的面前：

「維多利加，妳到底跑到哪裡去了……？我擔心得到處找妳。」

一彌焦急地說個不停，維多利加卻一副正在煩惱什麼事的模樣，快步向前走。

一彌還想繼續說下去，她好像總算注意到一彌的存在，抬起頭來：

「……怎麼，原來是你。」

「什麼叫原來是你。還有妳哥哥也來了……」

「喔，古雷溫嗎？我想他也差不多該到了。」

「真的嗎？妳怎麼知道？」

「……你沒發現嗎？」

維多利加似乎很驚訝地仰望一彌的臉，非常不可思議地說：

「發現什麼？」

「那個。」

「那個是哪個？」

「……算了。」

維多利加不耐煩地這麼說完之後就閉上嘴巴，繼續向前走。一彌匆忙追上去：

「總之，妳怎麼可以在發生那麼恐怖的事件之後，單獨一人到處亂跑。維多利加，如果妳不想回去我也沒辦法，但是相對的，拜託妳不要離開我身邊好嗎？」

「為什麼？」

「——因為我會擔心啊！」

一彌生氣了。

維多利加一開始是以不可思議的表情，抬頭看著對方發呆，臉上接著浮現僵硬神情：

「……告訴你，我現在沒空管那麼多。」

「什麼叫沒空管那麼多……維多利加，我是擔心妳……」

「用不著你擔心。」

「……！！」

「我的事情不用你管。你幹嘛那麼雞婆？很閒是吧？」

「什……！？」

一彌的臉因為憤怒而脹得通紅。張開嘴巴想要回敬幾句，又聽到遠處有人在呼喚他們。

兩人同時回過頭去，站在教堂前的安普羅茲向他們招手。
兩人互看一眼，暫且休戰，朝著教堂的方向走去。
——教堂前方不知何時，除了安普羅茲之外還聚集了幾個十幾歲的年輕男女。安普羅茲一臉疲憊，但還是努力擠出開朗的語氣：
「謝爾吉斯村長決定，讓夏至祭繼續進行下去。因此……」
按照安普羅茲的說明，在夏至祭的傍晚，只有孩子可以聚集在教堂，預視未來。
在白天的短劇裡，〈夏之軍〉獲得勝利，約定豐收之後，傍晚時分就要將教堂淨空。祖先會經由無人的教堂來到廣場。入夜之後，則開始舉行向祖先展示豐收的儀式。
在那之前……會先進行一個儀式，小孩子可以詢問相當接近人間的祖靈，每個人都可以問一個關於未來的問題。祖先說的話則由村長謝爾吉斯來說明。
「這是很難得的機會，你們兩個也一起參加吧？我要擔任謝爾吉斯村長的助手，請你們在這裡排隊。」
維多利亞嫌麻煩不願過去，但一彌卻認為參加也無妨，拉著她一起排隊。
教堂中充滿沉靜的空氣。天花板又高又窄，越上面越細。彩色玻璃閃閃發亮，回音非常大，就連細語呢喃的聲音也可以聽得一清二楚。

教堂內部十分暗沉，玫瑰窗上有著花樣小洞，微弱的日光透過窗戶，化成無數道光芒灑落在地。白色的小光點不停灑落，有如鵝毛大雪飛舞。

前方寬廣的大廳中，排著五排聖歌隊坐的長椅。石長椅上灑有花朵，整個被粉紅、橘紅、奶油色花瓣淹沒。

教堂最深處有個宛如密室的小禮拜堂，就像是屋內的一間小房子。唯有那個尖屋頂房間，日光與花瓣的光彩都不可及，沉落在黑暗之中。

現在的禮拜堂裡隱約露出微弱燈光。裡面放著燭台，小小的火焰不停搖晃。在映照之下可以看到旁邊鄭重其事放著一個舊壺。一彌心想，那就是被丟進聖水瓶裡好幾次的壺吧。

眼睛適應昏暗的環境之後，可以看到謝爾吉斯和安普羅茲坐在禮拜堂深處。謝爾吉斯身上穿著會令人誤認是神職人員的外袍，長長的紫色衣帶從袍子下襬垂落在地。他閉著眼睛，一口喝乾玻璃杯中的水，一旁的安普羅茲立刻拿著水壺將水倒滿。

少年少女按照順序走到禮拜堂深處，和村長謝爾吉斯說話。接著謝爾吉斯便閉上眼睛，像是在祈禱般沉默數刻……再低聲加以回應。

有時候說了一大串，有時候僅是一句話。年輕男女的反應各不相同，有人一臉滿意的笑容，有人害怕地哭泣，一一離開。

安靜虔敬的氣氛，讓剛開始並不當一回事的一彌，也被村裡的少年少女所影響，慢慢轉為認真的心情。

（不過……關於未來啊……該問什麼好呢……？）

終於輪到一彌他們。維多利加推了一彌一把：

「你先去。」

「什麼？我先？好、好吧……」

一彌輕輕走到謝爾吉斯面前。

「呃……」

謝爾吉斯閉著眼睛。一彌急忙在心裡想了許多事。

（嗯，問問看能不能成為對國家、對世界帶來助益的優秀人才吧。將來的事……）

「其實，我有個朋友……」

嘴巴自己動了起來，訴說和心中想的完全不同的事。而且不知為何，一開口就停不下來。

「那個，是個女孩子。總之她的頭腦很好，但是嘴巴惡毒。該怎麼說呢，我完全不知道該怎麼對待她才好。我強烈認為這絕對不是我的錯，而是她真的很奇怪。老是把我當笨蛋，隨意使喚我，還嫌我妨礙她……」

「……這還真過分。」

「是啊，簡直就是吃盡苦頭，讓我真的很生氣。」

「……我知道。」

「我已經氣得無法再忍耐了。」

「嗯……」

「也就是說，我想說的是……」

「……說吧。」

「我和……」

一彌有點迷惘，還是豁了出去，將心裡想的事說出口：

「維多利加未來也能夠一直在一起嗎？」

滿臉通紅。不知為何，一彌的心情突然變得十分悲傷，強烈後悔把這種問題說出口。焦躁、期待與難以形容的感情脹滿整個胸口，一彌努力將它視若無睹。總覺得這樣的感情完全沒有男子氣概。

禮拜堂被寂靜所包圍，沉浸在黑暗裡。

好像有什麼東西閃了一下。從閉著眼睛的謝爾吉斯頭上，應該沉浸在陰暗裡的禮拜堂某處，像是陽光的碎片……短短的一瞬間發出閃亮的光芒並落下，立刻消失。

周圍好像變得比先前還要陰暗。一彌咬著嘴唇等待。

謝爾吉斯終於以沙啞的聲音喃喃說道：

「你們兩個都不會死。」
一彌抬起頭。
謝爾吉斯慢慢睜開眼睛。
黑眼珠消失了，臉上只有呈現混濁雞蛋色的眼白，張開嘴巴，發出呻吟。
一開始完全聽不清楚，慢慢才聽懂他在說些什麼。
「那是在……距離現在幾年之後……會吹起撼動世界的狂風。」
「是……」
「你們的身體太輕。不論感情多麼深厚，仍舊不敵風的吹拂。」
「……」
「因為那陣狂風，你們兩人將會分開。」
一彌感到腦筋一片空白。
「不過，不用擔心。」
「……」
「心是永遠分不開的。」
「心、嗎……？」
「嗯，是的。」

謝爾吉斯的黑眼珠慢慢恢復原狀，拿起水壺直接一口喝乾。水從嘴角流到下巴，然後流到外袍……就像一道瀑布。低聲對著一彌說：「你可以離開了。」接著呼喚維多利加。

背後傳來先發制人的聲音：

「不准問妳母親的事。」

一彌奔出一群小孩子聚在一起，吵鬧不已的教堂。

外頭還是白天，相當明亮。

差點絆到腳，直到離開教堂才停下腳步。

乳白色的濃霧再度籠罩。四下無人，只有一彌孤身佇立。

腦中響起謝爾吉斯的聲音。

〈心是永遠分不開的……〉

〈因為那陣狂風，你們兩人將會分開……〉

〈會吹起撼動世界的狂風……〉

〈幾年之後……〉

〈風……〉

一彌用力搖頭：

「我不相信，我才不相信什麼占卜……」

注意到聲音不停顫抖，一彌覺得這樣一點也不像自己。忍不住偏著頭，懷疑自己怎麼會問這種問題。

就這麼垂頭喪氣，低頭看著鞋尖，感覺到乳白色濃霧對面，有人的氣息。對方慢慢接近，絲毫沒有發出腳步聲。最後終於從霧中露出金色頭髮編成髮辮挽起的頭。

眼珠惡狠狠地往前瞪視，看向一彌──是荷曼妮。

「那個，占卜……」

聽到一彌簡短說明之後，荷曼妮點頭說了一聲：「嗯。」

原本有如男人般低沉的聲音，突然變成尖銳的年輕女聲：

「出現不好的結果對吧？」

「啊。這個……嗯，應該算是。」

「占卜的結果不可能有錯。」

「我本來就不信什麼占卜……」

「不可能有錯喲。」

荷曼妮重複先前的話，嘻嘻嘻笑了起來。

一彌目瞪口呆看著荷曼妮，維多利加也來到他的身後。荷曼妮打量兩人，以老人般沙啞的聲音說：

「可是過去曾經錯過一次……」

荷曼妮丟下這句話便離開。身影被濃霧的面紗所掩蓋，立刻就消失不見蹤影。

「什麼意思。什麼有錯、沒有錯的。維多利加……哇!?妳怎麼了？」

嘴裡抱怨個不停的一彌，俯視身邊的她，不禁嚇了一跳。

維多利加的臉頰，鼓得就像松鼠嘴裡塞滿栗子，似乎很不高興。眼眶裡則積滿淚水。

（這種表情……一定是聽到很不中聽的話吧……）

朝著宅邸的方向走去，一彌詢問維多利加：

「妳問了什麼？」

「……和你有什麼關係？」

維多利加的回答簡直是故意找碴，看來心情真的很惡劣。一彌也生氣了：

「……是沒關係。」

想起自己要是被問到問了什麼問題，也會感到很傷腦筋，於是一彌默默不語。

（說不定維多利加問了難以啟齒的重要問題……這樣當然不能硬是要她回答……）

維多利加以極盡不悅的聲音，輕聲說了一句：

「……我問了會不會變高。」

「什麼變高？」

「身高。」

「……身高!?」

一彌停下腳步，俯視身邊的她。

就少年來說，一彌算是矮個子了，可是她卻只到他的胸前。對於十五歲的年少男女來說，可以說是相當嬌小。看來她對於這件事相當在意。

一彌不假思索，失禮的話破口而出：

「搞什麼，原來是身高……」

暗自在心中加了一句「這樣啊。一定是占卜時聽到不可能再長高……」心裡想著真可憐，可是嘴巴差點笑了出來。

剛才憤怒和煩悶的心情，好像頓時煙消雲散。除了因不能達到父親或哥哥的期待，真的受到傷害以外，一彌本來就不是鑽牛角尖的人。

不過，維多利加仰視一彌開始堆起笑意的臉，對那張毫不在乎的笑容似乎很不能諒解。靜靜地以危險的視線瞪視一彌：

「……久城，你在笑嗎？」

「嗯？」

維多利加的表情突然變得很悲傷：

「你每次都這樣。對於我的事根本不了解……可是又隨便說出你好像完全看透的話。你這個人……」

維多利加話中的內容很奇怪。

實在不像她會說的話。音調變得前所未聞的陰沉，心情低落，好像隨時都有可能落下淚水。一彌驚訝地想要回問。

就在這時……

——叩！

維多利加抬起蕾絲皮鞋鞋尖，朝著一彌的小腿用力踢去。雖然力量不大，但是她的小皮鞋相當硬，一彌痛得跳了起來。

「好痛！」

維多利加瞪著一彌，眼裡似乎帶著眼淚。

「喂……維多利加？很痛耶！喂，我說很痛耶。妳搞什麼啊！」

維多利加沒有回答，快步穿越宅邸的玄關，進入大廳……

一彌打算追上去，又被追上來的布洛瓦警官叫住。雖然掛心維多利加，也只能停下腳步。

「喂，久城同學。我問你，我家的那個、那個……不回去嗎？要是不乖乖待在學校裡，我可就傷腦筋了。你要好好說服……」

「可是，警官……」

雖然傷腦筋的一彌表示維多利加還不想回去，而自己也會繼續跟在她身邊，但警官只是輕蔑地笑了一下：

「久城同學，你是不是跟在那個身邊一點關係也沒有。的確，你和那個感情不錯，不過這也只不過是你和那個之間的事。」

「……這話怎說？」

布洛瓦警官瞇起眼睛，俯視一彌：

「那個是不可以外出的……柯蒂麗亞・蓋洛在先前的世界大戰裡做出不可原諒的事。那個不是普通人類，非常危險。久城同學，你只是還不知道而已……」

警官的臉上浮起嫌惡與害怕的表情，一彌抬頭默默看著警官。雖然有許多疑問，卻不知道該如何問起。發現自己對維多利加一無所知的同時，心裡湧起一股悲傷與憤怒。

布洛瓦警官繼續說：

「總之，先讓那個回到聖瑪格麗特學園再說。當初就是在這樣的條件下，才決定把她送到學校去的。之後的事……應該是交給父親決定。」

「你說的父親，是指布洛瓦侯爵嗎……？」

「沒錯……！那個還有我，都會被罵吧。因為家族指定我，有義務監督那個……」

一彌完全搞不清楚狀況，只能搖搖頭。

霧中出現一個人影，逐漸接近正在爭執的兩人。一彌注意沉重的腳步聲，轉過頭去。警官也跟著往那個方向看。

原來撥開濃霧接近的人是安普羅茲。他快步從教堂方向走來，發現兩人之後便停下腳步。

他看起來就像是在濃霧深處迷路，好不容易才走出來的古代人。硬梆梆的毛織襯衫顯得很舊，皮背心，及膝馬褲與發出巨大聲響的尖木鞋，怎麼看都像是中世紀農民所化身的幽靈。

但是臉上卻帶著金色長髮、綠色眼眸、少女般的粉紅臉頰，最重要的是表情因好奇心而顯得活力四射，充滿剛由少年變成青年的特有年輕魅力。

笑容滿面望向一彌之後，才發現有新的客人。非常有禮貌地開口：

「我得到看守人的聯絡，聽說有新的客人，光臨……？」

話說到一半便停住不語，安普羅茲閃亮的眼睛直接從古雷溫充滿貴族氣息的臉上，往鑽子般的物體看去。

安普羅茲本質當中，有如天真孩童的個性立刻表現在臉上，忘掉自己身為村長助手的立場，好奇地看著新來的客人。然後像個孩子一樣，疑問有如連珠炮般奪口而出：

「這位客人，您那是年輕人的流行髮型嗎？是以什麼為原形呢？還有您的襯衫……是絲綢的對吧。男性也會穿絲綢襯衫嗎？還有袖口這個銀色發光的東西是什麼……？是用來代替鈕釦對吧。真漂亮……是銀製品嗎？或是……」

「……安普羅茲！」

濃霧深處發出嚴峻的聲音。

安普羅茲突然回過神來，馬上噤口不語。遭受一連串問題攻擊的布洛瓦警官，完全沒有不耐煩的模樣，正想要對自己的穿著好好解釋一番，卻被濃霧另一端出現的中世紀僧侶模樣的老人嚇了一跳，連忙閉嘴躲在一彌矮小的身軀後面，低聲問道：

「……那是誰啊？」

「他是村長。」

謝爾吉斯因憤怒而顫抖，以氣得鬍鬚倒豎的臉色瞪著年輕助手。安普羅茲似乎在心中暗道一聲不好，咬緊嘴唇，把頭垂得低低。

「安普羅茲……你還是對這一類的事有興趣嗎？你可是要繼任村長，守護村子的人。也是被我看好，大力提拔的年輕人……」

「是……」

「一有來自外面世界的客人，你就心神不寧，樂不可支。你從還是孩子時就是這樣。有一天自稱布萊恩·羅斯可的子孫來訪，在村裡住了一段時間，以他的財富幫村裡接上電力時，你也和布萊恩黏在一起，整天求他說城裡的事給你聽。真是愚蠢的好奇心。布萊恩走了好幾個月，你還是爬上瞭望台，成天看著山的另一邊。即使長大之後，你還是和愚蠢的童年時期一樣，完全沒有任何改變嗎？」

「對不起……」

安普羅茲的頭垂得更低。

「還有，安普羅茲……頭髮散開了。要好好綁緊，以防你被頭髮影響而三心二意。」

安普羅茲匆忙以手整理頭髮。雖然看起來並不凌亂，但是卻有兩綹金髮垂落在脖子旁邊。

謝爾吉斯先是看著正在整理頭髮的年輕人，視線又移到躲在一彌身後，外貌怪異但穿著華麗的男子。

「你是？」

安普羅茲立刻報告他是新的訪客。一彌接著表示他是維多利加的異母哥哥，謝爾吉斯微微蹙起眉頭。

布洛瓦警官神氣地報上自己的名號：

「古德溫·德·布洛瓦。職業是名警官……不，這是開玩笑的。不過……怎麼啦？」

聽到布洛瓦警官的職業時，謝爾吉斯的表情突然一變。

「是警察啊……？」

「是啊。那個，有問題嗎？」

「既然如此……」

謝爾吉斯直視布洛瓦警官：

「有個事件，務必請您幫忙解決。」

4

——位於灰色宅邸一樓的餐廳。

大理石的壁爐。四週透出黑光的光滑牆面，角落掛著藝術玻璃壁燈。牆上掛著好幾幅看來似乎是描繪村中風景的圖畫。

明明是個豪華的房間，不知為何令人感覺到壓迫感。天花板很低，在裡面待沒多久就覺得天花板好像慢慢往下壓。一彌嘆了口氣，窺視坐在身邊的布洛瓦警官。

一彌與布洛瓦警官在謝爾吉斯的帶領下，直接來到餐廳。看似村中長老的老人一一就座，一彌和布洛瓦警官則縮在角落的位置上。

荷曼妮抱著擦得發亮的銀製舊餐具，沒有發出任何腳步聲走了進來，一一斟上紅茶、白蘭地或葡萄酒。

謝爾吉斯對布洛瓦警官說明數小時前發生的〈冬之男〉假人被換成真人而燒死的事件。

「……也就是說，這位名為亞朗的男性死者，在事件發生前還被目擊到在一旁走動，被少女們丟擲榛果時，還痛得抱頭鼠竄……可是過了沒多久，安普羅茲在放著假人的神轎上點火時，假人已經在不知道什麼時候換成亞朗，害他被火焰包圍而燒死……」

「嗯。」

警官不安地一邊踱步一邊聆聽證詞。

「既然您是警方的人，那真是再好也不過。如果這個事件之謎不解開，我們……」

「……喂！」

警官撞了一下一彌的膝蓋。

「……什麼事？」

「那個在哪？」

「如果警官指的是您聰明的妹妹維多利加，八成是在房間裡吧。」

「你去把那個叫過來。」

不高興的一彌對警官低聲說：

「你又想要利用維多利加的聰明才智，當成自己的功勞對吧？那應該自己去拜託她助你一臂之力才對。你做的事簡直是不合常理。」

布洛瓦警官以詫異的眼光回望一彌。那張臉不知為何，似乎很不甘心地慢慢露出奇怪表情，然後吐出一句：

「……我才不要！」

「為什麼？」

「我去求和你去求不一樣。結果完全不一樣。久城同學，你自己或許沒有注意到，但是你所得到的恩惠，就像是從卑鄙的高利貸業者那裡，毫無代價不斷取得大筆金錢一樣，真是太奇怪又太不可思議了。」

「……你在說什麼啊？」

「少囉唆，快去叫！久城同學，你快點去拜託那個！」

「警官……！」

雖然嘴裡這麼說，但丟下她一人獨處還是讓一彌感到不安。一彌悄悄站起，離開餐廳，一個人走在豪華但天花板低得令人感到壓迫的走廊。

爬上裝有青銅扶手的主樓梯，敲敲她的房門。門立刻打開，出現一臉不悅的維多利加：

「……幹嘛？」

「我擔心妳，所以過來看看。」
「我沒事。久城根本什麼都不知道。不要管我。」
「妳……！哼、我知道了。我也不囉嗦……不過，妳哥哥正在餐廳求救。」
「求救？」
維多利加眨眨大眼睛。
「他被村民圍著，要求他幫忙解決〈冬之男〉事件。但是他什麼都不知道，只能看著遠方，催促我來叫妳，要我來拜託妳。」
「果然是個愚蠢的男人。」
「很遺憾，他不是我的，而是妳的哥哥……怎麼辦？」
維多利加稍微偏著頭，臉上的表情好像在思考，然後點點頭：
「好，走吧。」
從房間小步走出。
一彌瞄了一眼其他的房間：
「其他的人呢？」
「蜜德蕊好像待在房間裡，她似乎對祭典不感興趣。兩個男的剛才不知道在誰的房裡大鬧，現在似乎外出了。要說他們是為朋友的死而悲傷，不如說是怨恨村民。他們似乎認為亞朗是因為侮辱村民，所以才被人用恐怖的方法殺害。」

維多利加只說了這些，就率先沿著走廊往前走。一彌也匆忙追上。

襯裙撐起的裙裾露出流蘇，隨著每一步搖曳生姿。一彌走在她的身後，不知不覺看得入迷。穿著蕾絲皮鞋的腳非常小巧，甚至令人懷疑那是不是童鞋。維多利加嬌小的身軀以蕾絲、襯裙和天鵝絨撐起，每走一步就輕盈鬆軟地搖擺。

——當兩人回到餐廳時，布洛瓦警官之外所有的人，不知為何全都站起身來。大大的窗戶敞開，外頭陰暗的森林好像緊緊貼近餐廳，漆黑糾纏在一起的樹枝與濃密生長的樹葉，形成光線也無法照入的陰暗森林。

謝爾吉斯端著獵槍。

一彌大驚失色：

「您在做什麼呢!?」

「……有狼。」

謝爾吉斯簡短回答。

一彌望向他直盯著不放的森林深處，那裡什麼都沒有。昨天剛抵達村裡時，謝爾吉斯也對微小聲音有所反應，表示有狼而朝著森林開槍……

——啪！

森林裡傳來樹枝被撞到而折斷的刺耳聲音。

「果然有！」

謝爾吉斯喃喃自語，旁人還來不及阻止，他就朝著森林開槍。

——刺耳的槍聲響起。

一旁維多利加倒吸口氣，小聲說了句「不行……！」看看身邊，她一咬珍珠色的小牙齒，朝著窗戶跑去，阻止打算繼續射擊的謝爾吉斯：

「快住手！」

外面同時傳來呻吟聲。謝爾吉斯放下獵槍，喃喃說道：

「打中了嗎……」

「不對！那是人的聲音！」

似乎聽不懂維多利加在說什麼，謝爾吉斯只是盯著她看。

「剛才……那兩個人說要去散步。難道是往森林的方向……？」

維多利加大叫之後，立即轉身衝出餐廳。走廊上的安普羅茲嚇了一跳，回頭看著她。

一彌等人也緊跟在維多利加的身後衝出玄關，蜿蜒來到餐廳窗外的森林。

維多利加撥開黑色樹枝，衝進森林裡。華麗洋裝勾到樹枝、沾上泥土，逐漸變了模樣。

一彌拚命跟在維多利加的身後。

從森林外傳來斷斷續續的沙啞叫聲……

嗚、嗚、嗚……

像是有人在壓抑著抽噎聲，又像野獸短促的叫聲。

嗚嗚……嗚嗚……

不知道究竟是從哪裡傳來，一彌不由得向上仰望。幾乎看不到天空，黑色細密的枝椏和茂密生長的大葉子在風中詭異搖動。

有狼……

這個森林，有野狼……

「維多利加！」

一彌咬緊牙根，追上她。

詭異的低鳴聲從背後接近。

維多利加終於停下腳步。

叫聲越來越大，尖銳直刺天際。

「維多利加……？」

聽到一彌的聲音，維多利加慢慢回頭，一臉頭痛的表情。

「……這是第二個人了，久城。」

「咦？」

「看來勞爾也被殺了。」

一彌跑步追上維多利加，看著她所指著的地面。

胸口流血的勞爾倒在那裡……

眼睛大睜，呆滯空虛地看著上方，一眼就可看出已經斷氣。

那是德瑞克的哭聲。他從森林外面跟著一彌一路過來，以尖銳怪異的聲音哭泣，停下腳步。發現倒在地上的勞爾，然後聲音變得更大：

「我們兩個一起散步。勞爾因為好奇走向森林深處。然後不知道從哪發出槍聲……然後傳來勞爾的聲音——像是尖叫的短促聲音……我知道他被射中了。可是……為什麼？為什麼……為什麼會死！為什麼會被射中？」

「他被誤認為是狼。」

德瑞克似乎聽不懂那是什麼意思，張開嘴反問：

「……狼？」

村民們也到了。看到這幅慘狀，全都沉默不語。

「德瑞克，昨天你也看過村長向森林裡開槍吧？如果森林發出聲響，就會認為是狼……」

安普羅茲小聲繼續說明：

「村民從不進入森林。所以沒想到會是人……」

「你說什麼？勞爾死了耶？一個好好的人被打死了耶？我也有可能會被打中啊。你們……到底知不知道啊!?」

德瑞克以非常刺耳的聲音大叫。村民們面面相覷，沉默不語。

——維多利加突然蹲下。一彌好奇她在做些什麼，看著她的手邊。

維多利加從地上撿起什麼東西。注意到一彌的視線，她給一彌看了一下那個東西。可是一彌無法了解這代表什麼意思。只見維多利加似乎感到很滿意，瞇起眼睛點了點頭。

維多利加撿起來的東西是……

堅硬的榛果。

5

「這片森林並非榛樹林，久城。也就是說，榛果不可能會掉落在這裡。」

似乎覺得很麻煩的維多利加一面小聲說明，一面走出森林。站在旁邊的一彌快步跟上，開口問道：

「這麼說來，這又是怎麼一回事？」

「榛果是丟在已死的亞朗身上。」

「嗯……」

「對了，德勒斯登瓷盤的嫌犯蜜德蕊在哪裡？」

維多利加突然蹦出這句話，一彌驚訝地說：

「我、我哪知道……應該是在房間裡吧？」

「唔……」

維多利加突然「呼～～」打了個呵欠。

——雖然村中暫時陷入混亂，但村民還是繼續進行祭典。安普羅茲找到兩人時，嘆息不已地表示謝爾吉斯一口咬定：「我打中的是狼，絕對不是人。」

維多利加沉默地盯著安普羅茲的臉，表情相當詭異。最後她低聲說道：

「你自己的想法呢？」

「我嗎……」

安普羅茲雖然張口，卻又閉上，好像不敢回答。心裡感到迷惘，沉默了一會兒之後，突然滔滔不絕說了起來：

「我什麼都不能說。沒有人看到勞爾是怎麼死的。不過，如果我站在謝爾吉斯村長的立場，當然會懷疑是不是自己殺了人。沒有人看到狼也是事實。如果要說絕對不是這樣，就必須拿出證據。」

安普羅茲帶著一些迷惑，看著維多利加：

「無論有罪無罪，都必須有證據。」

這句話不只針對謝爾吉斯，似乎也針對柯蒂麗亞．蓋洛。維多利加靜靜點頭：

「……沒錯。」

兩人之間似乎達成共識。

「不過，安普羅茲，你也希望夏至祭順利結束吧？也想要拔除所有罪惡的根源吧？」

「那是當然的……？」

「現在的〈無名村〉陷入混沌的漩渦之中。我已經掌握所有原因的碎片。只要將碎片重新拚湊起來，就可以將謎團解開。告訴你，大部分的情況，我只是為了打發無聊的時間而加以組合，很少為了讓我自己之外的人了解而將它們語言化——因為實在太麻煩了。就像是小孩要求大人說明一個極其複雜的問題一樣。因為太過麻煩，所以我幾乎不會將它語言化。能夠讓我願意這麼做的人，只有身在這裡的久城而已。」

「……是嗎？」

一彌稍帶訝異地反問。維多利加轉頭裝作沒聽到。

「因為我拜託妳，所以妳才會說明嗎？平常從不這麼做……這樣啊……！」

「久城，吵死了。」

維多利加不悅地低聲說道。一彌急忙閉上嘴：

「對、對不起……」

安普羅茲似乎很疑惑地說：

「請問，這是什麼意思？」

「我知道犯人是誰。」

「什麼……!?」

安普羅茲反問：

「這是怎麼回事？射殺勞爾的不是謝爾吉斯村長……」

「……如果我說不是，你會怎麼辦？」

「可是，當時的確是謝爾吉斯村長用獵槍射擊……」

「他的確開了槍，但是你怎麼知道，命中勞爾的就是那發子彈呢？」

「這、這是……」

安普羅茲沉默不語。

他的臉突然變得毫無表情，以完全看不出來究竟在想什麼的不可思議表情，用力瞪視地面，默默無言。

「安普羅茲，你希望我重新拚湊混沌，加以語言化，對吧？」

「……呃？」

一彌趕緊幫忙解釋：

「她是問你是不是希望知道犯人是誰？」

「這樣啊……嗯，當然。」

安普羅茲的聲音顯得很僵硬。

「那我需要你的幫忙。」

「幫忙？幫什麼忙？」

「我找出殺害亞朗和勞爾的犯人。但是在重新拚湊我所擁有的二十年前的混沌碎片時，你必須幫忙。」

「妳說的二十年前，是指狄奧多村長那件事嗎……？」

「是的。這個事件另有犯人。但是需要你們的協助，才能證明。」

在一旁傻傻聽著的一彌，詫異地回問：

「……妳說的『你們』是指？」

「安普羅茲和久城，你們兩個。」

一彌與安普羅茲互看一眼。

維多利加的眼眸冰冷而閃亮。眼眸深處有著綠色的火焰激烈燃燒：

「我曾經以重新拚湊混沌做為交易。想要我解謎，就會要求相等的代價。」

一彌突然回想起與她第一次見面的事——維多利加告訴一彌所捲入的事件真相，代價就是要他交出難得一見的食物。說起這件事，維多利加突然笑了：

「那種東西不算是回報。我要求的通常是更大、伴隨心痛的犧牲。那是我從小的習慣。我每天提醒自己，要盡量提出惡魔般的要求，為了打發無聊時間。就是這麼回事，久城。」

維多利加突然想起什麼，一臉愉快地笑了：

「古雷溫明明很依賴我，卻很討厭這樣。」

「……原來如此。」

一彌覺得好像稍微了解他們兄妹，在一旁點點頭。想起剛才和布洛瓦警官的有趣對話：

「對了，剛才他還提到什麼卑鄙的高利貸之類的。」

「根據推測，恐怕是在指我吧。」

「他好像很生氣喔。」

維多利加聳聳肩，絲毫不感興趣。

傍晚——

夏至祭繼續進行，已經接近村民的祖先經過教堂回村的時間。

原本在教堂裡面的神職人員和看守的年輕人，一個一個走出來，在廣場上集合。將教堂淨空，等待祖先從陰間歸來。等到祖先回來之後，在夜裡向祖先展現豐饒的最後祭典就要開始。

隨著天色變暗，廣場上燃起好幾支巨大火把。照亮古老的石板地與穿著中世紀服裝的村民，感覺甚至比白天還要亮。

維多利加、一彌與安普羅茲，再加上他找來的幾個年輕人，現正躲在教堂灑著花瓣的聖歌隊席位後面。

在教堂淨空的時間，一彌與維多利加等人一起屏住呼吸，縮著身體躲藏起來。

教堂一片寂靜，可以清楚聽到遙遠的廣場傳來火把啪嚓啪嚓的爆裂聲。空氣潮濕，比起外頭更冷。灑在椅子上的花瓣發出甜甜的香味。

即便在白天也是一片陰暗的教堂，玫瑰窗落下的圓形光點變成陰暗的蒼白月光，令人感到寒意。廣場火把的橘色亮光透過彩色玻璃微微照亮地板。眼睛習慣黑暗之後，好不容易才看到各自的表情。

維多利加打了個小小的噴嚏。一彌也差點跟著打噴嚏，但還是忍了下來。

小聲詢問維多利加：

「喂……為什麼要躲在這裡？」

「因為犯人會來。」

「……怎麼說？」

「教堂裡面一直都有人在，唯有在這個時間……也就是據說祖靈要通過的現在是淨空的。既然如此，犯人一定會算準這個時間來偷。」

「……偷？」

安普羅茲小聲追問：

「到底是偷什麼東西？這個村裡有值得偷的東西嗎……」

維多利加以斬釘截鐵的聲音說：

「你或許不知道吧，安普羅茲。有些東西就是因為舊才有價值。人這種東西，除了為了永不滿足的欲望追求新的刺激之外，也是重視稀少價值之物的奇怪生物。過去製造的東西和現在不同，會隨著時間而減少。因為這樣，好事者不論花上多少金幣都想要得到。久城，你應該還記得吧？就是那個被偷走的德勒斯登瓷盤。」

一彌點頭，想起關於那個陳列在義賣會裡的盤子——看起來老舊、脆弱、易碎，卻又令人心動的不可思議瓷盤。向看守攤位的蜜德蕊詢問價格時，簡直高得嚇人。當時蜜德蕊還很得意地說，就是因為那個盤子很有歷史。

「這個村子在某些人看來就是座寶山。殘留著許多好事者不論花上多少金幣都想要得到，古老而有價值的東西。包括我們住的房間裡的古老衣櫥、有點細微裂縫的聖母像、用餐時的古老銀餐具……還有………」

維多利加突然噓了一聲。

教堂沉重的木門毫無聲響地打開。有人像是滑入黑暗之中一般溜了進來。踏在地板上的石磚，響起輕悄悄的腳步聲。

在廣場火把光線的照射之下，為了避免發出聲響而緩步行走的姿態變得十分細長，一直延伸到教堂石壁的天花板上。不祥的影子左右搖晃，慢慢接近。

當通過一彌他們躲藏的聖歌隊席位旁邊時，那個人影的臉，瞬間被玫瑰窗間落下的圓形月光所照亮。

浮著微微笑容，蒼白的臉孔……

一彌揉揉眼睛，看清楚浮現在陰暗中的犯人……

「……怎麼可能！是這個人嗎!?」

「你還記得吧，久城？」

維多利加輕聲說道：

「關於古老的壺被丟入聖水裡面的事。」

一彌稍微想了一下，點點頭。

蜜德蕊……昨天怒氣沖沖地對自己說過的話。

年輕人開玩笑地進入教堂，還把村民們珍視的古老水壺丟進裝滿聖水的瓶裡。三個人都做了相同的事，把村民氣壞了。還說他們只知道追求新東西的價值，根本不懂得物品真正的價值為何……

維多利加搖搖頭：

「……完全相反。他們……那三個年輕人，比誰都了解價值。所以進入村子之後，看到教堂古老的尖塔和玫瑰窗時，才會發出叫聲，三個人的臉上都浮起虔敬的表情，做出祈禱般的姿勢——那才是他們的真面目。之後誇耀手錶、收音機，侮辱村子古老破舊的話語，全都是騙人的。死掉的亞朗、勞爾以及德瑞克比誰都了解古老的東西，而且至今村子裡還保留著和中世紀相同的夏至祭，一定讓他們內心感動，震撼不已。」

「既然如此，為什麼還要做出那種事……！」

安普羅茲小聲吶喊。

維多利加舉起一隻手，指著影子的主人代替回答：

「……因為他們是小偷。」

一彌等人低聲叫出「啊」。

影子的主人已經踏入教堂深處的禮拜堂。在昏暗中慎重摸索，雙手舉起古老的壺。

維多利加喃喃說道：

「他們將水壺丟進聖水裡並不是惡作劇，而是非常認真的，他們在找尋真正的古董。看到報紙廣告之後特地走了一遭，因為他們算準在傳說中的灰狼藏身處，一定有許多價值連城的古董。之所以將壺丟進水中，是為了確認會浮起來還是沉下去。如果是真貨就會沉下去，如果是鍍金的假貨就會浮起來。壺沉了下去，是真貨沒錯，所以才會……」

維多利加站起身來，對著影子的主人說：

「到此為止了，德瑞克。」

肩膀一顫，小心翼翼抱著古老的壺，大聲喘氣。眼睛瞪視突然從陰暗中現身，身材嬌小的維多利加。他臉上的表情和剛才為了朋友的死而悲傷流淚的模樣判若兩人——冷漠毫無表情。

瞪了維多利加一眼之後，便開始奔跑。通過聖歌隊席位旁，打算往沉重的木門跑去。身上不停掉落花瓣的一彌從聖歌隊席位衝了出來，用身體擋住正要通過的德瑞克。為了保護水壺，德瑞克的動作相當遲鈍。以嚇人的表情瞪視一彌之後，又不顧一切準備奔跑。一彌抓住他的腳用力往後拉，德瑞克一頭撞上冷冰冰的石頭地板，發出呻吟。

呆了一會兒的安普羅茲和年輕小夥子也衝上前來，按住德瑞克。各色的花瓣漫天飛舞。為了不讓他逃跑，幾個人將他團團圍住，壓倒在地。其中一個小夥子跑出去呼喚其他村民。

德瑞克緊緊抱著古老的壺，不肯交給任何人：

「這是我的、我的。我找到的，我……要帶回山腳下的城鎮，用汽車……帶回去。不是亞朗也不是勞爾，是我……！」

德瑞克以尖銳的聲音不斷自言自語並且啜泣，簡直像是任性的孩子。

一彌低頭看著他，發現有個東西發出輕微的喀啦聲響，從德瑞克的衣服上滾落，便彎下腰來將它撿起。

——是榛果。

一彌把榛果拿給維多利加看，她似乎很滿意地點點頭：

「沒錯。是榛果，久城，你懂了嗎？」

一彌搖搖頭：

「……不，完全不懂。」

6

村民聚集在石造的古老教堂裡。

遭到逮捕的德瑞克，被村中個子不高卻相當健壯的小夥子們壓住。村民們隔著一段距離，用混濁不友善的眼眸看著德瑞克。

教堂被陰冷潮濕的空氣所覆蓋，月亮掛在逐漸變暗的空中，散發出蒼白光線，從玫瑰窗灑落在石磚地板上。

巨大的火把在空無一人的廣場上繼續燃燒，可以聽到遠處傳來啪唧啪唧的爆裂聲。

腳步聲逐漸接近，接著是沉重木門打開的聲音。

在安普羅茲的陪伴之下，謝爾吉斯進入教堂。謝爾吉斯的腳步聲在石磚上重重響起。

不知何時出現的布洛瓦警官大步走近德瑞克，簡直像是自己抓到犯人：

「等到山腳下的村子再慢慢審問你。我以我的權限逮捕你。喂，給我站起來。」

謝爾吉斯以細而沙啞，可是不容反駁的聲音說：

「……警官，且慢。」

警官回頭看著謝爾吉斯的表情——在安普羅茲手上的火把映照之下，染成鮮明的橘色，眼瞳裡也有火焰在搖曳。

「要先請他說明才行。」

「……」

警官往後退，朝一彌打個信號。一彌回給警官無可奈何的視線，然後轉向維多利加。

維多利加正蹲在灑滿來自聖歌隊席位之花瓣的地板上，兩手抱著德瑞克打算偷走的古老青銅壺。熱心觀察的姿態，就好像小貓玩弄新玩具一樣。不只是一彌，就連安普羅茲也有點猶豫，覺得打擾她似乎不太好。不過安普羅茲還是提起勇氣：

「維多利加小姐……妳答應要解決這個事件。」

維多利加抬起頭來，搖晃著金色長髮對一彌說道：

「久城，你在理解範圍之內進行說明吧。」

「……」

一彌默不作聲，似乎不知道該如何是好。維多利加驚訝地仰望一彌：

「久城，你……」

「……我知道，半吊子好學生對吧？維多利加，拜託妳語言化一下好嗎？」

「唔……」

維多利加總算離開水壺站起身來。

村民直盯著她走進圓圈的中心，似乎感到有點畏懼，各自退後半步。沒有被她的氣勢壓倒，繼續直盯著看的人，只有村長謝爾吉斯、拿著火把的安普羅茲和女僕荷曼妮而已。

「亞朗和〈冬之男〉假人調包燒死事件，還有勞爾在森林裡被誤認為野狼而遭射殺事件。這兩件事都是德瑞克做的。」

「可是，他是怎麼……」

安普羅茲口中唸唸有詞：

「事件發生前，我們大家都看到亞朗經過廣場，被榛果丟中之後逃走。之後〈夏之軍〉和〈冬之軍〉展開戰鬥，勝利的〈夏之軍〉在假人上點火……根本沒有時間可以調包……」

「假人被換成亞朗是發生在更早以前，早晨廣場空無一人之時。黎明時分，我們聽你說明祭典的概要，之後廣場曾經空無一人。德瑞克應該是在當時將亞朗打昏，用布料捲起之後，與假人調包。」

「可是……」

「在事件發生前，我們看到的人不是亞朗。我們只是在遠處看到那名男子。亞朗和德瑞克的體格相近，而且三個人都穿著相似的服裝。德瑞克利用亞朗的特徵——鬍子、眼鏡與帽子變裝，讓其他人誤認為他是亞朗。」

德瑞克抬起頭：

「……沒有證據。」

「勞爾長得比較高。不可能偽裝成亞朗。可是德瑞克，你的體格就跟亞朗差不多。」

「可是……」

「還有……」

維多利加將掌心握著的東西拿給德瑞克看——是榛果。

德瑞克一時之間似乎不能理解這是什麼意思，歪著頭仰望維多利加，但是蒼白的臉馬上因為憤怒以及絕望而脹紅發黑。

「可……可惡！」

「這是剛才從你的身上掉落的東西。如果你沒有假扮成亞朗，那麼請問你是在那裡、怎麼讓榛果落在衣服上的？」

「……」

德瑞克答不出來。

站在村民後面的蜜德蕊，搖著一頭鮮紅色的捲髮衝了出來。壓住不停抵抗的德瑞克，拉扯他褲腳上的摺口。

——咚！

另一個榛果滾了出來。

潮濕陰暗的教堂，包圍在可怕的寂靜之中。廣場燃燒的火把光芒透過彩色玻璃射入，明亮的色彩將維多利加與村民們的臉龐染成不祥的橘色。

嬌小的維多利加打破僵局：

「在勞爾被射殺的森林裡也有榛果。德瑞克，這表示你曾經到過現場。」

搞不清楚狀況的謝爾吉斯搖搖抬起的頭。

「也就是說德瑞克先把勞爾騙到森林裡射殺。在祭典進行時，因為鞭子、大鼓以及空包彈的聲響接連不斷，即使遠處有槍聲也不會有人注意到。之後應該是你計算謝爾吉斯通過，或是從窗口望向窗外的時機……朝著森林投擲石頭，發出聲響，讓謝爾吉斯誤以為是野狼，而朝森林開槍。接著德瑞克再衝出來大喊勞爾在森林裡，剛才聽到他的慘叫聲，藉此引起騷動。」

謝爾吉斯喃喃說道：

「這麼說來，殺害那位客人的……」

「謝爾吉斯，並不是你。」

「竟然……」

謝爾吉斯被金色的鬍鬚所覆蓋的表情很難看。

像是仰天長嘆般沉默片刻，便以沒有人聽得到的微小音量喃喃自語：

「……沒想到竟然會被柯蒂麗亞的女兒救了。」

維多利加沒有任何回答。

只是用力咬緊牙根，有如抑制隨時會爆發的情緒，抬頭看著謝爾吉斯。

安普羅茲提心吊膽地說：

「可是……他的動機是什麼？按照妳先前的說法，三位客人是小偷，但是不僅發生竊盜事件，還有殺人……」

「應該是窩裡反吧。」

維多利加的話讓德瑞克抬起臉來，他的臉上帶著詭異微笑：

「沒錯……」

「是因為贓物分配不均嗎？」

「怎麼可能！才不會為這種小事爭吵！」

德瑞克用鼻子笑了笑。

「那是為了什麼？」

「我了解東西的價值，是為了珍藏它們而下手，可是並不缺錢。但是亞朗和勞爾的目的就只有錢。他們分明是靠著我的資金才能偷到現在，可是竟然背叛我，打算兩個人偷走壺先行下山，開著我的汽車逃跑。我聽到他們的計畫。他們兩個瞞著我，趁著半夜討論這件事……即使壺到手，我也不打算把它賣掉，只想放在自己的家裡好好珍惜。可是他們卻打算高價賣給收藏家……嫌我礙事……」

德瑞克用力回瞪村民陰沉的臉。

安普羅茲握著的火把，發出啪嘰啪嘰的爆裂聲。

橘色火光照在德瑞克憤怒的臉上，染成讓人不舒服的紅色。

「一群跟不上時代的愚民，你們同樣有罪。你們根本不知道這個村子裡有多少寶物。喂！那邊的女僕，竟然拿中世紀美麗銀器來用餐。你們這些神父也有罪，竟然隨便亂放那種壺，簡直令人不敢相信。不管是壺、餐具、所有的東西，都應該讓知道真正價值的人來保管，才是最幸福的事。我……！」

安普羅茲簡短地回答：

「物品所謂的幸福，應該在於能夠讓人使用吧！」

「……你懂個屁！」

德瑞克喊完之後，便低下頭開始抽泣。

教堂被村民們沉重的沉默所包圍。空氣中的溼氣越來越重，冰冷撫過每個人的臉頰。月光變亮，以玫瑰窗圖案的形狀開始照亮石磚地板。

謝爾吉斯向年輕人下達指令：

「把他帶走！由我決定如何處置他。」

布洛瓦警官正想抗議，謝爾吉斯大聲打斷他的話：

「這裡有這裡的規矩。既然在村裡就必須遵守村裡的規矩。」

「可是，這個村子是蘇瓦爾王國的國土。必須聽命於蘇瓦爾的法律和警察。」

「……你說這裡是蘇瓦爾？」

謝爾吉斯挺起脊背，放聲大笑。

沙啞的聲音越過教堂挑高的天花板與閃亮的彩色玻璃，響徹星光閃耀的夜空。

謝爾吉斯混濁的綠色眼眸，直直盯著布洛瓦警官。

布洛瓦警官往後退，似乎害怕某種眼睛看不見的東西。那裡不是只有謝爾吉斯的矮小身軀，還有某個看不到的東西——那正是山腳下村莊居民最為所恐懼、超越常人的存在。

謝爾吉斯笑著開口，緩慢地說道：

「這裡不是村子。」

「……嗯？」

「你說這裡是蘇瓦爾？你根本就是一無所知。客人，這裡是……」

所有的村民都離開教堂，只剩下謝爾吉斯和布洛瓦警官兩人。蒼白的月光從天花板流洩而下，布洛瓦警官的臉看來比平常還要蒼白。散落在石磚上的花瓣，已經枯萎失去生氣。就像是被超越常人的存在——灰狼吸走了生命。

謝爾吉斯繼續笑著。

布洛瓦警官的臉上掠過懷疑。像是在懷疑這個男人是否已經瘋狂，一直看著謝爾吉斯。

可是謝爾吉斯似乎樂壞了。對著布洛瓦警官低聲說了幾句，又繼續狂笑。

「這裡是賽倫。賽倫王國。我不是村長，而是國王。我們的種族不同……你懂嗎？」

7

廣場裡的火把燃燒得正猛烈，發出啪嘰啪嘰的劇烈聲響，高高的火焰在夜空中搖晃。身上穿著戲服的村民為了繼續舉辦中斷的夏至祭，急忙四處奔走，大聲確認著某些事情。

發出巨大腳步聲的蜜德蕊晃著一頭紅髮接近，如此問道：

「……夏至祭最後是什麼？」

一彌和維多利加對看一眼：

「呃……記得是向通過教堂回村的祖靈，展示豐饒的生活……」

似乎聽到他們的對話，荷曼妮也靠了過來，以地底響起的低沉聲音接著說：

「祖先會以我們聽不懂的陰間語言說話。沒有任何事能夠瞞過死者的靈魂。」

「對啊，的確是這樣……為了扮演祖先，安普羅茲可是非常認真。還做了黑色的面具……」

又在心裡加上「就是今天早上他和〈冬之男〉假人一起拿在手上的……」的補充。

一彌想起安普羅茲曾經追根究柢，問起在一彌長大的國家，迎接祖靈歸來的夏季節慶。

自從出國留學之後，一直徘徊在離開祖國之前無聲無息閉上的心門前面。因為害怕悲傷，一直小心翼翼將之封閉。但是來到這個不可思議的中世紀村落，參加夏至祭之後，卻好像一點一點慢慢放鬆，心門突然發出聲響打開。一彌不由得倒吸一口氣，閉上眼睛。

記憶中令人懷念的情景，突然歷歷猶如在眼前。

蟬在鳴叫——

尖銳的蟬鳴之中，似乎混有茅蜩幽抑的鳴聲。

不知是誰把團扇放在走廊上，在夏日陽光的照射下，反射出眩目的光芒。何處傳來穿透胸口的舒暢水聲。母親小心微微提起和服下擺，以手巾包住頭，在乾燥的庭園裡灑水……

睡在榻榻米上，呆呆望著眩目的庭院，好像是母親的人影來到走廊旁的硬土上，可以感覺到小小的腳步聲與隱約的笑聲。外頭一片夏季毒辣陽光，躺在陰暗的和室裡，因為太過眩目而看不到心愛的母親臉龐。

「唉呀，一彌。再不快點換衣服，又會被父親罵喔。」

——年幼的一彌聽到這句話便匆忙起床。紙門大聲打開，身穿正式禮服的父親大步走了進來，同樣穿著禮服的兩位哥哥也跟在父親後面。他們三個簡直就像是三胞胎。身材高大，肩膀與胸膛都相當健壯，無論何時都散發充滿自信的光輝。

父親俯視坐在榻榻米上發呆的一彌，很驚訝地說：

「一彌、你在幹什麼！還不準備出門！喂，都是妳沒有好好監督……」

面對責備的聲音，站在走廊邊硬土上的母親只是微笑以對，說了句：「真是抱歉。」因為自己的緣故害母親被罵，一彌急忙縮起身體，衝出房間想快點換好衣服。

在陰暗的走廊和姊姊擦身而過。姊姊身穿外出用的和服，胸前抱著菊花，看起來非常可愛。姊姊問了一句：「鮮紅色的和服，很漂亮吧？」一彌不由得對著美麗的絲綢和服看得入迷。小聲說出讚美的話，姊姊似乎高興地微笑，稱讚一彌是個乖孩子。房間裡傳來父親的聲音，一彌又匆忙為了換衣服而奔跑。

——那天正是祖靈歸來的日子。一彌和家人一起外出掃墓。

外頭天氣非常炎熱。

茅蜩和蟬叫個不停。

父親一馬當先，走在通往寺廟的路上。哥哥跟在父親後面，母親和姊姊一左一右牽住年幼一彌的雙手，拚命想要跟上大人的腳步。

走在前方的父親他們的背看起來好寬。

路邊反射著太陽光的草與樹木，全部都是鮮綠色。那個國家的夏季非常美麗。也是一彌喜愛的季節。

帶著熱氣的風突然吹來，母親白色的洋傘搖搖晃晃。

那陣風吹亂了姊姊閃閃動人的黑髮，遮住一彌的視線。受到驚嚇的一彌，跌倒在石階上哭了，母親和姊姊笑著將他抱起來。兩個人身上傳來甜美的香氣——那是女性的香味，擁抱的動作帶著溫柔與包容所有的慈愛，而父親與哥哥從不肯擁抱一彌。

到達寺廟之後，父親在墓前述說祖先是多麼優秀的武將，同時也是政治家。在低沉的聲音朗朗響起時，母親以看來彷彿快要折斷的白皙纖臂接下姊姊抱著的菊花，裝飾在墓前，再以帶柄的水杓舀水淋在墓碑上。負責灑水的手臂，一向都是母親纖細的手臂。灑水的光景，光是在一旁觀看就覺得心中得到潤澤，令人懷念……

父親的聲音繼續響起，哥哥們聽著父親的話，臉上帶著驕傲的表情。祖先與父親都是頂天立地的男子漢。哥哥們也以此為目標，並且認為那是不遠將來的事。一彌也想要仔細聽父親說話，但是內容相當困難，對於年幼的一彌來說，全都是聽不懂的詞彙。

有一隻夏季的蝴蝶，輕飄飄接近一彌。隱約帶著眩目的金色，樹葉間隙射來的陽光，穿透蝴蝶薄薄的翅膀。一伸手就飛走，又在一段距離之外停下，彷彿是在引誘一彌。金色是一彌喜歡的顏色。那隻小蝴蝶雖然飛走了，但一彌卻瞞著所有的人，心裡暗地想著那隻蝴蝶……

遠處蟬聲響起……

——那個國家的夏天非常美麗。

一彌睜開眼睛。

一彌站立〈無名村〉的廣場上。周圍沒有任何人發現瞬間的回憶之旅，一彌一個人心不在焉地睜開眼睛。

感到這一切都是遙遠的事——

實際上只不過是數年前的事而已。

或許是距離……隔著海洋，距離遙遠的緣故吧。

仔細瞧瞧四周，對現在的一彌來說，有如小金蝶一般的維多利加睜大眼睛看著廣場的喧噪。身旁的蜜德蕊不知何時靜了下來，好似在回想什麼而出神。沒有任何人想說話。突然出現的寂靜時刻。

一行人各懷心事，沉默眺望廣場的喧噪。

維多利加突然伸出手來，用力拉扯身旁蜜德蕊有如棉花糖的深紅捲髮。

「好痛！妳、妳幹嘛啊，小鬼！」

「……對了，蜜德蕊。」

「什、什麼？」

「妳怎麼會認識古雷溫？」

「……………!!」

蜜德蕊原本浮著雀斑的紅潤臉頰，立刻變得鐵青。

「妳、妳說什麼啊？」

「妳是受他僱用的呢？還是朋友？」

蜜德蕊垂下肩膀，像是放棄辯解。

感到不可思議的一彌來回看著兩人，不知道究竟是怎麼回事。

「小鬼，妳什麼時候看穿的？」

「從妳硬要搭上火車的時候。」

「……那豈不是一開始就知道了!?」

一彌插進兩人的對話：

「喂喂，這到底是怎麼回事？」

感到不耐煩的維多利加磨蹭了一會兒，最後不敵一彌的視線：

「久城，難道你真的完全沒發現？」

「所以我才問是怎麼回事嘛？」
「發現蜜德蕊是古雷溫的手下這件事。」
「什麼──!?」
「你這個人……聽好了，蜜德蕊在義賣會偷了德勒斯登瓷盤……」
蜜德蕊低聲驚呼：
「妳連這個都知道？」
「當然。可是古雷溫卻放她一馬，這是為什麼？是因為某種理由，使得他們兩人有著共存關係吧。然後，當不准離開聖瑪格麗特學園的我趁夜偷溜出來時，蜜德蕊不知道從哪裡發現這件事，一直跟在後面。明明因為宿醉而苦不堪言，還是硬搭上搖晃劇烈的馬車。然後還打電話到某處去──這表示她有個必須聯絡不可的對象。」
「也就是說……？」
「她受到古雷溫的委託，到村裡擔任監視我的任務。所以古雷溫才會發現她偷走盤子，卻沒有逮捕她。」
「……還不是因為賭撲克的時候輸了。」
蜜德蕊一副無趣的模樣：
「我在村裡的酒吧向他搭訕。因為他是個身穿昂貴服飾的貴族，而且腦筋似乎不怎麼靈

光。我心想：這不正是頭待宰肥羊嗎？可是詐賭用的假牌卻從袖子裡掉出來。那傢伙因為之前輸得很慘，所以一直吵著要逮捕我，不然就做妳剛才說的工作。之後就被使喚來使喚去，給我惹了不少麻煩。」

「蜜德蕊修女，這都怪妳一開始詐賭啊。」

「我只是想要錢而已嘛！」

不知為何蜜德蕊開始大吼大叫，晃著巨大胸部用力踢地，似乎真的生氣了。性感風情從壯碩的身體迸出，好像化為濃郁甜蜜的花蜜滴答滴答落在地上。

「人家就是愛錢嘛！」

一彌被她的氣勢所震懾，偏著頭困惑地想著：「為什麼只有在提到錢的時候，會變得這麼性感呢……？」

蜜德蕊繼續說：

「我家真是窮翻了，讓我吃了很多的苦頭。只能一邊咬馬鈴薯，一邊怨恨流淚……」

蜜德蕊一面以哀傷的聲調控訴，一面拿出棉質手帕拭淚——但是根本沒有流淚。

「我爸是一手拿著威士忌，口中醉話連篇的愛爾蘭移民，我媽……呃，嗯……唔，突然想不起來，總之……」

「請妳別再胡扯了，還有別再假哭。」

「少囉唆！總之就是這樣，我一看到錢就會流口水，愛錢愛得不得了，甚至到了夜裡都睡不著！完全沒想到這個村子竟然是座寶山……」

「不准偷東西。要不然會被謝爾吉斯村長處罰……」

「實在太窮了……」

「做小偷有什麼關係！」

蜜德蕊咬著嘴唇，堅持己見：

「絕對不行！」

兩人互瞪了一會兒。因為一彌完全不肯讓步，最後蜜德蕊終於像是放棄了：

「……真是個一板一眼的人。」

「唔……」

一針見血說中一彌最在意的事情，他微微低下頭。

蜜德蕊不知為何平靜下來：

「好吧。我會把那個瓷盤乖乖還給教會啦。只是聽說它很昂貴所以順手偷走，也不知道該賣給誰。只能偷偷用床單包好一直藏在床底下……如果我這麼做的話，你可以放我一馬吧？」

「……好吧。如果妳真的歸還的話。」

「你想要多少封口費啊？」

「不需要。」

「我都說要給了，你也不用這麼堅持嘛。還真是個無聊到家的人……」

「妳、妳說什麼……啊！」

憤怒的一彌突然想起義賣會裡販售的物品——

在選中印度風的怪異帽子之前，曾經和同班同學艾薇兒看過許多東西——亮晶晶的漂亮戒指、活動蕾絲領、明信片，還有……

「……呃，既然這樣的話，希望妳能夠將義賣會裡販售的一件物品給我。」

「什麼？你是指哪一個？話說在前頭，太貴的東西不行。你又不愛錢，沒資格從別人那裡索取昂貴的東西。」

「這是哪門子的歪理！？」

一彌嘆了口氣，然後附在蜜德蕊的耳邊，小聲說了幾句話。蜜德蕊浮著碎花雀斑的臉上露出詫異的表情，盯著一彌的臉：

「……那個東西就好嗎？」

「是！」

「你還真是個極為正經卻又怪得可以的人呢。」

一彌聞言，滿臉脹得通紅。

「我倒不討厭你喔。我喜歡你遠勝過那個自認為是美男子的花俏警官。」

說完之後，蜜德蕊晃著一頭鮮豔的紅髮，高興地笑了。

遠處的安普羅茲手執火把找到一彌等人，跑著過來。稍微思考片刻，便把手上的火把交給一旁的荷曼妮。

啪嘰啪嘰、啪嘰啪嘰——！

火焰爆開，橘色的光點飛散。

「迎接祖靈的儀式即將要開始了……」

「這樣啊……！」

一彌點點頭。

維多利加微微轉動身子。一彌與安普羅茲視線相對，安普羅茲因為緊張而表情僵硬。

啪嘰啪嘰、啪嘰啪嘰……！

荷曼妮蒼白乾瘦手中握著的火把，因風助火勢而燒得更加猛烈，不斷發出啪啪聲響，火焰左右激烈搖晃。

祭典邁向高潮——

獨白 — monologue 5 —

1

每到夜裡——便會想起血腥的記憶。

是的，「那」是早已遙遠的過去，每到夜裡總會再次想起鮮明的色彩、聲音與觸感。

記得刀柄上有著豪華的黃銅裝飾，發出低沉的噗嗤聲直刺到底的短刀。

記得鑲著水晶的窗戶外頭，沉落的太陽有如火焰燃燒。

記得藍天鵝絨的沉重窗簾，瞬間因為風而輕輕晃動……發出乾燥沙沙聲響。

記得沒有發出任何慘叫便滾倒在地的男人，穿胸而出的刀刃發出暗紅色光芒！記得微弱的呻吟從喉嚨洩出，有如空氣流洩之後重返死寂，最後只有無人可以侵犯的靜寂！記得自己佇立在當場，直到窗外的太陽被黑暗所包圍！記得自己回過神來返回「原來的地方」之後，獨自一人緩緩回味湧現的喜悅！

這一切簡直都像剛才發生的事。

難以忘懷。

——我被困住了嗎？

人們稱呼我們為「灰狼」，但那是錯的。

狼不會因為「那種理由」自相殘殺。

2

我手持火把，一動也不動地站著。

夏至祭總算快要結束。不速之客接連出現，而客人之間愚蠢的殺人事件，謎題也於瞬間解開，當那個愚蠢之人受到逮捕時，我一直笑個不停。

愚蠢的人不該犯下殺人罪。立刻會被看穿，受到懲罰。

我可不想受到懲罰。

——我伸出空著的那隻手，觸摸自己的臉。以食指指腹拉開眼瞼。搔著眼球下方，發出「滴溜滴溜」黏糊糊的聲響。

一感到緊張或憤怒，眼睛就會發癢，越來越癢。當我躲在那個地方，屏住呼吸時也是這樣。我的眼睛癢得好像在燃燒，差點就要大叫好癢好癢，但是當時還是個孩子的我咬著牙根忍耐下來。心中不斷安慰自己再忍耐一會兒、再忍耐一會兒、再忍耐一會兒就結束了。

當時……

是的，我的思考總是不斷重返當時——殺人的記憶。

我真的不會被逮到嗎——？

遠處傳來踩踏細石小徑的聲音，手持火把的祖先排著隊伍走了過來。廣場的鼓聲、鞭聲、空包彈聲——因為迎來祖靈的喜悅，持續發出震耳的響聲。鞭子發出劈啪、劈啪的聲響。震耳的大鼓聲讓夜空冷冽的空氣也為之震動。

夜空變得狹窄，就像是深色的天花板不斷壓迫。開始覺得這裡像是個小舞台，而不是在星空之下。祭典的高潮總是如此，鼓聲陣陣震撼夜空。

祖先們的隊伍跳著活潑的舞蹈接近廣場。或紅或黑的鮮豔衣物，以麥桿編成的上衣教人毛骨悚然。陰間的人與仍在陽世的我們就是不一樣。不論是衣服、動作，還是刺耳的叫聲，難以想像他們曾經和我們一樣是人類。但是我們仍舊必須在夏至祭款待，取悅這些遙遠的祖先。

越來越接近。

在隊伍的最前方，有個戴著黑色面具的男子。

與剛從後方走來的其他男人活潑舞動，踩踏地面跳躍的姿態相比，黑色面具男子的動作顯得笨拙怪異。好像已經好久沒有這麼擺動四肢似的，手臂搖晃，沉重不堪地往前踏步。步履蹣跚好像隨時都會跌倒，即便如此，還是走在祖靈隊伍的最前方。

安普羅茲做的面具相當精巧，我感到非常滿意。戴著自己做的面具遊行，那個年輕人一定很滿足吧。能夠被委以重任，等於是對幹練村長助手的獎勵。想必一定很自豪吧。

祖先們已經踏入廣場。

在我們的歡聲與空包彈的歡迎之下，祖先以更加愉悅的動作遊行。村民們為了展示豐收的成果，手中拿著成熟的蔬菜、葡萄酒桶、鮮豔的布匹等等，加入舞蹈行列。

我並不打算一起跳舞。只是站在廣場的角落，盯著這個情景。

——沒有人知道我殺了人。

愉快的心情讓我忍不住「嘻、嘻、嘻……」笑了出來。

祭典的喧囂覆蓋整個廣場。村民有人拿著蔬菜、有人拿著鮮豔布匹、有人拿著酒桶，正在不斷跳舞。叫聲、大鼓的鼓聲和鞭子的聲音響徹雲霄。我的笑聲被這些聲音蓋過，似乎沒有任何人發現。

嘻、嘻、嘻……

——這時，戴黑色面具的男子突然靜止不動。

只有我發現，連忙停下笑聲。不知為何，我的心底開始鳴起警笛。有個聲音低語要我快逃。我雙腳癱軟，呆站在原地，心臟開始劇烈鼓動。

有個不祥的預感。

面具男子一直蹲在那裡。

然後，顫抖了幾下。

抬起頭。

——快逃！

又有警笛發出警告。但已經來不及了。我和面具男子視線相對，無法動彈。

面具上左右高低不一，大而無神的眼睛——

眼神在空中對上。

我發出不成聲的尖叫。

面具男子說了些什麼。那些話沒能傳到我的耳朵，完全聽不到。但是，同時卻能清楚聽到體內有人自言自語。

——來不及了。妳已經被發現了……荷曼妮！

3

廣場緩緩轉為平靜。

越來越陰暗，只有令人毛骨聳然的寂靜覆蓋廣場。夜空突然變高，星星開始閃爍。

我一手握著火把，呆站在原地。

面具男子口中唸唸有詞，不知在說些什麼。

聚集在廣場的村民，屏住氣息交互看著我和面具男子。

啪嚓啪嚓……！

火把的火焰爆開。

面具男子的聲音越來越大。

但我還是聽不懂。明明聲音這麼大……

這才發現那是亡者的語言——因為那不是我們所熟悉的這個世界的語言。從沒聽過的抑揚頓挫、來自陰間的聲音，男子以沉重的舞步緩緩接近，陰間的語言越來越大聲，男子臉上黑色毫無表情的面具歪斜，左右搖晃。

我環顧四周。

——看到安普羅茲一臉詫異看著這邊，我也感到詫異。如果安普羅茲在那裡，那麼這個戴面具的男人就不是他。那又會是誰呢……

眼前突然一片漆黑。

一個念頭閃現。

這個死者究竟是誰？

耳朵深處有人低語：

——沒錯。就是妳殺害的男人，荷曼妮！

我雙腳顫抖。

面具男子的聲音，像是慢慢融入現世，轉變成聽得懂的語言。他來到我的眼前，以蹲踞的姿勢彎腰呻吟：

「找到了……殺了我的女孩啊。」

我發出聲音——好不容易擠出的聲音，不可思議地有如野獸咆哮。

連連後退。

「荷曼妮啊。」

我以顫抖的聲音呼喚死者的名字：

「……狄奧多，村長。」

面具男子以充滿怒氣的顫抖聲音大叫：

「是妳殺了我。把了不起的男人，以稚嫩的手輕鬆殺害。這二十年來，妳活得還真逍遙啊。荷曼妮……愚蠢的小孩！」

我繼續後退。

「……不是的。不是我！」

「金幣掉下來。」

我吞了一口氣。

面具下的男子笑了：

「亮晶晶的金幣掉下來。我可記得很清楚喔，荷曼妮。從立鐘裡掉落，有如天上星辰的大量金幣……啊啊，我記得很清楚喔。因為是最後的記憶，荷曼妮。妳這個年幼的殺人犯……」

「金、金幣的事……！」

……只有死者才知道。除了我之外沒人知道，一大堆金幣掉在地板上的原因……

我哭著大喊：

「狄奧多村長！不要！請快點回去吧！回到陰間去……」

「妳承認了嗎？荷曼妮！」

「我承認、我承認。是我……」

我揮動火把大叫。細小的火花在夜空中舞動，有如橘色細粉降落在我身上。

「……殺你的人是我！」

廣場一片寂靜。

正中央的大火把發出啪嘰啪嘰的聲音。刺骨的寒風吹過，吹來乳白色的霧氣，輕飄飄地隔開我與死者。

所有的村民……還有客人……都驚訝地盯著我的臉。混濁的綠色眼瞳開始混入害怕與嫌惡。他們略微後退。

「……我是不得已的。」

我開始呻吟，心中喃喃自語：「對吧……？」再也聽不到另一個聲音。我是孤單一人，因充滿恐懼而大叫：

「當時……我只是個小孩而已啊！」

「人是妳殺的吧？」

——突然。

面具男子以極其普通的音調說話：

「果然是妳殺的……正如同妳的推理，維多利加。」

「!?」

少女踏著細步從大火把的背後走出。

她是柯蒂麗亞的女兒。綠色的澄澈眼眸睜得大大，直視著我。

我感到疑惑，大踏步接近面具男子，伸手用力拿下面具。

出現的是……

客人之一——一臉歉疚的東方少年。

身上沒有任何令人畏懼的地方。身材不高，線條纖細。看起來個性很好，表情卻有點頑固，是個極其普通的少年，應該不是什麼令人畏懼的對手。

他雖然一臉抱歉，但卻完全沒有退讓的意思。

一開口便是客氣冷靜的聲音：

「荷曼妮小姐，我只是為了聽到妳親口承認，演了一齣戲……」

「那麼……！」

「因為維多利加說，殺害狄奧多村長的人是妳……」

我再度看向柯蒂麗亞的女兒。

視線相交。

少女的眼瞳中同樣藏著不肯退讓的決心、毫不退讓回望著我。

我站在原地。

——喀！

眼珠像是被潑油點火，突然癢了起來。

第六章　金蝶

1

——卸下面具的一彌，因為害羞而滿臉通紅，躲在維多利加的身後。聚集在廣場的村民們，手中各自拿著葡萄酒桶或鮮豔布料，莫名奇妙地注目著一彌。

（又是跳舞，又是要裝成別人的聲音嚇人……真是丟臉極了。）

看到一彌似乎有些氣餒，安普羅茲跑到他的身邊：

「呃，剛才你說的陌生語言，難不成是……」

「是的。是我的母語。因為你說過陰間的語言是大家完全聽不懂的語言，所以我想只要說出大家沒聽過的語言，就能表現出那種感覺吧……」

「請問有幾個母音呢？書寫的方向是由右到左嗎？什麼，直寫!!還有……」

按照往例的安普羅茲有如連珠炮般發問。一彌好不容易打斷他的話，對著維多利加說：

「妳快點說明吧。那個……關於荷曼妮所犯下的殺人案。」

維多利加點點頭，俯視被人壓住的荷曼妮，臉上浮現怪異神情：

「鴿子飛走了。」

「……鴿子？」

「在二十年前發生事件的書房，我仔細思考。這時荷曼妮進來，我也和她對話。等到她離開之後，我繼續思考。就在這時……窗外有白鴿飛過。」

「嗯……」

「當我看到這個情景，『智慧之泉』便告訴我事情的真相。」

維多利加帶著詭異的微笑仰望一彌：

「告訴你，這個混沌與跳蚤市場發生的『德勒斯登瓷盤失竊事件』構造相同。你懂了嗎？蜜德蕊讓鴿子從裙子裡飛出來，當大家驚訝地抬頭看著天空時，德勒斯登瓷盤被偷走了。為了『利用移動的物品限制視線』，所以需要鴿子。」

「是這樣沒錯……不過，又是怎麼辦到的？」

「只是鴿子換成金幣而已，道理非常簡單。啊～～該怎麼說呢？」

維多利加開始喃喃自語。

——大家進入灰色宅邸，站在二十年前的慘劇舞台——宅邸深處的書房。

維多利加定下心來說明：

「……事件當時，荷曼妮只是六歲小孩。在她本人說明與事件相關的內容裡有幾句話。『柯蒂麗亞當時只是個十五歲的少女，要從背後刺穿成年男子的背部應該很困難吧？』為什麼荷曼妮會說出這種話？這是在暗示，當時仍是孩子的自己，比柯蒂麗亞更不可能犯罪。」

「可是……！」

謝爾吉斯以嚴厲的口吻阻止她繼續說下去：

「實際上，當時的荷曼妮是個很小的小孩。」

「即使是小孩，只要採取某些方法，也是有可能辦到的。」

「不，絕對不可能。」

謝爾吉斯強硬地固執己見。不願再聽下去，打算離開書房。安普羅茲靜靜地擋住他：

「謝爾吉斯村長……只不過聽聽她怎麼解釋而已……」

謝爾吉斯以嚴厲的表情瞪視他：

「你對我有意見嗎，愚蠢的小夥子？」

維多利加小聲嘀咕：

「謝爾吉斯，他說得沒錯。只不過是聽我說話罷了，你給我待在這裡。」

謝爾吉斯帶著怒氣轉身，不過沒有離開。

書房裡流動著不祥的沉默。擦拭晶亮的中世紀武器，在牆上的展示架發出幽暗光芒。書桌和書櫃上積著白色灰塵。

「這個事件有幾個不可思議的地方。第一，狄奧多在上鎖的書房中死去，還有地板上掉落許多金幣，以及凶器短刀從背後刺穿整個背，最後是時間。」

維多利加仰望謝爾吉斯嚴肅的臉：

「謝爾吉斯，你曾經提到關於時間——『當時是十二點整。因為我看了一下懷錶。柯蒂麗亞也是個非常準時的人。』」

「是啊……」

「然而……『和我在一起的人們，不知為何對於時間的證詞完全不同。』」

「沒錯。但那是因為……」

「為什麼那天晚上，宅邸裡面的人對於時間的認定會不一樣呢？你們仔細想想。」

維多利加環視所有人一圈。

——被年輕小夥子們逮住的荷曼妮，嘴唇稍微歪斜。

維多利加以小巧的手指指向牆壁：

「是不是因為平常會敲鐘報時的立鐘，那個晚上卻沒有響呢？」

那兒有個巨大的立鐘。古老又有著繁複裝飾的鐘面，數字已模糊，但鐘擺仍規律地擺動。

滴答、滴答、滴答、滴答——！

謝爾吉斯大叫：

「……沒錯!?」

「那天晚上，立鐘並沒有響。所以只有看過懷錶確認時間的謝爾吉斯認為是十二點整，其他的人並不這麼認為……為什麼立鐘沒有響？」

所有的人一起注目維多利加的小臉。

「……因為荷曼妮躲在裡面。」

「妳說什麼？」

謝爾吉斯輕蔑地笑了笑。毫不在意的維多利加繼續說下去：

「荷曼妮早在狄奧多進入之前，便溜進沒有上鎖的書房，然後爬上立鐘，藏在鐘擺的箱子裡。以小孩身軀來看，這並非不可能的事。然後她屏住呼吸，等待狄奧多進入書房。所以在這段時間之內，立鐘應該都沒有響吧。然後狄奧多終於來到書房。這時候……就輪到散落在地的大量金幣登場了。」

「也就是說……？」

謝爾吉斯臉上的表情逐漸消失，臉色也轉為鐵青。維多利加繼續說：

「即便藏身在立鐘裡面，小小的她又是怎麼殺害狄奧多的呢？一個小孩的力量有辦法刺殺一個成年男性嗎？不可能。但是還是有方法的。不只單靠手臂的力量，而是利用整個人的體重，再靠著重力就有可能。年幼的荷曼妮並非站著刺殺他的，而是從藏身的立鐘上面，帶著武器飛撲下來。」

房間被詭異的寂靜所包圍。

所有人都嚥下口水，沉默不語。

抬頭怯怯地看著立鐘，然後毫無表情看向默默不說話的荷曼妮——她突然微笑起來。

「金幣並非原本就掉在地上，而是荷曼妮帶在身上，然後朝著地板丟下。金幣發出閃亮光芒，從立鐘往地板掉落，劃出無數條明亮的金色直線——應該有如金色的流星群吧。因為從眼睛的上方落下，狄奧多的視線當然馬上就被吸引。即使一開始沒注意，也一定會發現金幣掉落在地毯上發出的聲響。狄奧多走到立鐘的正下方——對荷曼妮而言最容易飛撲下來的地點——對金雨感到驚訝而停下腳步。這便是『利用移動的物品限制視線』。狄奧多的動作因為視線而受限。然後荷曼妮便朝著停下腳步俯視地板的狄奧多，從立鐘上跳下來。短刀藉由體重的幫助，深刺而入直至刀柄。狄奧多與金幣一起倒在地板上，沒有發出任何聲響就斃命。這就說明兩個謎——散落的金幣和從背部刺入的短刀。荷曼妮在殺害狄奧多之後便把門上鎖，再度藏身在立鐘裡，一直等到有人發現屍體為止。所以書房裡面才會看來沒有任何人。」

維多利加的聲音開始微微顫抖：

「接著進入書房的人是女僕柯蒂麗亞。她發現屍體，尖叫出聲逃走。荷曼妮便從打開的門溜走。於是，犯人非柯蒂麗亞莫屬。依照粗糙的推理……對了，謝爾吉斯。」

被點到名的謝爾吉斯肩膀抖了一下。臉上或許因為疲倦的緣故，短短一天之內就變得蒼老許多。但是他的眼神仍舊像是不肯退讓、不願認錯的頑固老人，充滿危險的光芒。

「謝爾吉斯，這是你的責任。你要怎麼向無辜被趕出村子的柯蒂麗亞道歉？」

漫長的沉默。

謝爾吉斯終於一邊抖著肩膀，一邊以硬擠出的聲音說：

「……我以村民領導者的所有權限，處罰這個女人。」

他以混著憤怒與輕蔑的表情瞪視荷曼妮，然後直指著她。

荷曼妮驚叫出聲：

「我不要！我絕對不要被放逐，我不想離開村子！」

安普羅茲制止大吵大鬧的荷曼妮：

「柯蒂麗亞也平安下山，在外面的世界生活。而且外面的世界還有布萊恩．羅斯可，只要去找他幫忙……」

「我討厭柯蒂麗亞也討厭布萊恩。我只想留在這裡！」

「可是外面很棒耶……」

安普羅茲無意中喃喃說出這句話，發現之後連忙閉上嘴。

維多利加接近掙扎不已的荷曼妮：

「妳……動機是什麼？六歲的小孩，竟然會刺殺大家尊敬的村長，究竟是為什麼……？」

荷曼妮低聲說：

「妳猜猜看啊？」

「……是未來吧？」

簡短的回答讓荷曼妮眼白突出，放聲大叫：

「妳怎麼會知道……！」

「……小孩與村長之間有所關連，我想也只有夏至祭的占卜吧。一定有些小孩因為聽到不幸的未來，因而對村長心存怨恨吧。」

一彌想到維多利加因為聽到自己再也不會長高，一臉陰沉的樣子。以及在教堂出口遇到荷曼妮時，她脫口而出的謎樣話語……

「占卜的結果不可能有錯。」

「可是過去曾經錯過一次……」

錯的那一次，究竟是什麼呢……？

維多利加低聲說道：

「只不過是占卜而已，別放在心上就沒事。但是荷曼妮，妳對於村裡的規矩與村長的話有著強烈的信賴。對妳而言，無法『不相信』占卜。」

「是的……我只能相信……但是，真的很難接受……！」

荷曼妮喃喃說道：

「我……問了不能問的未來。因為小孩子的好奇心，問了恐怖的事。」

「什麼事？」

「自己的死期。」

「……啊。」

荷曼妮浮著眼淚環視所有人：

「他預言我在二十年後，二十六歲時會死。二十六歲……？我想要活得更久一點、我想要活得更久更久一點。為了改變未來，我必須將看到未來的狄奧多村長殺掉……」

謝爾吉斯以顫抖的聲音大叫：

「就為了這樣的理由！就為了這樣的理由殺害偉大的村長！簡直是幼稚到家！」

「那種絕望、那種憤怒、那種悲傷！只有聽到預言的人才知道！」

兩人互瞪。

荷曼妮睜大的眼珠往前突出，簡直快要滾落在地。謝爾吉斯則是雙眼脹紅，拳頭也因為憤怒而顫抖個不停。

謝爾吉斯臉上浮起有如狂熱信徒的表情。眼球往中間擠，無法分辨究竟在看往何方的怪異眼神，以顫抖的手指著荷曼妮，然後以地底響起般的聲音大叫：

「安普羅茲，把她的頭砍下來！」

「……什麼？」

聽到這樣的指示，安普羅茲的嘴巴張得大大。謝爾吉斯繼續大聲說：

「把罪人的頭砍下來，本來就是我們的風俗。只是因為後來沒有犯下大罪的村民，所以廢除了……我在你這個歲數時，也曾經砍下罪人的頭。」

布洛瓦警官在後頭聽到，急忙向前：

「呃，謝爾吉斯村長，容我再提醒您一次，德瑞克由我逮捕之後帶到警察局。至於這位女孩所犯的罪，已經超過追溯時效。如果砍下她的頭，反而是這位年輕人會被蘇瓦爾警方以殺人罪逮捕。而村民們如果默認，就等於是幫助殺人……」

「這裡不是蘇瓦爾！」

「……不，你再怎麼堅持那個隨便取的奇怪國名也沒用。」

「滾出去！」

謝爾吉斯向小夥子們下達命令，他們便按照指示扛起布洛瓦警官，往走廊方向離開。只聽到布洛瓦警官的叫聲沿著走廊逐漸遠去。可以聽到他一邊遠離一邊喊著：「久城同學，你快想想辦法啊……！」

謝爾吉斯以撼動牆壁的聲音說：

「當時因為無法確認柯蒂麗亞的罪行，所以只是把她驅逐出村。荷曼妮，妳必須要被斬首，頭顱和身體分別埋葬在不同的地方。即使在夏至祭的夜裡也無法回來。罪人絕對不能再度出現在子孫的面前。安普羅茲！」

「謝、謝爾吉斯村長……」

被點名的安普羅茲全身顫抖不已。如果身為女性必定有如貴婦的美麗臉龐蒼白如蠟。

謝爾吉斯從展示櫃上取出大斧，朝著安普羅茲丟過去。反射性接下之後，又大聲喊叫丟棄。大斧落在地板上，揚起細白的塵埃。

謝爾吉斯的眼睛又紅又腫，瞪視年輕助手：

「快做。如果要繼承這個村子，就不能饒恕罪人！」

「可是……這是她小時候犯下的罪。都已經是二十年前的事了。而且、而且……」

「安普羅茲！」

「我、我……小時候，荷曼妮常和我一起玩。雖然不容易親近，但卻是個溫柔的好姊姊。即使她曾殺害狄奧多村長，卻對我非常溫柔。我不要，謝爾吉斯村長……！」

「這是村裡的規矩。荷曼妮正如同狄奧多村長的預言，將在二十六歲死掉。」

在村長瞪視之下，安普羅茲無法繼續抵抗，以遲鈍的動作拿起大斧。手臂不斷顫抖。

安普羅茲非常害怕，甚至可以聽到牙齒打顫的聲音。大而澄澈的眼眸堆滿淚水，像花瓣一樣潸然落在蒼白臉頰上。細瘦的肩膀激烈搖晃。

像是尋求依靠般轉向一彌的方向——一彌也顫抖不已。

「客人……在外面、外面的世界，在這種情況下該怎麼辦……？」

一彌以顫抖的聲音回答：

「會由警察逮捕。然後……經過詳細的調查……維多利加……」

維多利加接著開口：

「送交審判。」

「審、判？」

「是的。將會分成荷曼妮與警方，雙方各自提出自己的主張，加以討論，然後再判決罪名。按照所判定的罪名，可能被判處死刑、也可能進入監獄、也可能被釋放。不過小孩子所犯的罪絕對不會被處以死刑。」

安普羅茲手上的斧頭掉落。

側面浮起孤寂的神情，但又可以看出有著強烈的意志。嘴唇緊閉，抬起極為悲傷的臉。

盯著燃燒著憤怒的謝爾吉斯，以顫抖的聲音說：

「我一向尊敬謝爾吉斯村長，我也非常愛這個村子。這是我生長的村子，而您也認同我這個無名小卒。但是……世界並非只有如此……那個，也就是說……荷曼妮，快逃！」

安普羅茲突然撞開壓制荷曼妮的年輕人。在四起的驚訝叫聲與抗議聲中，荷曼妮做出有如不同生物的誇張動作——她用力踢向地板跳了起來，抓住展示櫃中的長槍。

回頭一望。

眼珠子圓睜，張開蒼白的嘴唇，不知喃喃說了些什麼。

然後翻身有如脫兔般逃逸。

2

安普羅茲對於自己所做所為一時呆滯，站在原處一動也不動。身材矮小、眼神混濁的年輕人圍在他的身邊，交相指責他。就像是被七個小矮人圍住的白雪公主一樣，但不一會兒便丟下原是他們領導者的安普羅茲，衝到走廊上。

口中不停叫喚荷曼妮的名字。

謝爾吉斯發出詛咒的叫聲。將顫抖不已的拳頭朝著安普羅茲揮出：

「安普羅茲……愚蠢的繼承人啊！立刻追上去，把荷曼妮的腦袋砍下來。除此之外，我絕對不會原諒你……！」

安普羅茲以顫抖的聲音回答：

「就算是謝爾吉斯村長的命令，我還是不可能殺人。」

「你根本搞不清楚。你放走的荷曼妮，一定會給村裡帶來厄運！而且厄運……已經開始了。快去！把荷曼妮殺了！你只要相信我說的話，按照我的指示去做就好了。想要了解我所知道的事物，還有我所下的命令，簡直愚蠢到家！年輕人，你要謹記在心……」

安普羅茲如同往常低著頭，卻不再像過去悲傷點頭。他搖搖頭，沉默地打算離開房間。

就在這時……

走廊傳來小夥子大聲嚷嚷的聲音。

一彌和安普羅茲互看一眼，急忙衝到門外。

巨大動物的舌頭──

血紅寬厚的東西，慢慢往這邊逼近。

那是——

火。

掛在走廊窗邊的厚重藍色天鵝絨窗簾燒了起來，像是生物垂死掙扎般抖落在地板上。火勢蔓延到灰色地毯上，燃燒得更加猛烈，不斷逼近過來。

年輕人全都放聲大叫，一邊叫喊一邊跑回來：

「失火了……！」

「是荷曼妮放的火！」

一彌定睛仔細一瞧，在有如生物舌頭蠢動的火焰那頭，可以看到單手舉著火把的女人——那個人是荷曼妮。眼珠瞪得大大的，偏向一邊的頭，好像馬上就會發出咕咚聲響掉落在地，有如壞掉的娃娃的姿勢——

年輕人朝著走廊的另一個方向逃跑。

「從後門出去！火勢還沒有延燒到後面！」

一彌回過神來，急忙跑回書房。蜜德蕊和布洛瓦警官似乎聽到年輕人的聲音，急忙衝了出來。一彌逆著人潮衝進書房，找到傻傻站在正中央的維多利加，用力拉住她的手。

「維多利加，失火了！快走！」

安普羅茲也跟在後面衝進來。他衝到謝爾吉斯的身邊，搶走老人的枴杖，把謝爾吉斯揹在背上，跟著一彌與維多利加飛奔到走廊上。

走廊已經滿布白煙，薰得眼睛好痛。一彌抱住維多利加：

「妳閉上眼睛！」

自己則忍著痛開始往前跑。

往旁邊一看，維多利加按照吩咐閉上眼睛拚命奔跑。維多利加的腳步慢，兩人已經被揹著謝爾吉斯的安普羅茲追過。即便如此，她還是閉著眼睛，只靠著一彌拉著她的手引導，毫無畏懼地直往前衝。回握一彌的手越來越用力。

兩人好不容易從簡陋的後門連滾帶爬地衝到屋外。仰望大宅的一彌，被煙嗆得咳個不停。宅邸朝著黑暗的天空燃燒，火焰發出啪嘰啪嘰的聲響，不斷往上延燒。

一開始看來有如巨大灰狼的宅邸，現正蹲在山丘上一動也不動，整個被火燄覆蓋。

「荷曼妮……！」

謝爾吉斯以驚訝的聲音低聲自語。膝蓋跪在堅硬泥土上，臉部因為憤怒而脹紅發黑，仰望夜空，帶著濃厚的恨意。

謝爾吉斯獨自一人待在那裡，將他救出火場的安普羅茲不知去了哪裡。

「荷曼妮啊……！光是殺害狄奧多村長還不夠，竟然放火燒村！」

維多利加的眼睛睜開，倒吸一口氣。一彌沿著她的視線，發現火勢已在〈無名村〉蔓延。

家家戶戶的屋頂、樹木和所有一切都在閃爍的火焰中燃燒。石塊砌成的外牆帶著熱氣被染成不祥的紅色。蓋在屋頂上的茅草發出啪嘰啪嘰的聲響，朝著夜空冒出火焰。房舍像是戴著火焰帽子，放眼望去，整個村子就像發出閃耀光輝的巨大水晶吊燈。

紅澄澄的村子不停搖晃。

村民聚集在廣場，汲取井水想要滅火。

看不到安普羅茲的身影。

這時，廣場遙遠的另一端響起年輕人的驚叫聲。他們的口中不知在叫喊些什麼，安普羅茲從人群之中衝了過來。散開的金色長髮，輕盈垂落在肩膀上。當他一找到一彌等人，立刻以恐懼而僵硬的表情大叫：

「荷曼妮她……！」

一彌等人衝了出去。

穿越廣場、穿越水晶吊燈般的火焰，跑在石板路上，終於來到村子的入口。安普羅茲以顫抖的手指，指著那個——

連結村子與外面世界的唯一通路，吊橋——

吊橋不知在何時被放下。

安普羅茲顫抖的手指指向瞭望台。由村中的小夥子看守，只有客人光臨之時才會放下的吊橋……那個石砌瞭望台。

被火焰照亮的村裡，只有這裡染上夜晚的漆黑。

有人潛入幽暗的瞭望台。

深藍色的古老衣裝、編成細細麻花辮的金髮、雙眼突出的深綠眼眸。

——是荷曼妮。

當一彌他們仰望時，她緩緩俯視這邊，然後翻出白眼。

高舉單手握著的火把，火焰發出聲音爆裂開來。另一隻手上握著長槍。荷曼妮以古代戰士般不可思議的姿態，直挺挺站在那裡。

過了短暫片刻。

……荷曼妮笑了。翻著白眼，嘴巴張得大大，嘴角好像快要裂開。這還是第一次看到她笑的模樣。

荷曼妮用力蹲下。

因蹲下而縮起的身體，瞬間突然伸展，讓人感覺好像變成兩倍大。凝聚力量飛在空中的荷曼妮，身手矯健地落在一旁。發出巨大的聲響在石板上著地之後，就一直盯著一彌往外翻的眼珠，完全不知道在看著什麼地方。

一彌把維多利加拉到身後加以保護。

荷曼妮拿起長槍擺好架勢，低聲說道：

「……都怪你們多管閒事。」

一彌一面發抖，一面保護維多利加。安普羅茲驚訝地看看荷曼妮又看看一彌。

一彌瞪著荷曼妮：

「這不是閒事，荷曼妮小姐。維多利加只是想要洗刷她母親的冤屈！妳在這二十年裡，害得一個無辜的人……」

「對我來說就是多管閒事。」

荷曼妮重複再說一次，然後把頭往旁邊偏，浮起笑容低頭看著維多利加。笑容像是突然被虛空吸收一般消失：

「柯蒂麗亞的女兒……妳就留在這裡一直到死吧！」

一彌用力倒吸一口氣，擋在拿著長槍的荷曼妮前面保護維多利加。但是荷曼妮並沒有攻擊，反而翻身直接過橋。

不一會兒荷曼妮奔跑的背影逐漸遠去，甚至可以清楚看到她的皮鞋鞋底——黑色的皮鞋配上黑色的鞋底。不祥的顏色。

安普羅茲突然發出聲音。似乎終於發現她的企圖。

「荷曼妮，不行！」

「……這麼一來，你們就沒辦法追上來了。」

「荷曼妮!?」

已經過橋的荷曼妮，轉身朝向這邊，手上舉著的火把慢慢降低。

村民們已經逐漸聚集過來。吊橋的彼端只有一個人站在那裡——荷曼妮。這一頭的村民們與客人們則是目瞪口呆站著不動。

安普羅茲大喊：

「荷曼妮……好像想要燒掉吊橋！」

一彌倒吸一口氣。

荷曼妮將火把丟向橋的正中央——熊熊火焰搖晃，慢慢開始延燒開來。

謝爾吉斯在村民的攙扶下接近。安普羅茲回頭正想要說話，卻遭到謝爾吉斯制止：

「安普羅茲，你的頭髮散開了。」

「咦……？」

安普羅茲受到指責，不知所措地呆呆站著。謝爾吉斯焦躁地說：

「我不是常告訴你要綁整齊嗎？快點把頭髮整理一下。」

「謝爾吉斯村長……可是，橋……！」

「橋沒了也沒關係。我們一向住在村裡，沒有必要離開村子。」

安普羅茲低吟一聲。

他被謝爾吉斯斥責時，已經不再像過去那樣垂著頭，只是直接盯著謝爾吉斯。

火勢在橋上蔓延。

大約是一輛馬車正好可以通過的寬度。兩邊的粗繩已經起火燃燒，橋面的支撐力量不足，開始上下搖晃。木製橋面也一點一點開始變黑。一彌叫道：

「維多利加，快點！我們得過橋才行！」

維多利加的手被一彌拉住，害怕地抬頭看著他：

「可是……」

「如果橋斷掉，我們就回不去了！」

「可是，橋的那一邊……」

一彌像是在教導害怕的維多利加：

「害怕的話就把眼睛閉上。知道嗎？」

不等回答，一彌就往前跑。維多利加毫不抵抗地跟在他後面。回過頭一看，就和剛才在宅邸走廊上奔跑一樣，維多利加用力閉上眼睛。小鼻子上皺起可愛的細紋。

看到這個樣子一彌便安心了。然後朝著背後大叫：

「警官！蜜德蕊修女也快點！」

兩人的表情被恐懼染得蒼白。

客人戰戰兢兢渡過已經開始燃燒的吊橋。

橋面不停搖晃，一面燃燒一面發出啪嘰啪嘰的聲音。

一彌偷偷往下一看——

夜裡看不到無底深淵，只知道下面又深又暗，還傳來濁流流過的聲音。

正當大家都嚇得雙腳顫抖時，只有一彌毫不在意地冷靜渡橋。回頭看到布洛瓦警官和蜜德蕊因為恐懼而痙攣的表情，一彌感到很不可思議，隨即想到一件事。

（……對了！我早就習慣這種狀況。因為我常爬上聖瑪格麗特大圖書館的迷宮樓梯……的確，在習慣之前很可怕……）

走到橋的一半時，前方傳來有如野獸的吼叫聲。害怕的維多利加肩膀發抖，死命抱住一彌不放。一彌發現到包裹在荷葉邊深處的小巧身軀不停發抖，便伸出雙臂摟住維多利加保護她。

抬頭看到銳利的金屬尖端不斷逼近。

握著長槍的荷曼妮，發出奇怪叫聲朝這裡飛奔而來。即將燃燒殆盡的吊橋，隨著荷曼妮的動作激烈搖晃。

荷曼妮朝著一彌……不，是朝著維多利加而來。

警官和他帶著的德瑞克、蜜德蕊從一旁迅速通過。

銳利的黑色槍尖不祥逼近，另一頭是荷曼妮的瘋狂笑容，左右激烈搖頭，好像隨時都會滾落谷底。一彌抱著維多利加小巧的身體往後退，燃燒的吊橋不穩地搖晃。一旁燃燒粗繩的火焰輕拂一彌的臉頰。

啪……！

槍尖刺中一彌的右手，帶來灼熱的感覺。一看手臂，輕薄長袖外衣袖子被劃開，鮮血開始滲出。再看看雙手環抱的維多利加，依然死命閉緊眼睛。

一彌突然想到，閉著眼睛往前跑是多麼危險的事。雖然是自己要求維多利加閉上眼睛，跟著自己往前跑，可是在看不到周圍的狀況之下，別說是奔跑，就連慢慢步行都很危險。

可是維多利加還是按照吩咐閉上眼睛，握著一彌的手跟了上來。

是因為她相信自己的能力嗎……？

如果真的是這樣，這對一彌來說就是有生以來第一次。除了維多利加以外還有誰……？雖然受到父親與哥哥的期待、獲得母親與姊姊的疼愛，但是至今沒有任何人相信一彌的能力，而將重要的東西託付給他。

一彌強烈的想法：「……現在最重要的事，就是保護維多利加。」

荷曼妮揮舞緊握長槍的手臂。

每次舞動，一彌就護著維多利加，或左或右閃避。

謝爾吉斯不祥的聲音在心中甦醒。

（在占卜時，他說過……）

謝爾吉斯預告的未來……

〈距離現在幾年之後……會吹起撼動世界的狂風。〉

〈因為那狂風的緣故你們兩人將會分散。〉

〈不論感情多麼深厚，仍舊不敵風的吹拂。〉

〈心是……〉

〈永遠〉

〈分不開的。〉

一彌嚥下口水。

（只不過是占卜罷了。對於一直住在中世紀村子裡的人來說，怎麼可能真的了解撼動世界的狂風這種事……可是、可是如果……那是真的……）

一彌不願輸給荷曼妮的視線，直盯著她圓睜的雙眼。

（就算那是真的，我和維多利加分離的時間也還沒到。這次我們可以平安回去。回到聖瑪格麗特學園……回到屬於我們的地方……）

槍瞄準一彌與維多利加的正中央刺過來。

一彌將維多利加的身體向前推，自己退後一步——槍穿過兩人中間。一彌發現到自己與維多利加分開，忍不住倒抽口氣。荷曼妮也注意到，在燃燒的橋上咧嘴大笑。

眼球充血，染成鮮紅色。

「先把你解決……就從你開始……！」

朝著一彌揮出長槍。

吊橋燒得更猛烈。

荷曼妮預測一彌閃避的方向，朝著對一彌來說較為安全，火焰較少的左側刺出長槍。

但是一彌卻朝著相反的右側移動——因為他把維多利加單獨留在那裡。看著一彌擋在面前保護她的模樣，讓回過頭來的荷曼妮似乎很不可思議地盯著他看。臉上的表情好像在問，為什麼會往那邊？

荷曼妮失去平衡。

她打算殺了一彌，以至於用力過度。長槍刺中無人的空氣。

在橋面上翻個筋斗，跌落無底深淵。

——哇、啊、啊、啊、啊、啊、啊！

不論經過多少年都難以忘懷的駭人叫聲逐漸遠去，最後終於被吞入遙遠的下方消失。

雖然落入黑暗之中再也看不到，但是一彌知道下方的深邃谷底有湍急濁流流過，不禁感到毛骨悚然。

啪嘰啪嘰、啪嘰啪嘰……！

吊橋發出聲響，好像即將倒塌，只剩下正中央狹小的範圍能夠通行。左右的火焰更形猛烈，如火牆般迫近兩人。

一彌回過神，拉住維多利加的手奔跑。

只剩十步左右的距離，一彌擁住維多利加，像是要保護她不受火焰的傷害般衝過去——只剩下一步。

總算安心了。一彌以自己的力量，將維多利加安全救出。

這時……

——巨大的搖晃！

身體也跟著搖擺。

心想或者是安心的關係——但並非如此，吊橋開始傾斜。

終於斷裂墜落，殘骸閃著鮮豔的橘色掉落無底深淵。

最後一步——

維多利加的腳先踏上地面。

一彌也緊接著伸出腳，踏上地面——

一彌的身體隨著吊橋往下跌落，瞬間傾斜。維多利加回過頭來，臉色大變好似在大叫，她的臉在視野下方消失。取而代之的是夜空——閃耀著滿天星辰的夜空，充滿整個視野。

那個瞬間真是相當美麗。

下一個瞬間，身體朝著懸崖往下掉。

滿天的星空變得遙遠，可以看到斷崖與朝這邊大喊的維多利加、驚愕俯視一彌的布洛瓦警官、發出尖叫的蜜德蕊與安普羅茲。還可以看到另一邊是擁有中世紀教堂與石造拱門等建築，美麗但時間靜止到令人絕望的村子。火焰似乎還持續冒煙。

可以看到從維多利加的胸前，那個……維多利加在山腳村落的旅館，曾經給自己看過的金幣項墜垂了下來。荷葉邊的海中出現一張臉，金幣似乎朝著一彌的方向接近。

往下掉落的一彌，感到這個瞬間簡直長得不像話，竟然還能冷靜觀察維多利加的項墜。然後心想「咦？為什麼安普羅茲會在橋的這一頭呢？」正想要問他，卻說不出話來。一陣嚴重搖晃之後，一彌的身體開始往下掉。

一切都變得好遙遠。

……突然想念家人。

故鄉天空的顏色、乘船渡海時看過的波濤洶湧海面、第一次進入聖瑪格麗特學園宿舍房間……還有，受到塞西爾老師的吩咐，第一次爬上大圖書館迷宮樓梯的那個春天……

情景一幕一幕出現又消失。

交雜著不甘、驕傲、抱歉的心情，瞬間抓住一彌。

思緒回到自己出生的國度。

離開那個國家的理由……

（父親、哥哥……對不起。）

一彌悲傷地喃喃自語。

（我沒能成為你們所期盼的兒子、弟弟，所以我才逃走。我並非想到這個國家來學習。而是待在家裡實在痛苦。待在父親與哥哥的身邊讓我覺得自己沒出息……我不想這麼繼續下去，認為自己是沒用的人……對不起。我並不是討厭父親和哥哥……反而是非常尊敬……！）

其實一彌心中也有一座迷宮樓梯，一彌早已迷失其中。

（我不知道該怎麼辦才好……我變得討厭自己。迷惑、痛苦、逃避……我真是個沒用的人。就像維多利加說的，是個半吊子的好學生、只不過是個凡人、微不足道的存在。所以……即使……像這樣掉到懸崖下面我也……）

突然注意到金色蝴蝶掠過視野。

在林間陽光中拍著透薄翅膀，小小的蝴蝶……

好久以前曾經見過……

一彌熱淚盈眶。

（掉下去也好……我……）

金蝶……

（光是救出維多利加，就很不得了了……所以……）

維多利加、蜜德蕊與安普羅茲等人的臉龐逐漸遠去。

唯獨只有一個東西沒有遠去，就是她很珍惜的金幣項墜。別說是遠去，竟然越來越接近，離開維多利加的胸前。一彌發現到項墜的舊鍊子斷裂，將要和自己一起掉落谷底。

那是維多利加重視的項墜……！

維多利加伸出手來，不知在喊些什麼。似乎想要撿起項墜。

（千萬別連妳都掉下去……我就算了。妳要……小心……！）

心裡這麼想著……

——喀答！

身體開始搖晃。

一彌的腦海一片空白，完全搞不懂是怎麼回事。好像有人用力搖晃著自己的身體，突然從夢中驚醒一樣。

視野……

轉動。

開始迴轉，一彌的視野被幽暗堅硬的斷崖所包圍。

「……久城！」

上面有人在呼叫自己。

一彌抬頭往上看，頭上是維多利加。只見她發出「嗯——嗯——」的聲音，一臉不可思議的表情，好像很用力的樣子。玫瑰色的臉頰似乎因用力而脹得通紅。一彌心想她怎麼會在上面呢？維多利加明明很小呀。
看著手──
發現她正抓住自己的手用力拉扯。
一彌懸空吊在斷崖邊緣，一隻手被趴在地上的維多利加用力抓住。
眼前就是斷崖，飄來微微的泥土氣息。
遙遠的下方傳來水聲──濁流激烈沖擊的聲音。
維多利加用力咬緊牙根。
一彌看向她的手。
小小的雙手拚命想要拉起一彌。但是維多利加的力量實在太小，就連一張小椅子都拿不太起來。
「維多利加……妳的寶貝項墜掉了。」
她咬緊牙根，沒有回答。一彌這才注意到維多利加伸出手的原因，並不是想要撿項墜，而是要抓住自己的手。
仔細看著維多利加使勁的手──小小的手背已經失去血色、變成紫色。維多利加咬緊珍珠般的小巧白牙大叫：
「……你在搞什麼，久城！還不快爬上來！笨蛋！」

「可是，我……！」

「廢話少說，快爬上來。你這個笨蛋兼半吊子好學生兼平凡又沒用的傢伙歌又唱得難聽得要死的死神久城！」

「……我才不是沒用的傢伙……應該吧。」

「還不快一點！」

一彌詫異地仰望拚命拉住自己的維多利加。心想：「為什麼這麼拚命？」突然想到——

「維多利加，妳……」

「幹嘛!?」

「手不會痛嗎？」

「應該會痛吧？」

「…………………不痛。」

「…………………不痛。」

「可是……」

「我說不痛就是不痛！」

再次仰望感到生氣而重複回答的臉。

（……啊！）

一彌突然想到。

（怎麼可能不痛。維多利加分明超怕痛的。維多利加在……說謊。這還是第一次見到……原來這就是她說謊時的模樣。咦？好怪的表情……）

臉頰比平常還要鼓，翡翠綠的眼眸很溼潤。

「久城，快點……你在笑什麼啊！我叫你動作快點！」

一彌突然回過神來。維多利加的小腳，已經被拉近崖邊。再這麼下去，只怕也會跟一彌一起掉下去，但是維多利加還是不肯放開一彌的手。

「我們要一起回去。上次我說過了，要一起回去。上次我明明說過……說過了啊……」

「……嗯。」

「還不快一點，你這個沒用的笨蛋音痴死神！」

「對不起，妳說得對……維多利加。」

「什麼……！」

維多利加勃然加大怒。不知為何，反倒是一彌老實地說了聲：

「那個……謝謝。」

「笨蛋～～!!」

「嘿嘿嘿……」

一彌伸出另一隻手，抓住長出地面的樹根。使力撐住自己的身體，慢慢往上拉。緩緩爬回地面。維多利加小小的喘氣，在耳邊顯得特別大聲。遠處還傳來火焰蔓延燃燒的聲音。一彌總算將自己的身體拉回地面。

喘口氣。

累得好想就這麼沉沉睡去。

一彌用力深呼吸，再吐氣。總算把剛才困住自己的悲傷心情，逐出體外。

膝蓋跪在地上，深深喘息。

一彌終於抬起頭來，看著一旁的維多利加。

維多利加坐在地上，張開小小的雙手。一臉詫異的表情盯著手心。

一彌也看向她的手掌。

維多利加的手通紅腫脹。沒提過重物的肌膚相當脆弱，紅腫程度就像燙傷一般觸目驚心。

「……維多利加。」

注意到一彌的視線，維多利加慌忙將雙手藏在背後。又發現一彌手臂上的傷口正在流血，開始以詫異的眼神盯著看。

「維多利加，呃……」

一彌話說到一半，維多利加便發怒似地「哼」了一聲。然後轉身背對一彌，小聲說道：

「久城，你剛才心想掉下去也沒關係吧？」

「呃，那個……」

維多利加的聲音十分憤怒。一彌搔搔頭，不知該如何回答才好。維多利加以憤怒的聲音簡短地說：

「不准掉下去。」

「……說得也是。」

維多利加以幾乎聽不到的微小聲音說了一句：

「………………笨蛋。」

3

夜晚的帷幕降下，村裡延燒的火勢總算遭到控制。不一會兒，來自山腳下霍洛維茲的接送馬車也到了。黑暗之中，年老的車夫似乎完全沒有發現襲擊〈無名村〉的災難。只是在眼睛掃過一彌他們一行人──一彌、維多利加、布洛瓦警官、德瑞克、蜜德蕊，以及安普羅茲等六人時，偏著頭喃喃自語：

「載六個人過來，載六個人回去是沒錯……但是，是這些人嗎？」

搭上馬車時，安普羅茲還是迷惘地回望村子所在的窪地。沉落在夜晚黑暗中的窪地完全感受不到人煙，有如頑固的老人般一動也不動，只是單純存在。

安普羅茲口中唸唸有詞，不是對著任何人，好像是在辯解：

「我看到橋快要斷了，不由得就……衝過火焰。我一直很想要走過那座橋。從我在布萊恩・羅斯可那裡知道外面的世界之後……我知道〈無名村〉不是唯一的世界之後……只有我，不認為這裡是我最終的歸宿。」

說完之後，安普羅茲挺起胸膛搭上馬車。手伸向綁住頭髮的麻繩，輕鬆解開之後丟出馬車車窗。有如絲緞的細緻金髮散開，落在好似高雅女性的美貌臉上。

維多利加小聲說：

「外面……比較好。」

一彌輕輕倒吸口氣，輕輕握緊維多利加的小手。布洛瓦警官裝作不知道，但還是瞄了異母妹妹一眼：

「引起這麼嚴重的騷動，說不定再也沒辦法出門了……」

「要是真的這樣，我也滿足了。」

維多利加的回答，讓一彌感到驚訝。這還是這對異常冷淡的兄妹，頭一遭如此一來一往的對話。即使不祥的內容充滿尖刺。

「我已證明柯蒂麗亞是無辜的。女兒必須守護母親的名譽。」

「……哼！」

布洛瓦警官哼了一聲：

「即便柯蒂麗亞・蓋洛是因為冤罪才被趕出從小生長的村子，但那個女人在先前的世界大戰裡引發事件的事實並未改變。繼承她血統的女兒不能得到自由，也沒有改變。」

「這是從父親那裡現學現賣的吧？」

「什麼!?」

布洛瓦警官臉色變得很嚇人，瞪視小不隆咚的異母妹妹。維多利加一點也不畏懼，只是安靜地瞪回去。

馬車裡一片死寂。

然後，箱型馬車就像上山時一樣，在激烈的搖晃中，發出答答馬蹄聲，爬下陡峭的山。

「那個村子以後會如何呢？」

一彌沒有對著特定的人，只是一個人自言自語。

坐在對面的安普羅茲回答：

「這……我想可能會花費漫長的時間重建吊橋吧。即使如此，還是和過去一樣……繼續過著同樣的生活。」

他的臉色變得蒼白憔悴。

「安普羅茲呢……」

「我……一直都很憧憬外面的世界。雖然不知未來如何，但是我想要在外面生活。」

先前一直沉默不語的德瑞克，以尖銳的聲音苦澀地說：

「外面有那麼好？你們根本不懂那些古董的價值，最後竟然燒掉那麼多寶物……」

蜜德蕊好像也回想起來，嘆氣說道：

「是啊。那場火災就是在燒錢啊。害我也憂鬱起來……」

布洛瓦警官戳了戳德瑞克的頭，受不了地嘆了口氣，規勸德瑞克：

「德瑞克，你可是差點在那個古董村裡，依照他們的規矩處刑呢。不論怎麼想，都有遠比蘇瓦爾的法律更殘虐的刑罰在等著你。你也看到那把斧頭對吧？要讓那種生鏽鈍澀的中世紀斧頭砍掉腦袋，你不覺得毛骨悚然嗎？八成沒辦法一次砍斷脖子，要揮舞好幾次斧頭才會斷氣，那可是漫長的折磨……」

布洛瓦警官閉上嘴，像是被自己說的話給嚇到。

一時之間，馬車中陷入沉默。

沿著山道下山的馬蹄聲聽起來非常規律。車廂用力搖晃，發出嘎搭聲響。最後布洛瓦警官終於開始嘟噥：

「不過，賽倫王國究竟是怎麼回事？」

「……賽倫？」

維多利加回問。

警官急忙轉向一彌的方向，似乎不想繼續和妹妹對話。就像平常一樣對著一彌說：

「當我和村長爭執要怎麼處置德瑞克時，他說出相當怪異的話——『這裡不是蘇瓦爾王國』、『這裡不是村子』。接著他很驕傲地說：『這裡是賽倫王國，我就是國王。』」

警官聳聳肩繼續說：

「……隨便取個國名，在深山裡面占地為王，真是不像話。一群腦筋有問題的傢伙，這裡可是蘇瓦爾的國土……唉呀，抱歉。」

注意到安普羅茲的視線，顯得有些慌張。

維多利加用力嘆口氣：

「原來如此。所以……」

所有人都看著維多利加。

她慵懶地攏起頭髮。然後把一雙帶著睡意的眼眸瞇得細細的，看著坐在身旁的一彌。

「久城，你還記得嗎？我曾經解釋過『特別的種族』。」

「啊，是啊……」

一彌點頭：

「有希臘神話的眾神、北歐的巨人、中國的天人等等……」

「沒錯。我讀過那些文獻之後，發現到實際的歷史──大多是古代史──曾經有過類似神祇的種族登場。」

維多利加嘆了口氣：

「很久以前，曾有一支制霸東歐地區的森林民族。他們的傳說一直殘存至今。波羅的海沿岸雖然曾經被許多外族掠奪，只有這支森林民族百戰百勝。他們的身材矮小、力量薄弱，而且數量不多，但靠著聰明才智控制這個地區。他們在九世紀與哈札爾人、十世紀到十一世紀與佩琴尼人、十二世紀與波洛汶斯人勇敢對抗，十三世紀還擊退蒙古人的侵略。他們的敵人大多是從平原進攻的高大騎馬民族。雖然他們強盛一時，卻以十五世紀為分界，突然消失無蹤。並非因為戰爭的緣故，但就這麼突然從歷史上消失。究竟他們消失到哪裡去了？」

馬車中一片寂靜。

「他們的名字就是賽倫人。」

「啊！」有人驚叫出聲。

安普羅茲戰戰兢兢地說：

「我不知道這些歷史，不過在村裡，我們從小就被教導自己是賽倫人。雖然在蘇瓦爾王國裡是村莊的型態，其實不是村子而是王國。可是絕對不可以洩漏出去。甚至連名字也不能說。因為過去曾經遭受迫害，整個部族被燒光的緣故……」

「是的，他們是遭到迫害的民族。」

維多利加點頭附議：

「提到十五世紀，各位應該想到些什麼吧？那就是審問異端與狩獵女巫的季節。矮小、聰明、帶著神祕的賽倫人慘遭這陣狂風駭浪吞噬，被貼上異端的標籤，就連波羅的海沿岸的小王國都保不住。不是因為戰爭，而是因為迫害，才會讓他們被放逐。而以十五世紀為界，〈灰狼〉傳說在蘇瓦爾急速增加。森林的深處住著會說話的安靜灰狼、聰明的孩子被稱為灰狼的小孩……這會不會是因為十五世紀被趕出波羅的海沿岸的賽倫人逃到蘇瓦爾深山，悄悄定居在此呢？而他們之所以被稱為〈灰狼〉，或許是因為他們居住的東歐森林裡棲息著大群野狼吧？可是逃到蘇瓦爾來的他們，每次只要被發現，村子就會被燒毀、被趕到更深的森林裡。子孫的數量越來越少，只剩下傳統與古老的村落。應該就是那個村子吧。」

維多利加繼續低聲說道：

「你們還記得夏至祭吧？〈夏之軍〉與〈冬之軍〉的戰爭。那是祈求豐收的儀式，在歐洲各地都有類似的習俗。但是為什麼只有〈冬之軍〉騎馬呢？我可以舉出一個說法：或許是因為他們的敵人長久以來都是騎馬民族。那個儀式既是為了趕走冬季，或許也是為了將隨著季節前來侵略的高大騎馬民族，從豐饒森林趕回貧瘠平原的儀式也不一定。」

馬車不斷搖晃往山下駛去。

維多利加的臉孔被壁燈的火焰照亮，又隱入陰影當中。就這麼不斷重複。

沒有任何人說話。

維多利加終於以沙啞低沉的聲音說：

「不論究竟如何，都已經是遙遠的過去的事。我們要活在當下，活在……」

——嘎答！

馬車似乎輾到大石頭或樹根，用力搖晃。

燈籠激烈搖晃，瞬間照亮坐在對面的安普羅茲的臉。

安普羅茲的臉上閃著淚光，小聲問道：

「……當下？」

維多利加點頭。

「原來是這樣啊……這樣就能夠活下去。」

安普羅茲喃喃自語，似乎還微笑了一下，但因為太過陰暗而看不清楚。

蜜德蕊打了個大呵欠。然後開始嘀咕：

「這些艱深的話題我是聽不懂啦，總之只要身體健康，有錢可花就謝天謝地啦。這樣就很好啦……我是希望錢越多越好啦！」

安普羅茲不禁笑了，一彌也跟著露出笑容。蜜德蕊打了個呵欠，像是筋疲力盡閉上眼睛。

馬車在搖晃當中不斷下山，在蜿蜒的山路上發出馬蹄聲。

維多利加輕輕打了個呵欠。

「……累了嗎？想睡嗎？」

「…………」

維多利加無言地點點頭。然後小聲說：

「久城，你來唱歌。」

「……唱歌？」

「沒錯。」

「……為什麼？真受不了妳……」

一彌嘆口氣，小聲哼起拿手的童謠。當他放聲唱歌時，才發現維多利加似乎在偷笑。

「怎、怎麼了?」

「……唱得真爛。」

「妳也是啊，維多利加。」

維多利加一直笑個不停。

馬車繼續下山。

4

到達山腳下的城鎮時，已經是入夜的事。一行人還是投宿唯一的一家旅館，等到第二天早上再出發。旅館的老闆注意到安普羅茲的金髮與貴婦般的容貌，再加上穿著中世紀的古老服裝，害怕地說：

「是灰狼……!」

雖然他口中這麼說，但是當安普羅茲天真地不斷詢問旅館的經營、電話的原理、玄關大門吊著的鳥屍……他的驚懼也逐漸消失。轉為變成嫌他囉嗦的態度：

「別像個口無遮攔的小孩一樣，問東問西問個不停。你到底幾歲啦!」

終於生氣了，說完之後溜得不知去向。

——第二天早上非常晴朗。搭著登山鐵路下山，再轉乘蒸氣火車……直到中午時分總算回到聖瑪格麗特學園所在的村子。

蜜德蕊在夏季洋裝上面套上厚重修女袍，回到教會去了。

雖然抱怨了一聲「啊——啊！又要回去過麻煩的生活了嗎……」閉上嘴時已經將鮮紅捲髮塞進修女袍深處，表情也稍微收斂一些，乍看之下像個正經修女，發出巨大的腳步聲走遠。

布洛瓦警官帶著德瑞克，搭上馬車前往警察局。從馬車車窗回頭看著一彌：

「總之，回學校就對了。之後的指示我會跟學校聯絡。」

陰沉的聲音讓一彌感到不安，但現在根本不知道會有什麼下場……

布洛瓦警官與德瑞克搭乘的馬車遠去，蜜德蕊也已不見蹤影。

各自回到自己的崗位。

——旅途結束了。

從車站踏入村裡的大街，吹來接近初夏的涼風，非常舒適。正午的大街上有許多人正在行走。街道兩旁的店家也充滿活力，許多人潮進進出出。

公共馬車從身邊經過，對面還有最新型汽車疾馳而過，發出巨大聲響。

安普羅茲很稀罕地巡視大街：

「這裡就是『當下』嗎……？」

漫無目標地往前走。臉上浮起混合不安與期待的表情。一彌與維多利加則是目送他離開。

葡萄園甘甜的果實香氣以及帶有暖意的泥土氣味隨風飄來。下一班蒸氣火車開進遠處的火車站，可以聽到高亢的汽笛聲。

這正是村子一直以來的閒適情景。

安普羅茲好像突然想起什麼而回頭跑來，抓著一彌以再也忍不住的表情說起悄悄話：

「對了，在占卜的時候……」

「你說的占卜是指那個嗎？」

「是啊，你和你朋友……」

「我和維多利加？」

「嗯。」

安普羅茲搖搖頭，好像在說真是搞不懂一般：

「你們兩個為什麼問了相同的問題？」

「相、同……？」

一彌偏頭。

回想起當時——維多利加走出教堂，眼眸帶著淚水，一副很不開心的模樣。

心想一定是聽到什麼令她震驚的話。她也說了，她是詢問會不會長高……

（相同的問題……可是我並不是問維多利加會不會長高啊？）

一彌陷入思考。

終於想通，大叫一聲：「啊！」

（不對，正好相反……！是維多利加問了和我一樣的問題。其實她問的不是身高……）

她問的是：「我和久城一彌未來也能夠一直在一起嗎……」

得到和一彌相同的回答。

——所以才會落淚。

安普羅茲很不可思議地說：

「你們兩個如果問不一樣的問題，就可以知道兩個不同的未來啊。不過這也代表你們真的很想問這個問題吧。嗯……」

說完之後，安普羅茲好像放下心裡的重擔，輕鬆地踱步離開。

一彌回到維多利加的身邊，低下頭直盯著她看。維多利加很不高興地說：

「……幹嘛？一直盯著人家看？」

「沒有，沒事……」

「那就轉到那邊去！」

「……妳啊！」

早已經忘懷的憤怒又湧了上來。

受夠了，維多利加這傢伙真是令人生氣。總之就是頭腦好、嘴巴壞、完全不知道該怎麼對待她才好。有問題的人分明不是一彌，而是維多利加才對。不僅被當成笨蛋、被她任意使喚，還被當作礙手礙腳的人。而且……

而且……

（……兩人能夠平安歸來，真是太好了。）

總之，就是這麼回事。

一彌目送著遠去的安普羅茲。

在〈無名村〉見到他時，古風的服裝與彬彬有禮的態度都與村裡其他村民無異，唯獨眼眸裡的神采，述說著他生氣勃勃的內心世界。但是走在現代街道上的安普羅茲，一邊走著一邊將手插入口袋、吹著口哨、悠閒漫步……不一會兒就融入周遭的氣氛當中，成為街景的一部分。服裝也因為他的變化，看不出有任何怪異之處。與安普羅茲擦身而過的鄉村姑娘，回過頭熱情盯著他看，像是在感嘆著好帥的人呀！安普羅茲注意到她的視線，雖然有點難為情，還是親切地向鄉村姑娘點頭。

——只花了極短的時間就適應了。

暖洋洋的春風吹過。

可以看到披散在瘦削背上，有如絲綢般耀眼的金色長髮被風吹動，輕飄飄地飛舞。

待風停止，安普羅茲的身影已經消失。不知道是在街角轉彎，還是走遠了呢……

一彌略帶擔心地喃喃自語：

「不知道安普羅茲今後會怎樣？」

維多利加沉默不語。眼眸盪漾著憧憬般的不可思議光芒，看似羨慕得到自由的安普羅茲，

但是完全沒提到這回事。只是簡短回答一彌的問題：

「會活下去吧。就和柯蒂麗亞・蓋洛一樣。」

這正是旅途的結束。

尾聲　朋友

晴朗的午後——

已近初夏的陽光，照在街道乾燥的泥土上，閃爍出耀眼光芒。攀爬在木造房舍上的藤蔓、從二樓窗邊垂下的紅色天竺葵，也在陽光的照映下閃閃發亮。

靜謐而舒適的午後。

位在村中一角的小郵局，門緩緩打開，身著聖瑪格麗特學園制服的小個兒東方少年走了出來。規矩地重新戴好學生帽，抬頭挺胸向前走。

手中握著一個看似以國際郵遞送來的四方形小包裹。

位於郵局對面的小花店，一個穿著同樣的制服，身材高䠷的少女跑了出來。金色短髮搭配上非常活潑的表情——

少女一找到少年——久城一彌，臉上突然發亮。

「久城同學！」

一彌聽到呼喚，也發現到少女——艾薇兒．布萊德利，一臉笑容。

「是妳啊，艾薇兒。」

「你在做什麼？啊，這週又上郵局啦。故鄉寄來的郵件嗎？」

「嗯。我拜託哥哥寄來的書總算……哇啊，艾薇兒!?」

「是零用錢嗎？零用錢？咦……搞什麼嘛！」

從一彌手中搶過郵件開封的艾薇兒，發現裡面裝的是以東方文字寫成的古老書籍，突然變得垂頭喪氣。

「……我不是早說是書了嗎？先前我寫信拜託大哥幫我寄來的。終於收到了。」

一彌舉步往前走，小聲自言自語：

「……雖然時間慢了一點。」

「哦？那是什麼書啊？」

「那是，呃……沒、沒有啦。不是什麼重要的書。」

一彌的臉突然一片通紅，從艾薇兒的手中搶回綠色封面的書。

艾薇兒不滿地鼓起臉頰，再把書拿過來。正面反面前後左右轉來轉去瞧個清楚，又看不懂東方文字，只得把書還給一彌。

——兩人走著的大街，在陽光的照射下塵埃飛揚，煙霧瀰漫。長毛老馬慢慢拖著貨車擦身而過。貨車上載著堆積如山的乾草，散發出溫暖又帶點酸甜，只能說是初夏的氣味。

越是接近學校，路上的人煙也變得稀少。住家越來越少，通往半山腰的緩坡連綿不斷。

「……對了，艾薇兒。」

一彌好像想要改變書本的話題，開始大聲說話。

「那個，我上週遇到許多事……詳細情形說來話長，所以我就省略了……妳還記得在跳蚤市場的義賣會遇見的修女嗎？」

「嗯。」

「她的名字叫做蜜德蕊，我們做了朋友。她說要送我一個義賣會上的東西，這個，呃……送給妳……」

一彌打開手提包，開始找了起來。在聽到「送給妳」的瞬間，艾薇兒的表情突然發亮，喜孜孜地窺視他的手提包。

「送我？」

「對啊，我想把它送給妳。因為妳好像非常喜歡……」

手提包中某個東西散發出不祥的金色光芒。

艾薇兒臉上的笑容有如幻影消失無蹤。當一彌握著金色的東西抬起頭來時，只看到眼前的艾薇兒嘟著嘴，勃然大怒。

「當時妳一直吵著想要這個，所以我想，把它送給妳最適合……艾薇兒，妳怎麼啦？怎麼回事？為什麼一臉不高興？」

一彌像個笨蛋一樣，把拳頭大的金色骷髏頂在頭上，眼睛望著艾薇兒。

艾薇兒一直瞪著一彌。睜得大大的藍色眼珠不知為何眼角開始泛起淚水，一彌不知所措地說：「呃……？」頭一晃金色的骷髏便掉在地上，咕咚咕咚、咕咚咕咚……沿著平緩的坡度，揚起塵埃滾遠。

一彌急忙追過去，背後傳來艾薇兒的聲音：

「久城同學是個大笨蛋!!」

「……什麼？」

一彌好不容易拾起骷髏，抬起頭只看到艾薇兒以羚羊般矯健的動作沿著道路跑開。

一彌驚訝地追上去，但是艾薇兒的腳程快，好不容易才縮短一點距離。好不容易到達學校，只看到艾薇兒的裙角穿過她以鋸子鋸掉樹枝挖出來的狗洞，消失在校園裡。

「等我一下！艾薇兒！妳幹嘛生氣呀？等等……」

一彌匆匆忙忙鑽過狗洞，還被細枝刺中，全身沾滿樹葉，終於回到校園……

「艾薇、兒……啊，塞西爾老師。呃，妳好……」

已經不見艾薇兒的蹤影。在她離去之後，這裡只有蹲在草地上欣賞三色堇的塞西爾老師，以及大大圓眼鏡後面的眼睛。

「……久城同學？」

慌忙拍掉身上的葉片和樹枝。塞西爾老師以詫異的眼神抬頭看著一彌，好像總算注意到，深吸了一口氣盯著樹籬深處。

那兒有個不該存在的東西——可容一人通過的小洞。

「久城同學!?」

「……對、對不起！」

「踩壞三色堇的人是……」

「對不起，就是我……」

「原來如此。所以上週維多利加溜出學校，也是從這個小洞……？你和維多利加兩個都說當時正門開著，所以我也相信了……其實你們是從這裡溜出去的對吧？久、久城同學！」

「對、對不起……」

一彌低頭不斷道歉。塞西爾老師似乎很生氣，針對三色堇、草地、維多利加等訓個不停。

狗洞在園丁的協助下立刻不復存在。當一彌心想：「艾薇兒一定很不高興吧？」時，發現樹木後面露出金色頭髮。

那是艾薇兒。

她早一步回到學校，應該是發現一彌被老師逮到，所以過來看看狀況吧。

——塞西爾老師當場告訴一彌「罰掃廁所一個月，禁止夜間外出一週」之後便離開了。

垂頭喪氣正要走開，突然被不明物體打到頭。

摸著頭回頭一看。

只看到艾薇兒跑走的輕盈背影，還有腳邊的圓形紙團。打到頭的就是它吧……？

撿起來攤開一看，果然沒錯。艾薇兒圓滾滾的纖細筆跡這麼寫著：

〈給久城同學

謝謝你沒有告訴老師狗洞是我挖的。

……不過，骷髏頭就省了。久城同學果然是個大笨蛋！

艾薇兒敬上〉

一彌將皺巴巴的紙壓平，對折再對折，放入胸前的口袋。

……還是搞不懂。

「真是不懂為什麼罵我笨蛋，究竟是指哪件事？」

一彌如此喃喃自語，身邊突然颳起一陣強風，吹動黑髮與制服下擺。

風一停止，就感到非常溫暖。

夏天越來越接近了。

「……不過，會注意到這個，你也稱得上是多少有些進步吧？大笨蛋久城。」

——聖瑪格麗特大圖書館。

刻畫三百年以上時光的古老莊嚴建築物。躲過世界大戰的戰火之後，算得上是歐洲屈指可數的書庫之一。

然而，因為學校一向抱持除了學生和相關人員之外不可進入的祕密主義，知道它的人並不多。圖書館總是一片靜悄悄，充滿塵埃與知性的氣息。

大圖書館裡的木製迷宮樓梯直通令人頭暈目眩的最高處。這天下午，一彌也獨自攀著階梯，花費好幾分鐘，好不容易來到朋友所在的最上方。

最高處有傾注眩目陽光的天窗、南國植物與花朵欣欣向榮的植物園。還有一位令人誤認是陶瓷娃娃，美貌卻嬌小的少女。就像平常一樣，今天也是待在這裡，和以往沒有兩樣。

少女——維多利加・德・布洛瓦，好像從沒發生過週末之旅，悠然自得地埋首書堆裡。同父異母的哥哥古雷溫・德・布洛瓦至今沒有任何聯絡。應該可以慶幸這次不會受到責難……但心中仍有一絲不安。

含著陶製菸斗的櫻桃小口中，一縷白色輕煙升至天窗。一彌靠著這道輕煙，在書堆中找到維多利加嬌小的身軀，坐在她的旁邊。

「……不准說我是笨蛋。今天一直被女人罵，真是受不了。」

「自作自受。你根本不知道真正的理由吧。」

「啐！」

一彌心情惡劣。但是維多利加似乎沒有注意到：

「你根本就不了解人家，卻又說得你好像看穿一切的樣子，莫名其妙發怒，又和人絕交，簡直是個無聊到家的傢伙。」

「妳、妳這是什麼意思!?」

「哼！摸摸你自己的良心吧。」

「幹嘛呀，真是的……算了。維多利加，這個妳要嗎？我也不知道這是做什麼用的。」

維多利加專心抽著菸斗，把頭埋進厚重的書裡，但是聽一彌這麼說，又愛理不理抬起頭。瞄了一下一彌手中的東西，又想把頭埋進書裡時……

「……這是什麼東西啊!?」

不知該如何是好的一彌將遞出的東西——金色骷髏提心吊膽收回來。

「這是什麼呢？紙鎮嗎？」
「久城，你在大部分的時候，只不過是個無聊的凡人罷了。」
「妳管我！」
「經常會突然搞不清楚狀況吧？」
「……這個，不算是稱讚吧？」
「這就是東方的神祕嗎？還是你特別奇怪？」
一彌對於維多利加的毒舌難以消受，只能閉上嘴，小聲地說：「我把東西放在這裡……」便把金色骷髏放在地板上。
這時，他注意到一個放在地板上的東西。
一彌送的那頂印度風帽子。看來維多利加並不喜歡把它拿來當成帽子。而是上下顛倒放在地板上，裡面堆滿威士忌酒糖和MACARON。
看來經過維多利加的「智慧之泉」條理清楚的思考，決定把帽子當成零食盒重新出發。
一彌將骷髏放在帽子旁邊，營造出奇異的空間……
「說到東方的神祕，維多利加。」
「怎麼了？飄洋過海專程來到這裡的笨蛋死神久城？」
「……妳就是廢話太多。」

一彌雖然受到打擊，還是從手提包裡拿出某樣東西。

就是先前到郵局領取，請大哥寄來的那本書。

維多利加雖然不大感興趣地抬起頭來，但是看到是書，出乎意外地感到有趣，一把搶來開始翻閱。裡面是她不熟悉的語言，額頭上皺起可愛的細紋，一面低聲沉吟，一面翻動頁面。

書中有許多兩個人對招的圖畫。

「……這到底是什麼書啊？」

「是關於東方格鬥術的書。我的父親和哥哥們雖然是箇中高手，可是我卻一竅不通。所以我拜託大哥將這本書寄給我。」

「格鬥術的書……？」

感到不可思議的維多利加如此低語，抬起頭來。

一彌移開視線，臉上有些發紅。

——上次和維多利加一起搭上那艘可怕的客船，遇上危險之後，一彌的心裡便有些後悔。

一彌一直覺得學不好父親和哥哥傳授的格鬥術，原本打算隨便蒙混過去就算了。但是與纖弱的維多利加兩人勢單力薄待在那艘船裡，無法期待任何人來搭救時，一彌打從心底後悔，當初為什麼沒有好好學習。

想到這件事情，一彌便寫信給大哥，除了報告成績與敘述這個國家的狀況之外，還拜託大哥盡可能寄一本格鬥術的書過來。

不過似乎正好錯過時機，大哥的書在第二次冒險結束，回到學校之後才寄到。

〈這麼說來，大哥從以前就是這樣……總是到吃飽飯後才給零食，考試結束之後才教我怎麼念書。雖然是個好人，卻總是慢半拍……〉

或許是因為這個緣故，大哥雖然腦筋好，人也長得帥，但卻總是失戀。有一次帶著漏夜寫好的情書去意中人家裡拜訪，人家竟然在舉行婚禮。大哥只得以激烈的毛巾體操度過悲傷……

「……裡面好像夾著信喔。」

「咦？真的嗎？」

一彌接下維多利加遞來的信——那是以大而化之的筆跡寫成的信，是大哥的字。一彌拆開開始閱讀。

〈真是的，那裡吹的是什麼風啊？一彌，你竟然會想要這種書。我和你二哥都感到不解。不過這是好徵兆。我很感慨地對父親和你二哥說，希望你會變得更有男子氣概，堂堂正正的男子漢……〉

讀到此處，一彌的心情突然沉到谷底。

〈……還有，對於你優秀的成績，父親非常欣喜，我們也感到驕傲。看來你選擇離鄉背井，到外面的世界去學習是正確的。不過母親和妹妹都頗感寂寞。即使我和你二哥在家，但是

一彌不在，生活似乎變得索然無趣。你真是特別受寵啊。〉

一彌總算稍有笑意。

〈只不過，身為男人總有一定要做的事。我鄭重告訴母親和妹妹，一彌現在正經歷男人必經的重要成長過程。女人和小孩不准打擾。一彌，希望你早日成為頂天立地的男子漢，早點回國。然後出人頭地，成為國家的棟樑。千萬不可成為不顧國家大事，毫無存在價值的男人。成為一個男子漢吧。我們也會為了國家，專心堅守自己的崗位，等待你歸國。　——大哥筆〉

一彌在嘆息聲中摺起信。

思緒飄向遠方。

看到一彌突然變得安靜，維多利加抬起頭，表情帶著一點點擔心。但是難得的東方書籍似乎再度引起她的興致，又把頭埋進書裡。

再一次……

從翻開的書裡露出臉，看著一彌。

一彌還在嘆氣。

維多利加偏著頭想了一會兒，好像在說算了，把視線從一彌身上移開。

（……大哥……）

渾身無力的一彌坐在樓梯與植物園之間，臉朝著下方。愁眉不展地想：

（看來我根本沒辦法達成大哥的期望……成為頂天立地的男子漢。還有，只有獻身於國家大事，人生才有價值嗎？真的是這樣嗎……啊啊，對我來說……）

——鏗！

後腦杓突然感到尖銳的疼痛。

想要回過頭，身體卻失去平衡。一彌發出「嗚哇啊啊啊!?」的慘叫，沿著迷宮樓梯向下滾落好幾階。

因為是斜著滾落下去，只差幾公分就要跌落無底深淵。一彌好不容易攀住樓梯站起身來，只見維多利加伸出一個緊握的拳頭，一臉詫異低頭看著自己。

「怎麼，你還在啊。」

「……剛才，維多利加……那個……」

維多利加打了個大大的呵欠放下書本。狼狽不堪的一彌從樓梯爬上來：

「維多利加!?」

「……沒什麼，我只不過是照著這本書上的插圖出手而已。久城，正好你就在那裡。」

「說謊！妳分明是故意的！因為這麼做很有趣……對吧？」

「唔……是又怎樣？」

「萬一我死了怎麼辦？」

「……不怎麼辦。」

一彌再次在維多利加身邊坐下，抱著膝蓋背對著她。從零食盒裡擅自取出MACARON，剝開包裝紙塞進嘴裡。似乎很不高興的維多利加看著他的動作，但卻沒有抱怨。

一彌終於輕聲說道：

「……妳在說謊吧。」

「說謊？說什麼謊？」

「妳剛才說不怎麼辦。維多利加，妳也不希望我死掉吧？」

「………」

維多利加沒有回答。

一彌在心底自言自語：

（聽到占卜的結果時，妳的眼淚差點就流下來了。）

光是這樣還是感到不安，於是又畫蛇添足。

（而且妳還救了我一命。當時妳真是拚盡吃奶的力氣呢……對吧，維多利加？）

只不過什麼都沒說。

——雖然身處圖書館中，也可以感受到天色漸晚。

自天窗射入的陽光轉為靜謐的光線。

維多利加一如往常坐在那裡，埋頭閱讀。

坐在她身旁的一彌，把身體靠在書山上，從剛才開始就一動也不動。維多利加繼續把臉埋在書堆裡，豎起耳朵傾聽。

「呼……呼……呼……」

一彌發出酣睡的呼吸聲。維多利加像是感到厭煩般皺起眉頭。又裝作不知，繼續看書。

過沒多久──

維多利加從書中抬起頭：

「久城，你睡著了嗎？」

平穩的酣睡呼吸聲代替回答。

「睡著了嗎？」

「呼……」

「睡著了呀。」

維多利加重複說著。

略感強勁的風隨著溫暖的陽光從天窗吹入。在植物園裡盛開的鮮豔花朵與大片棕櫚葉不停搖晃，沙沙作響。

維多利加突然開口：

「……朋友比書還重要。」

——沉睡的一彌突然起身。維多利加嚇了一跳，肩膀輕顫一下。

風再度吹過，拂動兩人的金髮與黑髮。

「……嘿嘿嘿！」

一彌一臉喜悅。

維多利加玫瑰色的臉頰，瞬間浮起一點點紅暈。

後記

大家好，我是櫻庭一樹。

謹獻上《GOSICK 2 —其罪無名—》。延續第一集，維多利加與一彌再度逃出聖瑪格麗特學園冒險！這次來到深山裡面的詭異村子，一邊解決事件，一邊接近維多利加母親之謎。詳情請參閱本書內容……對了……

啊啊啊啊啊，這次的後記頁數也很多，竟然有十三頁。從沒看過這麼長的後記！

呃，該寫什麼好呢……？上次因為提到「GO→SICK!」所以寫了朋友的怪異行徑……

對了。不久前在榊一郎老師的邀請下，到某個專門學校擔任客座講師。東拉西扯了一堆《GOSICK》的寫作軼事……學生們的感覺都很不錯，沒有什麼特立獨行的怪胎，呃，這個話題到此結束。啊，只前進了三行……

唔……

最好是身邊就有那種不斷做出怪異行為的人。這麼一來就有源源不絕的後記題材啦。

可是……

我的一線希望（？）貘犬小偷，因為擔任中學教師，初春時期總是非常忙碌，現在的心情不爽到極點。剛才打算為了這篇後記採訪她一下，於是算準學校午休時間打電話過去……

櫻庭一樹：「最近偷了什麼東西啊？」

貘犬小偷：「白痴，掛妳電話喔。」

……還真的掛我電話。好、好冷淡……！好朋友是人生的調味料，我認為必須好好珍惜才行。怎麼每次都這麼孩子氣啊。

沒辦法，這次只好來談談「另一個貘犬小偷」的故事。

偷過貘犬的人還真是出乎意料得多——仔細想想，在我身邊也有另一個人犯下相同的罪行。這次就來說說這個人的故事——是個和我非常親近的人。

【昭和貘犬小偷的故事】

是我的外祖父。

也就是我母親的父親。

這件事是在去年年底想起來的。當時我出席富士見書房年底所舉辦的感恩派對時，不知為什麼每個遇到我的人都說：「咦？妳沒帶貘犬小偷一起來啊？」（……幹嘛帶她來！）結果在回家的路上，莫名奇妙整個腦子都是貘犬。

在微醺之中，我回到東京的獨居公寓，鑽進被窩裡打算睡覺時，突然有個影像模糊浮現在我眼瞼的黑暗前方。

灰白色，圓形輪廓的怪東西……

那怪東西有，兩個……

啊，好想睡。快睡著了……

可是輪廓竟然變得清楚了。嗯……？好像是石頭耶。啊，有臉。這是什麼？這個……

這個……這個……

我突然從床上跳起來。

「——是貘犬啊！」

突然清醒過來。該怎麼說呢，就像是推理小說裡總有「在陰錯陽差之下，年幼時封印的不祥記憶再度復甦……」就是那個。

雖然感到不安，記憶還是慢慢復甦。

浮現在記憶中的場景，似乎是已過世的外祖父的房間。那是深山大宅裡的一個房間——安靜的書房。外祖父是位植物學家。他的書房充滿靜謐不可侵犯的空氣，排列著整排好像百科全書的厚重書籍。他的房間簡直是由知性與靜寂所統治。在堅固的矮櫃上，陳列著沉重的書籍。而固定住書籍兩端的便是石頭打造的灰色書擋……

問題是怎麼想都不覺得那個書擋是市面上賣的東西，總覺得它是貨真價實的「獏犬」。但是，記憶也有可能是事後捏造的，也有可能是我一直想著獏犬、獏犬，才會捏造出這樣的記憶。我在心裡如此解釋，總之乖乖睡著了。

但是隔天、再隔天，還是覺得外祖父的書房裡就是有兩個低調的獏犬。不是那種在意到無法忍受的騷動，而是輪廓越來越清楚，慢慢回想起來。低調的獏犬……可是又覺得一點也不低調。

反而很有存在感……

我在意到難以忍受的地步。

正值年底，我打算趁回老家的機會好好調查一番。

從東京搭乘飛機正好一小時。十二月某日，在空氣澄澈、群山綠意的包圍中，我降落在飄落鵝毛大雪之處——

「待續」

……對不起，真抱歉，搞什麼「待續」啊……

其實接下來打算用大約十頁的篇幅描寫這個故事，剛才責任編輯K藤打電話過來，「我想了一下，關於外祖父的故事……會不會太長了一點呢？嗯——也有這種說法喔？」的確是長了一點。受到編輯的指正，現在正淚眼婆娑重寫中。而且仔細想想，或許讀者對於我的外祖父偷了貘犬，外祖母為了貘犬的事感到煩惱的故事沒什麼興趣……出場人物只有老公公、老婆婆和貘犬，就和民間故事一樣。

不只如此，外表亮麗卻穿著怪胸罩的人的故事、噴鼻血的人的故事，應該比較有趣吧……因為如此，我想這個故事就以【貘犬劇場】為題，當成連載的故事好了，就這麼辦。「待續」到下一集的後記！（抱歉……）

這裡硬是改變話題，我想要說一下有關噴鼻血的人的故事。

【奔跑吧！師姊】

她是我上空手道課的道場的師姊，職業是粉領族。第一集的後記裡也曾經提到，她是個知性美人，實力又很堅強，只不過總是會亂噴鼻血。不只如此，仔細想想她還有另一個怪異的弱點，而且是身為格鬥家的致命弱點。

減重方式極為拙劣。

在重要比賽之前，各個選手都會為了減重而費盡心思。不過我本來身材就小，即使參加最小最輕量級，依然常被說：「妳會被打死喔。吃胖一點吧！」或是「長高一點！最好可以再高個五公分！」（↑痴人說夢！）只能獨自默默把飯塞進肚子裡。而且在這個時期的敵人太多了。因為大部分的選手都是選擇比原本體重還要輕的量級出賽，所以一個月內要減掉五公斤左右的重量，這段時間大家都顯得很激憤。

前陣子在某個重要的比賽前，我在道場前面一邊啃著POCKY巧克力棒一邊和高中女生師妹聊天，突然發現一個腳丫發出破空聲從天而降，原來那是鼻血師姊穿著價值三萬元左右的MIUMIU閃亮涼鞋的右腳。別穿著鞋踢人啊！即使是可愛的鞋也使不得！

因為這位師姊的體重比別人更難下降，所以她特別憤慨，簡直像是負傷的猛獸。其實我知道她為什麼很難減重成功的原因。總之我早已察覺這件事。

都是因為她超愛嘗試流行的瘦身法。所謂的流行，例如像「邊見マリ瘦身法」（是マリ不是えみり啊？（註：邊見えみり是邊見マリ之女））、「低GI瘦身法」啦、「血型瘦身法」之類的。也就是說一般是靠減少進食、增加運動來調整，但不知為何，這位師姊在比賽前還是……

鼻血師姊：「啊啊，撐死我了！」
櫻庭一樹：「咦！妳還好吧？」
鼻血師姊：「嗯？沒事啊？因為我是A型！」
櫻庭一樹：「咦？」
鼻血師姊：「A型不管吃多少蕎麥麵都不會變胖。嘿嘿！」

竟然還說出這種話。She is crazy。在我聽到的瞬間，心想一定要表達我的意見才行，但還是輸給了想要看看這麼下去，到比賽當天師姊會有什麼下場的好奇心。於是只說了句「原來如此——」就退下了。到了比賽當天狀況又是如何呢？那天早上不知哪裡傳來蔥的味道，於是我便詢問師姊，她笑著回答：「啊，是我～今天早上我也是吃了一堆蕎麥麵才來的喲！」讓我心裡有種非常不祥的預感，更受到良心的苛責。然後到了計重時間。師姊穿著重量僅有一百公克的計重用T恤，大搖大擺站上體重計。

鏘！超重三百公克，大受打擊。（雖說除了本人之外大家都心知肚明……）

至於體重超重時該怎麼辦，當然就不能出場比賽了。雖然師姊是很有可能拿下冠軍的知名選手，但是不能出賽就是不能出賽。不過說到這時候該怎麼辦，也只能夠在附近像隻無頭蒼蠅來回奔跑，在限制時間內減掉三百公克。因此師姊也穿著風衣外套繞著體育館全速奔跑。嘴翹成ㄟ字，臉上帶著「我不能接受」的表情不斷奔跑。看到她的模樣，我忍不住笑了出來。

櫻庭一樹：「哈哈哈哈，師姊，妳蕎麥麵吃太多啦。哈哈哈哈哈！」

鼻血師姊：「……妳既然這麼認為，就該提醒我啊！」

怒氣沖天，不過自己也覺得好笑，最後是邊跑邊笑，總算減掉三百公克的重量。比賽過程中雖然噴出鼻血，不過師姊還是榮獲冠軍。強！

鼻血師姊的近況就是這樣。

那金光胸罩呢？啊……！前陣子她做出有點怪異的行為，在這裡就來寫一下吧。

【自由女神】

她是位冰霜美人……這麼說來令人膽寒，不過不開口時足以稱為白衣天使。在她所任職的醫院裡，患者因為她的美貌與傲氣而成為她的死忠粉絲，以及被嚇得半死畏懼不已的人，似乎是一半一半。

這麼一臉嚴肅的人，還是有意外的弱點。

對於道聽途說深信不疑。

還是高中生時，她常將手機的天線拉長，以大拇指與食指摩擦。然後朝著天空，伸出握著手機的手。問她在做什麼——「這麼做訊號才能傳進來。妳看，訊號滿格呢！」自信滿滿的態度，簡直像是對機械一竅不通的老爹。

當時很流行的一個遊戲，是逃到黑暗中浮現的白色方塊上面。那個到處逃命的主角是個男性。她卻相信「只要通過某關，主角就會變成女性進入下一關」的芭樂消息，不眠不休沉迷在遊戲裡。還宣稱「如果再通過這關，主角會變成白狗，從方塊上面掉下來還會發出可憐的嗚嗚叫聲……」真是個怪胎。（還很熱衷地說過「惡靈古堡」的烏鴉會變成什麼東西的消息，不過詳情我已經忘記了……）

算了，這都是高中時代的事，現在已經是大人了，我早就把這些事忘個精光。前幾天和她一起去吃新宿高野水果店的水果吃到飽，無限量供應的水果真是好吃。新鮮藍莓上面加上大量香草冰淇淋，她用茶匙一點一點慢慢撈，高興得塞滿嘴巴。

那天還有另一個朋友要到，但是因為工作的關係遲到了。想說可能會打電話來聯絡，所以我和她各自把手機從包包裡拿出來。我把自己的手機放在桌邊……突然發現到一件事。發現到什麼呢？她的大拇指和食指不知為何拚命摩擦。

突然有個不祥的預感。

我戰戰兢兢把臉抬起，發現她手裡握著拉出天線的手機，然後把手直挺挺伸向天空。就像自由女神的姿勢。我看著她的眼睛——

櫻庭一樹：「……妳在幹嘛？」
金光胸罩：「什麼幹嘛？啊，吃點哈密瓜吧！」
櫻庭一樹：「嗯……那個，我之前就有個想法……」
金光胸罩：「什麼？」
櫻庭一樹：「……沒有，那個，不知道從哪說起才好…………」
金光胸罩：「怎麼了，妳有煩惱嗎？我可不想聽。」

我是為妳那個姿勢而煩惱啊！

……可是我又不能兇巴巴說出口，於是乖乖從座位上站起身，拿了兩人份的哈密瓜。哈密瓜真是甜美可口。

之後，我隱約知道她之所以穿著鯱瓦（註：鯱魚是虎頭魚身的幻想動物。背上有尖刺，據說有防火的功效，常做為城堡屋頂的裝飾）般金光閃閃的胸罩，似乎是為了開運……我還唸她，為了開運竟然做出這種事！胸罩的顏色不是越普通越好嗎……我心裡想著：萬一被內衣小偷偷走，這種去報警都覺得不好意思的顏色，真的好嗎？

還有，說到正牌貘犬小偷，「咪嗚嗚～」老師近況如何呢……

如同我前面寫的，為了迎接中學的新學期似乎非常忙碌，殺氣騰騰。從「咪嗚嗚～」變成「咕嚕嚕……！」了。好恐怖～

不過，就這麼結束好像有點寂寞，總之寫寫她的近況吧。

【薔薇之人】

在變忙之前，貘犬小偷曾經邀我去看「追殺比爾」，但我已經看過了，結果貘犬小偷好像約了別的朋友一起去看。

她是貘犬小偷的同事，是位音樂老師。我見過她好幾次面，是個嬌滴滴，不食人間煙火的千金大小姐。一開始我稱呼她的方式，都是在名字後面加個小姐，後來發生一件神奇的事情之後，就改用「薔薇之人」這個怪異綽號來叫她。這件事情就是在貘犬小偷和薔薇之人一起去看「追殺比爾」時發生的。

那天她們兩個約在澀谷見面，一起去電影院。但是根據貘犬小偷的敘述，薔薇之人在電影放映沒多久（鄔瑪舒曼的腳底大刺刺出現的附近）突然站起來，全速跑出電影院。之後再也沒有回到座位上。

貘犬小偷沒辦法，只好一個人孤伶伶看到最後。低著頭無精打采走出電影院時，發現她正在出口等待。

而且，不知為何抱著一束紅薔薇。

滿臉淚中帶笑的笑容，以銀鈴般的可愛聲音說：

「因為電影實在太殘忍了，我想妳看過之後一定會感到很痛苦……！」

薔薇之人似乎在跑出電影院之後，就全速衝到花店，用錢包裡所有的錢買了一大束玫瑰花，然後再跑回來。直到電影結束，貘犬小偷走出來之前，一直站在出口等待。

我在我家附近的泰國料理店聽到貘犬小偷說這件事，完全搞不懂是怎麼回事。不過貘犬小偷對薔薇之人讚不絕口，說了「我最喜歡溫柔的人了！」之後一直盯著我瞧，好像有什麼話想說的樣子。咦，難不成她誤會我不溫柔嗎……？

有點讓人生氣、讓人忌妒，不過完全抓不著頭緒的故事。真是怪胎——

算了，這些怪胎的事就別再提了……

差不多該結束了，這就來個總結。

在這次執筆的過程中，也獲得責任編輯K藤與各位相關人士的協助，藉這個機會致謝。

負責插畫的武田日向老師，這次承蒙畫出這麼可愛的維多利加，真是感激不盡。臉頰還是一樣鼓鼓的，看起來又軟又有彈性，真是太棒了。抱著枕頭愛睏的表情、含著淚水鼓起臉頰的表情，好、好可愛呀……！我常常突然提出「布洛瓦警官的鑽子頭應該要更尖一點」之類的怪異要求，想必一定造成您很大的困擾，不過今後還請多多關照……!!

還有看完這本書的各位讀者，我也要感謝你們。如果在接著第一集之後，也能愉快享受這本書的話，真是我的榮幸。

還有……短篇從《FANTASIA BATTLE ROYAL》五月號起開始連載。在那邊，剛相識的維多利加和一彌正忙得團團轉。特集報導裡還有蘇瓦爾王國的地圖等各種相關資料，如果不嫌棄的話，也請一併看一下吧。（註：此為《GOSICK》在日本的連載情況。）

在長篇這邊，接下來是《GOSICK 3》……維多利加變成○○，也將揭露警官的「金色鑽子頭」令人感傷的原因……這是預定內容，敬請各位讀者期待……！下次再會、掰掰～～！

櫻庭一樹

國家圖書館出版品預行編目資料

Gosick / 櫻庭一樹作 ; 洪嘉穗譯,——初版.——臺北市：臺灣國際角川, 2007〔民96〕面；公分

譯自：Gosick一ゴシック一
ISBN 978-986-174-267-0（第1冊：平裝）
ISBN 978-986-174-360-8（第2冊：平裝）

861.57 95025072

Kadokawa
Fantastic
Novels

GOSICK 2 －其罪無名－

（原著名：GOSICK Ⅱ－ゴシック・その罪は名もなき－）

2023年9月27日　二版第1刷發行

作　者：櫻庭一樹
插　畫：武田日向
譯　者：洪嘉穗

發行人：岩崎剛人
總編輯：蔡佩芬
副主編：楊鎮遠
美術設計：黃永漢
印　務：李明修（主任）、張加恩（主任）、張凱棋

發 行 所：台灣角川股份有限公司
地　址：104台北市中山區松江路223號3樓
電　話：（02）2515-3000
傳　真：（02）2515-0033
網　址：www.kadokawa.com.tw
劃撥帳戶：台灣角川股份有限公司
劃撥帳號：19487412
法律顧問：有澤法律事務所
製　版：巨茂科技印刷有限公司
ＩＳＢＮ：978-986-174-360-8